秘密組織

アガサ・クリスティ

第一次世界大戦が終わり、ロンドンで再会した幼馴染みのトミーとタペンス。仕事のない二人は、〈若き冒険家商会《ヤング・アドヴェンチャラーズ》〉を設立し〈仕事を求む。内容、場所は不問。高額報酬必須〉という広告を出そうと相談していた。偶然それを聞いていた男がタペンスに怪しげな仕事を持ちかけ、二人は英国の命運のかかった、秘密文書争奪戦に巻きこまれてしまう！　“ミステリの女王”が、物語の面白さとスリルを味わいたいと願うすべての人へ贈るスパイ風冒険小説！　おてんばなタペンスと慎重なトミー、名コンビ初登場となる記念作品が、生き生きとした新訳で登場。

登場人物

トミー（トマス・ベレズフォード）……｝〈若き冒険家商会《ヤング・アドヴェンチャラーズ》〉のパートナー
タペンス（プルーデンス・カウリー）……｝
ジェイン・フィン……失踪したアメリカ人女性
エドワード・ウィッティントン……〈エストニア・ガラス製品会社〉社長
A・カーター……トミーとタペンスの雇い主
ダンヴァーズ……英国に送られた使者
ジュリアス・P・ハーシャイマー……ジェインの従兄《いとこ》
サー・ジェイムズ・ピール・エジャートン……勅選《ちょくせん》弁護士
ドクター・ホール……療養所の医師
アネット……召使い
ボリス・イヴァノヴィッチ・ステパノフ……ロシアの伯爵

クラメーニン……………………………ボルシェビキ政権を操る人物
マーガレット（リタ）・ヴァンデマイヤー……〈ルシタニア〉号の生存者
アルバート……………………………エレベーターボーイ
ミスター・ブラウン……………………?

秘密組織

アガサ・クリスティ

野口百合子訳

創元推理文庫

THE SECRET ADVERSARY

by

Agatha Christie

1922

目次

秘密組織

変わりばえのしない毎日でも、せめて物語の中で
冒険の喜びとスリルを味わいたいと願うすべての人々に。

アガサ・クリスティ

プロローグ

一九一五年五月七日の午後二時。〈ルシタニア〉号はたて続けに二本の魚雷を撃ちこまれて急速に沈みつつあり、救命ボートが大急ぎで海上に下ろされようとしていた。女性と子どもたちは列に並ぶように指示され、順番を待った。まだ夫や父親に必死でしがみついている者もいれば、自分の子どもたちをしっかりと胸に抱きしめている者もいた。一人の娘が、ほかの人々から少し離れて立っていた。若く、せいぜい十八歳といったところだ。怖がっているようには見えず、真剣でしっかりとしたまなざしを、まっすぐ前に向けていた。

「すみませんが」

横から男に声をかけられ、娘ははっとして向きを変えた。話しかけてきたのは一等船客の一人で、何度か見かけたことがあった。その男にはどこか秘密めいたところがあり、娘は想像力をかきたてられていた。彼はだれともしゃべらなかった。話しかけられても、そそくさと会話を打ち切った。それに、疑わしげにすばやく振りかえる様子には不安が感じられた。

いま、彼がひどく興奮していることに娘は気づいた。額《ひたい》には汗が光り、あきらかに恐慌状態だ。それにもかかわらず、彼が死に直面するのを恐れるような男だとは思えなかった。

「はい？」彼女は真剣なまなざしをいぶかるように相手の目に向けた。

窮地にあって決断しかねているかのように、男は彼女を見つめた。

「これしかない！」彼はつぶやいた。「そうだ──方法はこれだけだ」そしてすぐに声を高めて尋ねた。「あなたはアメリカ人？」

「ええ」

「祖国を愛するアメリカ人？」

娘は顔を赤くした。

「あなたにそんなことを聞く権利はないでしょう！　もちろん祖国を愛しています！」

「気を悪くしないでください。どれほど大きなものがかかっているかあなたが知っていれば、わかっていただけるはずだ。とにかく、わたしはだれかを信じなければ──そしてそれは女性でないと」

「なぜです？」

「なぜなら、〝女性と子どもが先〟だからです」男はあたりを見まわして声を低めた。「わたしはある文書を運んでいる──ひじょうに重要な文書を。連合国の戦いの行方を左右するかもしれないものなんです。わかりますか？　この文書を守らなければ！　わたしよりも、あなたが持っているほうがチャンスがある。預かってくれますか？」

娘は手を差しだした。

「待って──警告しておかないと。危険があるかもしれません──もしわたしが尾行されていたら。そうは思わないが、わかったものじゃない。尾行されていたとすると、あなたに危険が及ぶでしょう。それを切り抜ける度胸はありますか?」

娘は微笑した。

「切り抜けてみせます。そして、選ばれたことを心から誇りに思います! このあと、その文書をどうすればいいですか?」

「新聞を見てください!〈タイムズ〉の個人広告欄に〝船の仲間〟で始まる広告を出しますから。三日たってもなにも載らなかったら——そう、わたしは死んだということだ。そのときは、包みをアメリカ大使館へ持っていき、大使に直接手渡してください。わかりましたか?」

「よくわかりました」

「では、よろしく——ここでお別れを」男は彼女の手をとった。「さようなら。幸運を祈ります」彼は声を励まして告げた。

男が握っていた防水布の包みが、彼女の手の中に残された。

〈ルシタニア〉号はさらに急激に右舷《うげん》側へ傾いた。切迫した命令に従って、娘は救命ボートに乗りこむために前へ進んだ。

1　〈若き冒険家商会《ヤング・アドヴェンチャラーズ》〉

「トミー、なつかし《オールド》の友！」

「タペンス、お馴染み《オールド》のきみじゃないか！」

二人の若者は愛情をこめてあいさつを交わし、地下鉄のドーヴァー・ストリート駅の出口の人の流れを一瞬止めてしまった。〝老いた《オールド》〟という形容詞はふさわしくない。二人の年齢を足しても、合計で四十五歳に満たないからだ。

「ほんとうに久しぶりだな」トミーは言った。「どこへ行くんだ？　ちょっとお茶でもしないか。ここに立ち止まっていたら迷惑になるよ――通路をふさいでいる。外に出よう」

タペンスは同意し、二人はドーヴァー・ストリートをピカデリーに向かって歩きだした。

「さて、どこへ行こうか？」トミーは尋ねた。

その口調にひそむちょっとした心配を、親しい友人たちから謎の理由で二ペンス《タペンス》と呼ばれているミス・プルーデンス・カウリーの鋭い耳は、聞き逃さなかった。

「トミー、あなた、すっからかんなのね！」

「まさか」トミーの声音に説得力はなかった。「金ならあり余っているよ」

「あなたって前からお粗末すぎる嘘つきなんだから」タペンスはきっぱりと告げた。「もっとも、一度だけシスター・グリーンバンクを言いくるめたことがあったっけ。医者が強壮剤としてビールを飲むように命じたけれど、カルテに書き忘れたんだ、って。覚えている？」

トミーはくすくす笑った。

「覚えていると思うよ！　嘘だとわかったとき、あのご老体はたしかカンカンになったよね？　悪い人じゃなかったよ、シスター・グリーンバンクは！　あの思い出の病院——ほかのところと一緒で、動員解除されたんだろう？」

タペンスはため息をついた。

「そうなの。あなたも？」

トミーはうなずいた。

「だいぶ前だ」

「給与金は？」

「使い果たした」

「もう、トミー！」

「違うよ、派手に浪費したんじゃない。そんな大金じゃなかった！　生活費に使ったんだ——いいか、ふつうの質素なありふれた生活だって、昨今は——きみは知らないかもしれないけど——」

タペンスはさえぎった。「よしよし、生活費についてわたしが知らないことなんて、なにもないの。そこに〈ライオンズ〉がある。自分の分は自分で払いましょう。それで決まり！」タペンスは先に立って階段を上った。

店は満員で、二人は席を探しながら客たちの会話を断片的に小耳にはさんだ。

「それで――ねえ、例のフラットは結局あなたの手に入らないとわたしが話したら、彼女、すわりこんで泣きだしちゃったのよ」「本物の掘りだしものだったんだからね、きみ！　メイベル・ルイスがパリから持ち帰ったものと同じで――」

「興味深い話の端々《はしばし》が聞こえてくるものだね」トミーはささやいた。「今日、ジェイン・フィンとかいう人の話をしている二人の男と通りですれ違ったんだ。そんな名前、聞いたことある？」

だがそのとき、二人の老婦人が立ちあがって持ちものを手にとりはじめたので、タペンスは空いた席の一つにすばやくすべりこんだ。

トミーはお茶と菓子パンを注文した。タペンスはお茶とバタートーストを頼んだ。

「それからお茶は別々のポットでお願い」彼女は遠慮なくつけくわえた。

トミーは彼女の向かい側にすわった。帽子をぬぐと、きちんと整えられた豊かな赤毛が現れた。顔立ちは感じのいい不器量さと言うべきか――平凡だが、間違いなく紳士の、そして戸外で過ごして日焼けしたスポーツマンの顔だ。茶色のスーツは仕立てはいいものの、すりきれる寸前だった。

こうしてすわっていると、きわめて現代風なカップルだ。タペンスは美人とは決して言えないが、小ぶりな顔の繊細な輪郭、しっかりしたあご、まっすぐな黒い眉《まゆ》の下の、間隔の離れたかすみがかかっているような大きな灰色の目には、個性と魅力がある。黒いボブカットの髪に鮮《あざ》やかな緑色の小さなつばなし帽をかぶり、昔に比べればかなり短くややみすぼらしいスカートからは、とてもきゃしゃな足首がのぞいている。果敢にスマートさをめざした外見だ。

ようやくお茶が来て、思いにふけっていたタペンスはわれに返ってカップについだ。

「さて」菓子パンを大きく一口かじって、トミーは切りだした。「つもる話をしようじゃないか。なにしろ、一九一六年に病院で会って以来なんだから」

「そうね」タペンスはバタートーストにかぶりついた。「サフォーク州リトル・ミッセンデルのカウリー大執事（主教を助ける役割を担う）の五女、ミス・プルーデンス・カウリーのこれまでの要約。ミス・カウリーは戦争の初期に故郷の楽しみ――と骨の折れる単調な仕事――に別れを告げてロンドンへやってきて、そこで士官用病院に就職。一ヵ月目。毎日六百四十八枚の皿を洗う。二ヵ月目。前述の皿を拭く係に昇進。三ヵ月目。ジャガイモの皮をむく係に昇進。四ヵ月目。バター付きパンを切る係に昇進。五ヵ月目。一階上でモップとバケツを持った掃除婦に昇進。六ヵ月目。テーブルで給仕する係に昇進。七ヵ月目。きわだった器量とお行儀を買われて、シスターたちに給仕する係に昇進！　八ヵ月目。キャリアにちょっとしたつまずき。シスター・ボンドがシスター・ウェストヘイヴンの卵を食べてしまう！　もう大騒ぎ！　責めるべきはあきらかに給仕係！　そんな重要なことに注意を怠《おこた》るのは最大の譴責《けんせき》処分に価する。モップとバケツに逆戻り！　ああ、勇士は倒れたり（旧約聖書「サムエル記」より）！　九ヵ月目。病室の掃除婦に昇進。そこで子ども時代の友人、トマス・ベレズフォード中尉――お辞儀よ、トミー！――と五年ぶりに再会。邂逅《かいこう》は感動的だった。十ヵ月目。患者の一人、つまり先述のトマス・ベレズフォード中尉と映画に行ったことで看護婦長の注意を受ける。十一ヵ月目と十二ヵ月目。接客担当のメイドとして完全な成功をおさめて復活。一年の終わりに、栄光に包まれて病院を去る。その後、有能なミス・カウリーは商品配達ヴァン、貨物自動車、そして将軍専属の運転手を次々と経験。最後の仕事がいちばん楽しかった。とても若い将軍だったの！」

「そいつはろくでもないな？　ああいう高官どもが陸軍省から〈サヴォイ〉、〈サヴォイ〉から陸軍省へ送り迎えさせていたのには、まったく頭にきたよ！」

「もう彼の名前も忘れたわ」タペンスは打ち明けた。「話を戻すと、あれがある意味でわたしのキャリアの頂点だった。そのあと役所に入ったの。何度かとても楽しいお茶会があったっけ。キャリアの仕上げとして、婦人農耕部隊員か郵便配達人かバスの車掌になるつもりだったのに――休戦に阻まれちゃった！　何ヵ月もしつこく役所にしがみついていたけど、とうとう追いだされたわ。それ以来、仕事を探しているの。さあ、こんどは――あなたの番」

「ぼくの話にはそんなにたくさん昇進はないよ」トミーは残念そうだった。「それにぜんぜんバラエティに富んでいない。あれからまたフランスへ行ったのは知っているだろう。それからメソポタミアへ派遣されて、二度目の負傷で現地の病院に入った。あとは休戦になるまでエジプトで足止めされ、しばらく目的もなく時間をつぶして、さっき言ったようについに除隊になった。そして、長くてうんざりする十ヵ月ものあいだ、仕事を探しているんだ！　口がなにもないんだよ！　それにあったとしても、こっちにはまわってこない。ぼくになにができる？

ビジネスのなにを知っている？　なにもだ」

タペンスは陰気な顔でうなずいた。

「植民地はどう？」

トミーはかぶりを振った。

「植民地は気に入らないに決まっている――向こうもぼくを気に入らないに決まっている！」

「お金持ちの親戚はいないの？」

ふたたびトミーはかぶりを振った。

「ねえ、トミー、大伯母さんとかでもいいのよ？」

「多少は裕福な年寄りの伯父がいるけど、だめなんだ」

「どうして？」

「一度養子の話を持ちかけられたんだが、断わった」

「そのことは聞いた覚えがある」タペンスはゆっくりと言った。「断わったのはあなたのお母さんのためで――」

トミーは顔を赤くした。

「ああ、母にとっては養子に出すのはつらいことだったはずだ。だって、母にはぼくしかいなかったんだから。伯父は母を憎んでいた――ぼくを母から引き離したかったんだ。ただのちょっとした意地悪だった」

「お母さん、亡くなられたのよね？」タペンスはやさしく尋ねた。

トミーはうなずいた。

タペンスの大きな灰色の目がうるんだ。

「あなたはいい人よ、トミー。ずっとわかっていた」

「よせよ！」トミーは急いで言った。「まあ、ぼくの近況はこういったところだ。とにかく、にっちもさっちもいかない」

「わたしもよ！　できるかぎり長く居すわった。あちこち聞いてまわった。求人広告にも応募してみた。できるだけのことをやってみた。倹約して、けちけちと節約して！　でも、だめなの。家に帰るしかないかも」

「帰りたいの？」

「もちろん帰りたくない！　感傷的になっても意味ないわ。父は善良な人よ――大好き――だけど、どんなにわたしが父を心配させているか、あなたにはわからない！　父は、短いスカートとタバコは不道徳だっていう、あのすてきな初期ヴィクトリア朝風の考えの持ち主なの。わたしは悩みの種なのよ！　戦争でわたしが家を出ていって、父はどれほどほっとしたか。いい、家には娘が七人いるの。もう、いやになっちゃう！　家事やら教区の井戸端会議やら！　いつだって、わたしは家族の中では変わった子だった。帰りたくはないわ、でも――ああ、トミー、ほかにどうしようがある？」

トミーは悲しげに首を振った。沈黙が流れ、やがてタペンスは堰《せき》を切ったようにしゃべりだした。「お金、お金、お金！　朝も昼も夜も、お金のことばかり考えている！　お金の亡者みたいだけれど、しかたがないの！」

「こっちもだよ」トミーは気持ちをこめて同意した。

「お金を手に入れる方法も、想像しうるかぎり考えてみたの。三つしかなかった！　遺産をもらうか、お金持ちと結婚するか、自分で手に入れるか。最初のは論外。お金持ちで年寄りの親戚はいないから。親戚はみんな弱った老婦人用のホームに入っている！　わたしはいつだって道を渡る老婦人に手を貸したり、老紳士の小荷物をとりにいったりしてあげている、もしかしたらあとで変人の百万長者だってわかるかもしれないから。それなのに、わたしの名前を聞いてくれた人は一人もいないの——そして、たいていは『ありがとう』とも言われない」

間があった。

「もちろん」タペンスは続けた。「結婚が最上のチャンスだわ。かなり若いころに、わたしはお金と結婚するって決めたのよ。考える頭のある娘はみんなそう！　わたしは感傷で動くほうじゃないし」彼女は一息入れた。「ちょっと、わたしは感傷的だなんて言わないわよね！」ぴしゃりと念を押した。

「もちろんだ」トミーは急いで答えた。「だれもきみを感傷と結びつけようなんて思わないよ」

「それはあまり礼儀にかなった返事じゃないわね。でも、あえて言えば、あなたの意見のとおり。まあ、そういうこと！　こっちは準備万端でその気まんまんなんだけど——お金持ちの男に一度も出会わないの！　知っている若者たちはわたしと同じくらい困っている」

「例の将軍はどうなんだ？」トミーは尋ねた。

「彼、平時には自転車屋さんをやっているんじゃないかしら。だめね、そういうわけで。ねえ、あなたこそお金持ちの娘さんと結婚すればいいじゃない」

「きみとご同様さ。だれも知らないんだ」

「それは問題じゃない。いつだって知りあえるわ。ほら、〈リッツ〉から毛皮のコートを着た男性が出てきても、わたしは駆け寄って『あのね、あなたお金持ちでしょう。お知りあいになりたいわ』とは言えない」

「きみは、同じような服装の女性にぼくがそういうことをするべきだっていうの？」

「ばかね。女性の足を踏むか、彼女のハンカチを拾うか、そういうことをするの。あなたが知りあいになりたがっていると思ったら、女性は悪い気はしないから、なんとかなるわよ」

「きみはぼくの男性的魅力を過大評価しているね」トミーはつぶやいた。

「かたや、わたしの百万長者はおそらく命からがら逃げだす！　だめ――結婚への道は困難だらけ。残っているのは――自分で稼ぐ！」

「ぼくたちは努力してきて、だめだったんだよ」トミーは思い出させた。

「まっとうなやりかたでの努力はね、してきた。でも、まっとうでないやりかたを試してみたらどうかな。トミー、冒険家《アドヴェンチャラーズ》になりましょうよ！」

「いいね」トミーは陽気に答えた。「どうやって始める？」

「そこがむずかしいところ。わたしたちの存在をアピールできれば、かわりに犯罪をやらせるために雇ってくれるかも」

「愉快だな」トミーは評した。「ことに、聖職者の娘の発言となると！」

「道徳的な罪は雇う側にある——わたしじゃないわ。自分のためにダイヤモンドのネックレスを盗むのと、盗むために雇われるのとでは違う、それはあなたも認めなきゃ」

「つかまったら、少しも違いなんかないよ！」

「そうかも。でも、わたしがつかまるわけはない。すごく賢いんだから」

「謙遜は前々からきみがおかしがちな罪だったな」

「からかわないで。ねえ、トミー、本気でやらない？　組んでビジネスを始めない？」

「ダイヤモンドのネックレスを盗むための会社でも設立するの？」

「それはたんなる例よ。ほら——簿記上ではなんていう？」

「知らない。やったことがないから」

「わたしはあるの——でも、かならずごちゃごちゃにしちゃうのよ。借方を貸方につけたり、逆にしたり——だからクビになった。ああ、そうだ——合弁事業《ジョイント・ヴェンチャー》よ！　かびくさい数字ばかりの中で、その言葉に出会ったときすごくロマンティックな響きだと思ったの。エリザベス朝みたいな香気を感じた——ガレオン船やダブロン金貨を思わせるわ。合弁事業《ジョイント・ヴェンチャー》！」

「〈若き冒険家《ヤング・アドヴェンチャラーズ》商会〉なんて名前で事業を始めてみる？　きみの考えはそういうこと、タペンス？」

「笑いたければどうぞ、でもわたしは可能性を感じる」

「未来の雇用主たちにどうやって接触するつもり？」

「広告」タペンスは即座に答えた。「紙と鉛筆ある？　男の人ってたいてい持っているでしょ。わたしたちがヘアピンとおしろいのパフを持っているようにね」

トミーはいささかくたびれた緑色のノートを渡し、タペンスはせっせと書きはじめた。

「始まりはこうかな。〈当方、若き将校、戦争で二度負傷――〉」

「だめだ」

「やれやれ、あなたったら。でも断言するけど、こういう経歴は独身の老婦人の心をくすぐるものよ。あなたが養子に迎えられたら、若き冒険家になる必要はまったくなくなる」

「養子にはなりたくない」

「そこに偏見を持っているのを忘れていたわ。からかっただけよ！　この種の広告で、新聞は隅から隅まで埋まっているもの。聞いて――これはどう？〈二人の若き冒険家、仕事を求む。内容・場所は不問。高額報酬必須〉。最初からここははっきりさせておくべきよ。そのあとにこうつけくわえてもいい。〈理にかなう申し出なら拒まず〉――アパートや家具の広告みたいね」

「その広告で受ける申し出はかなり理不尽なものだと、ぼくは思わざるをえないな」

「トミー！　あなたって天才！　そのほうがずっとしゃれてる。〈理不尽な申し出も拒まず――報酬次第〉。どう？」

「ぼくなら二度も報酬には触れない。ものほしそうに見えるよ」

「わたしの気持ちからすれば、これでも足りないくらいよ！　でもまあ、あなたの言うとおりね。じゃあ、通して読んでみる。〈二人の若き冒険家、仕事を求む。内容、場所は不問。高額報酬必須。理不尽な申し出も拒まず〉。これを読んだら、あなたはどう感じる?」

「いたずらか、頭のおかしいやつが書いたと思うだろうね」

「〈ペチュニア〉で始まって広告主の名前が〈第一恋人候補〉だった、けさ読んだやつの半分もおかしくないわ」タペンスはノートのページを切りとってトミーに渡した。「さあ、ほら。〈タイムズ〉がいいと思う。返信は私書箱〇〇番まで、とか。掲載料はだいたい五シリングぐらいじゃないかな。これ、わたしの分の半クラウン」

トミーは考えこむようにその紙を持っていた。顔は真っ赤だった。

「本気なんだね?」ついに彼は言った。「やるか、タペンス? 楽しんでみようか?」

「トミー、あなたって話せる人! 乗ってくれるってわかっていた! 成功に乾杯しましょうよ」彼女は冷めたお茶の残りを二つのカップについだ。

「わたしたちの合弁事業に、そして繁盛しますように!」

「〈若き冒険家商会〉に!」トミーは応じた。

二人はカップを置き、あやふやな笑みをかわした。タペンスは立ちあがった。

「安アパートの豪華スイートに戻らなくちゃ」

「ぼくもそろそろ〈リッツ〉までぶらぶら歩くかな」トミーはにやりとした。「次はどこで会う? いつ?」

「明日の十二時、地下鉄のピカデリー駅で。都合はつく?」

「時間をどう使うかはぼくの自由だ」ミスター・ベレズフォードは堂々と答えた。

「じゃあ、またね」

「ああ、また」

二人の若者は反対方向へ歩きだした。タペンスのアパートはサザン・ベルグレーヴィアと呼ばれる地区にあるが、高級住宅街のベルグレーヴィアとは段違いにみすぼらしい。節約のため、彼女はバスに乗らなかった。

セント・ジェイムズ公園を半分横切ったとき、後ろから男に声をかけられてタペンスは驚いた。

「失礼ですが、ちょっとお話ししてもよろしいですか?」

2 ミスター・ウィッティントンの申し出

タペンスはさっと振りむいたが、舌先まで出かかった言葉を呑みこんだ。というのも、男の風采と態度が彼女の最初のごく自然な憶測とは違っていたからだ。タペンスはためらった。彼女の考えを見抜いたかのように、男はすばやく言った。

「無礼を働くつもりは毛頭ありません、約束します」

タペンスは信じた。本能的に男に嫌悪感をおぼえ、信用できないと思ったものの、最初に疑《そ》った動機ははずれていそうだ。彼女は男を上から下まで見た。大柄でさっぱりとひげを剃り、あごはがっしりとしている。目は小さく狡猾《こうかつ》そうで、彼女のまっすぐな視線を正面から受けとめなかった。

「はい、なんでしょう?」

男は微笑した。

「〈ライオンズ〉で若い紳士とお話しされているのを、偶然聞いてしまいました」

「それが――どうかしました?」

「いいえ――ただ、わたしがお役に立てるかもしれないと思いましてね」

別の推測がタペンスの心に浮かんだ。

「ここまで尾行してきたんですね？」

「そうさせていただきました」

「それで、どうしてあなたがわたしの役に立つとお考えなんです？」

男はポケットから名刺を出し、会釈してタペンスに渡した。

タペンスは受けとって注意深く目を通した。〈ミスター・エドワード・ウィッティントン〉と記されている。名前の下には〈エストニア・ガラス製品会社〉とあり、事務所の住所が書かれていた。ミスター・ウィッティントンは言った。

「明日の午前十一時にお訪ねいただければ、わたしのご提案をくわしく説明します」

「十一時に？」タペンスは迷いながら聞いた。

「十一時に」

タペンスは心を決めた。

「いいでしょう。伺います」

「ありがとう。では、明日」

彼はきどった仕草で帽子を持ちあげ、歩み去った。タペンスはしばらくその後ろ姿を見送っていた。それからテリアが身震いするように、肩を動かして奇妙な武者震いをした。

「冒険が始まった」彼女は独りごちた。「いったいわたしになにをしてほしいっていうの？あなたにはどこか、気にくわないところがあるわね、ミスター・ウィッティントン。でも、だからといってちっとも怖いとは思わない。そして前にも言ったし、間違いなくもう一度言うけれど、タペンス嬢は自分の面倒は自分で見られるのよ、おあいにくさま！」

そして勇ましくこくんとうなずくと、元気よく歩きだした。しかし考えた結果、まっすぐ帰るのはやめて郵便局に入った。そこで電報の頼信紙《らいしんし》を手にしばらく思いをめぐらせた。五シリングがむだになる可能性が背中を押し、彼女はあえて九ペンスを遣うことにした。

情け深い政府が用意した先のとがったペンと黒いどろどろしたインクにふんと鼻を鳴らして、タペンスはトミーから借りっぱなしの鉛筆を出すと、すばやく書いた。〈広告は出さないで。明日説明する〉宛先はクラブ気付でトミーの名前を記した。それなりの金額が入って会費を払わなければ、彼はあと一ヵ月でクラブを退会しなければならない。

「たぶんこれで間に合うはず」彼女はつぶやいた。「とにかく、やってみる価値はある」カウンター越しに頼信紙を渡したあと、早足で帰途につき、途中でパン屋に寄って菓子パンを三ペンス分買った。

アパートに着き、最上階の小さな部屋で菓子パンをかじりながらこれからのことを考えた。〈エストニア・ガラス〉とはどんな会社で、いったい自分になにを依頼したいのだろう？　胸の躍る興奮でぞくぞくした。ともあれ、田舎の教区はふたたび彼方へと遠ざかった。明日は可能性に満ちている。

その晩タペンスはなかなか寝つけず、ようやく眠ったと思ったらミスター・ウィッティントンにエストニアのガラス器を洗わせられる夢を見た。どういうわけか、ガラス器は病院のお皿によく似ていた！

タペンスが〈エストニア・ガラス製品会社〉の事務所が入っている建物のあるブロックに着いたのは、十一時五分前だった。約束の時刻より前に行ったらがつがつしているように見えるだろう。そこでタペンスは通りの端まで歩いて戻ってくることにした。そして十一時きっかりに建物の中へ入った。〈エストニア・ガラス製品会社〉は最上階だった。エレベーターがあったが、タペンスは階段を使った。

少し息を切らして、〈エストニア・ガラス製品会社〉と記されたすりガラスのドアの前に立った。

ノックすると中から応答があり、タペンスはドアの取っ手をまわして、手狭でいささか散らかった事務所に足を踏み入れた。

窓辺の机の前にいた中年の事務員が高いスツールから下り、もの問いたげに近づいてきた。

「ミスター・ウィッティントンと約束があります」タペンスは告げた。

「こちらへどうぞ」事務員は間仕切りした壁の〈私室〉と記されたドアの前へ行き、ノックしてから開けると、彼女を中へ通した。

ミスター・ウィッティントンは書類を広げた大きな机の前にすわっていた。タペンスはきのう感じたことをあらためて確認した。ミスター・ウィッティントンにはどこかおかしなところがある。口先のうまい商売人という雰囲気と、狡猾そうな目つきは好きになれない。

彼は顔を上げてうなずいた。

「ああ、ちゃんといらっしゃいましたね。よかった。おすわりください」

タペンスは彼の向かいの椅子に腰を下ろした。今日の彼女は、ことさら小柄でつつましく見えた。タペンスがおとなしく目を伏せているあいだ、ミスター・ウィッティントンは書類を分けて整理していたが、ようやく脇にどかすと机の上に身を乗りだした。

「では、お嬢さん、ビジネスの話をしましょう」彼の大きな顔は笑うとさらに広がった。「仕事をお求めなんですね？　ええ、あなたにやってほしい仕事があるんですよ。この場で百ポンド、そして経費は別途に全額支給、という条件でいかがです？」ミスター・ウィッティントンは椅子の背にもたれて、ベストの袖《そで》ぐりに両手の親指を入れた。

タペンスは警戒のまなざしで相手を見た。

「それで、どんな仕事ですか？」

「仕事とは名ばかりの仕事ですよ。楽しい旅行をしてもらうだけです」

「どこへ？」

ミスター・ウィッティントンはふたたび笑った。

「パリです」

「パリ！」タペンスは考えるようにくりかえし、内心でつぶやいた。（パパが聞いたらもちろん発作を起こすわね！　でもどうも、ミスター・ウィッティントンは浮気な不貞の輩《やから》には見えない）

「そうです」ウィッティントンは続けた。「こんな楽しいことはないでしょう？　時計をほんの二、三年――ほんとうにちょっとだけ――戻して、パリにたくさんある若い娘さんのための素敵な寄宿学校へ入りなおして――」

「寄宿学校？」

「そう。アヴニュー・ド・ヌイイにあるマダム・コロンビエの学校です」

タペンスはその名前をよく知っていた。あそこほどえり抜きの寄宿学校はない。アメリカ人の友だちが何人か、入学していた。彼女のとまどいは最高潮に達した。

「マダム・コロンビエの学校へ行ってほしいんですか？　どのくらいの期間？」

「状況次第ですね。三ヵ月ぐらいかな」

「それだけ？　ほかに条件はないんですか？」

「まったくありません。当然ながら、あなたはわたしの被後見人として入学し、こちらのご友人とは連絡をとらないでいただきたい。しばらくは完全な秘密行動をお願いしなければなりません。ところで、あなたは英国人ですよね？」

「ええ」

「少しアメリカ訛《なま》りがありますが？」

「病院で働いていたときの大の仲良しがアメリカ人だったんです。きっと彼女から訛りがうつったんでしょう。すぐになくせます」

「いや逆に、アメリカ人として通すほうがやりやすいはずだ。英国での過去の生活をとりつくろうほうが、ぼろが出がちでしょう。そう、ぜったいにそのほうがいい。それから――」

「待って、ミスター・ウィッティントン！　あなたはわたしが同意するものと決めてかかっているようですね」

ウィッティントンは驚いたようだった。

「まさか断わろうなんて思っていないでしょう? マダム・コロンビエのところはもっとも上流社会向けの伝統ある学校ですよ。そして気前のいい条件も出した」

「そのとおり。あまりにも条件がよすぎます、ミスター・ウィッティントン。そんな金額を出すだけの価値がわたしにあるとは思えません」

「そうですか?」ウィッティントンは低い声で応じた。「では、申し上げましょう。もっとずっと安く別のだれかを探せるのは間違いない。しかし、わたしが喜んで払おうと思う相手は、役割をこなしとおすだけの知性と平常心を持ち、あれこれ質問をしないだけの分別のある若いレディです」

タペンスは小さく微笑した。ウィッティントンの言い分はもっともだ。

「もう一つあります。これまでミスター・ベレズフォードについてお話がありませんね。彼の役割は?」

「ミスター・ベレズフォード?」

「パートナーです」タペンスは重々しく答えた。「わたしたちが一緒のところをきのうご覧になったでしょう」

「ああ、そうでした。だが残念ながら、彼の仕事はないんですよ」

「でしたら、話は終わりです!」タペンスは立ちあがった。「二人か、なしかです。ごめんなさい——でも、そういうわけで。失礼します、ミスター・ウィッティントン」

「ちょっと待って。どうにかできないか考えてみましょう。すわってください、ミス——」彼は尋ねるように間を置いた。

聖職者である父親を思い出して、タペンスは良心がちくりとするのを感じた。そこで、真っ先に頭に浮かんだ名前を急いで口にした。

「ジェイン・フィン」早口で答えたとき、この二つの言葉が及ぼした影響に唖然とした。

ウィッティントンの顔から愛想のよさが完全に消えた。その顔は怒りで紫色になり、額には血管が浮き出た。そして背後に潜んでいたのは、信じがたいという狼狽《ろうばい》のようなものだった。彼は前かがみになって冷たい声でささやいた。

「では、これがきみの企んだゲームというわけか?」

あっけにとられていたものの、タペンスは頭を働かせた。相手の言葉の意味はさっぱりわからなかったが、生まれつき頭の回転が速い彼女は〝最後まで粘る〟のが大事だと感じた。

ウィッティントンは続けた。

「ずっとわたしをもてあそんでいたわけか、猫とネズミのように? わたしがなにをさせたがっていたかずっと知っていながら、茶番劇を続けていたんだな。そうなんだろう?」彼はだんだんと落ち着いてきた。顔面の紅潮も引いてきた。そして鋭い目で彼女を見つめた。「だれがしゃべった? リタか?」

タペンスはかぶりを振った。このごまかしをどのくらい続けられるかは疑わしいが、未知のリタを巻きこむべきではないのはわかっていた。

「いいえ」完璧な真実をもって答えた。「リタはわたしのことはなにも知らない」

ウィッティントンのまなざしは錐《きり》のように彼女に突き刺さったままだ。

「きみはどの程度知っているんだ？」彼はどなった。

「じつはほんのちょっとよ」タペンスは答え、ウィッティントンの不安が和《やわ》らぐどころか増大したのを見てとって満足した。多くを知っていると豪語したら、もっと疑われただろう。

「とにかく、ここへ入ってきてあの名前を口にするだけのことは知っていたわけだ」

「わたしのほんとうの名前かもしれないわ」タペンスは指摘した。

「そんな名前の娘が二人もいるっていうのか？」

「さもなければ、偶然その名前を思いついたのかもしれない」真実を語ってそれがうまくはまったことに、タペンスは有頂天だった。

ウィッティントンはこぶしでドンと机をたたいた。

「たわごとはやめろ！　どの程度知っているんだ？　そしていくらほしい？」

菓子パンの粗末な夕食と朝食のあとでは、彼の最後の言葉はとても魅力的だった。目下演じているのは冒険家というよりは女山師だが、その方面の可能性も彼女は否定しなかった。すわりなおすと、状況を完璧に把握している人間の自信を漂わせて微笑した。

「ねえ、ミスター・ウィッティントン、ぜひとも自分たちの持ち札をさらしましょうよ。そして、そんなに怒らないで。きのう、わたしがまっとうに働くより才覚を発揮してやっていこうと提案したのを聞いたんでしょう。やっていくだけの才覚を持っていると、いま証明したと思うんだけど。ある名前を知っていることは認める、でもわたしの知識はそこまでかもしれない」

「ああ――だが、そうではないだろう」ウィッティントンはうなるように答えた。

「あなたはわたしに対してずっと誤った判断を下している」タペンスは言い、穏やかにため息をついてみせた。

「前にも言ったように、ふざけるのはやめにして要点に行こう。無邪気なふりをしてもむだだ。きみは認めているよりもはるかに多くのことを知っている」ウィッティントンの口調には怒りがにじんでいた。

タペンスは間をとってみずからの巧妙さに悦に入ってから、小声で言った。

「あなたに反駁《はんばく》したくはないわ、ミスター・ウィッティントン」

「では例の質問に戻ろう――いくらだ?」

タペンスはジレンマに陥《おちい》っていた。これまではウィッティントンをみごとにだましおおせているが、あきらかに受けいれがたい金額を口にしては疑惑を招くかもしれない。一つのアイデイアが閃《ひらめ》いた。

「まず即金のことを話して、全体についてはあとにしては?」

ウィッティントンはじろりと彼女をにらんだ。

「脅迫するのか?」

タペンスはかわいらしくほほえんだ。

「いいえ、まさか！　前金のお話、どうかしら？」

ウィッティントンはうなった。

「ねえ、わたしはそんなに貪欲《どんよく》じゃないの」タペンスは甘い声を出した。

「じつに腹立たしい娘だ、まったく」ウィッティントンはどなったが、そこにはしぶしぶながらの賞賛が感じられた。「わたしはまんまとやられた。目的にかなう程度の頭を持ったおとなしい小娘にすぎない、と思っていたが」

「人生は驚きに満ちているのよ」タペンスは説教口調で告げた。

「それでも、だれかがきみにしゃべった。リタではないと言ったな――もしかしてそれは――？　ああ、なんだ？」

事務員が遠慮がちなノックのあとで入ってくると、雇い主に紙を差しだした。

「いまあなた宛に電話でメッセージが」

ウィッティントンはひったくると読んだ。彼の顔が曇《くも》った。

「わかった、ブラウン。行っていい」

事務員は引きさがってドアを閉めた。ウィッティントンはタペンスに向きなおった。

「明日の同じ時間に来てくれ。いまは手が離せない。とりあえず五十ポンドだ」

彼はすばやく紙幣を数え、机の上をタペンスのほうへ押してよこした。そして立ちあがり、帰ってくれとあからさまにせかした。

タペンスは事務的に紙幣を数えてハンドバッグにしまうと、腰を上げた。

「失礼します、ミスター・ウィッティントン」礼儀正しくあいさつした。「オー・ルヴォワールとフランス語で言うべきかしら」

「そうだな。オー・ルヴォワール！」ウィッティントンはまたにこやかな表情を見せ、その急変ぶりにタペンスはかすかな危惧《きぐ》を抱いた。「オー・ルヴォワール、わが聡明かつチャーミングなお嬢さん」

タペンスは急ぎ足で軽やかに階段を下りた。気分はかつてなく高揚していた。近くの時計は十二時五分前を示している。

「トミーを驚かせてあげなくちゃ！」つぶやくと、手を上げてタクシーを止めた。

タクシーは地下鉄の駅の前に着いた。トミーは入口のすぐ内側にいた。車を降りるタペンスに手を貸そうと、急いでやってきた彼は目を丸くしていた。彼女はやさしくトミーにほほえみかけ、少しきどった口調で告げた。

「タクシー代を払ってくださる、あなた？　五ポンドより細かいお札がないの」

3　挫折

勝ち誇った瞬間は期待どおりにはいかなかった。まず、トミーの手持ちはいささか限られていた。結局、タペンスが小銭で二ペンスを足してなんとかタクシー代を払った。さまざまな種類の硬貨を受けとった運転手は、紳士たるものどの程度のチップを渡すべきかについてしわがれ声で最後の文句を言ったあと、車を出すしかなかった。

「たくさんあげすぎたんじゃない、トミー」タペンスは無邪気に言った。「運転手さんはいくらか返したいんだと思うわ」

この言葉が決定打となって、タクシーは去っていったのだろう。

「やれやれ」ほっとしたミスター・ベレズフォードは言った。「いったいなんだって、タクシーなんか乗りたかったんだ？」

「遅れてあなたを待たせてしまったらと、心配になって」タペンスはしとやかに答えた。

「心配になった——遅れるのが！　ああ、もういいよ！」

「そして嘘でもなんでもなくて」タペンスは大きく目を見開いた。「五ポンドより小額のお札を持っていないの」

「きみの演技はよかったよ、だけどあの運転手は信じていなかった——これっぽっちも！」

「そうね」タペンスは考えにふけるように言った。「信じていなかった。それが真実を語るときの奇妙な点。だれも信じない。けさ、そのことがわかったわ。さあ、ランチに行きましょうよ。〈サヴォイ〉はどう？」

トミーはにやにやした。

「〈リッツ〉はどうかな？」

「考えてみたら、〈ピカデリー〉のほうがいいわね。近いもの。またタクシーに乗らなくてすむ。行きましょ」

「これは新しいジョーク？　それとも、きみはほんとうに頭のネジがはずれちゃったのか？」

「二番目が当たっている。お金がころがりこんできたので、そのショックに耐えられなかったの！　そういう精神的な問題に対して高名な医者が勧めているのは、ふんだんなオードブル、ロブスターのアメリカ風、チキンのニューバーグ風、それとピーチメルバよ！　さあ、食べにいかなくちゃ！」

「タペンス、きみ、いったいどうしたっていうんだ？」

「ああ、信じようとしない者よ！」タペンスはハンドバッグを開けた。「見て、ほら！　ほら！」

「おいおい、そんなふうに一ポンド札を振りまわすものじゃない！」

「一ポンド札じゃないってば。その五倍よ、これは十倍！」

トミーはうなった。

「知らないうちに酒を飲んでいたにちがいない！　ぼくは夢を見ているのか、タペンス、それとも大量の五ポンド札があぶなっかしく振られているのをじっさいに見ているのか？」

「いいから、現実よ！　行ってランチにしない？」

「どこへでも行くよ。だが、いままでなにをしていたんだ？　銀行強盗か？」

「あとで話す。ちょっと、ピカデリー・サーカスってひどいわね。大きなバスがこっちへ突進してくる。五ポンド札が轢《ひ》かれたらたいへん！」

「〈グリル・ルーム〉にする？」無事に反対側の歩道へ渡ったとき、トミーは尋ねた。

「もう一つのほうが高いわ」タペンスは異議を唱えた。

「それはとんでもなく度を超えた贅沢だぞ。安いほうにしよう」

「わたしが食べたいものがちゃんと全部ある？」

「いまきみが並べたきわめて体に悪そうなメニューのこと？　もちろんある――とにかくきみの気に入るものはあるよ」

タペンスの夢だったふんだんなオードブルが並んだテーブルを前にして、我慢していた好奇心をこれ以上抑えきれず、トミーは催促した。「さあ、話してくれ」

ミス・カウリーは一部始終を話した。

「そして奇妙なのはね、わたしがほんとうにジェイン・フィンという名前を思いついたってこと！　気の毒な父のために本名は言いたくなかった――なにかうさんくさいことに巻きこまれたときに備えて」

「なるほど」トミーはゆっくりと言った。「だけど、思いついたんじゃないよ」

「え？」

「違う。ぼくがきみに話したんだ。覚えていない？　きのう二人の男がジェイン・フィンという女性について話していたのを聞いたって、ぼくが言ったのを？　だからその名前がぱっと浮かんだんだよ」

「言っていたわね。いま思い出した。これって驚くべき――」タペンスは途中で黙りこんだ。そして突然立ちあがった。「トミー！」

「どうした？」

「どんなだった、その通りがかりの二人の男は？」

トミーは記憶をたどって眉をひそめた。

「一人は大柄な太っちょだった。ひげは剃っていた。たしか――黒っぽい髪だった」

「彼よ」タペンスは彼女らしくない甲高《かんだか》い声で叫んだ。「ウィッティントンよ！　もう一人はどうだった？」

「思い出せないな。とくに目を留めたわけじゃないから。風変わりな名前に興味を持っただけなんだ」

「そして、偶然なんかないと人は言う！」タペンスは楽しそうにピーチメルバを食べはじめた。

だが、トミーは真剣な顔つきになっていた。

「なあ、タペンス、これはどういう展開になるんだ？」

「もっとお金が入る」彼の相棒は答えた。

「それはわかった。きみの頭の中には一つの考えしかない。ぼくが聞きたいのは、次はどう出るのかってこと。どうやってゲームを続けていくつもり?」

「ああ!」タペンスはスプーンを置いた。「たしかに、トミー、それはちょっと難題ね」

「つまるところ、永遠にはったりを続けるわけにはいかない。遅かれ早かれ、きみは過《あやま》ちをおかす。それに、訴えられないともかぎらないよ——恐喝にあたる、わかるだろう」

「ばかばかしい。恐喝って、お金をくれなければしゃべるぞって言うことでしょ。いい、わたしにはしゃべれることはなにもない。だって、ほんとうになにも知らないんだから」

「ふむ」トミーはあいまいにうなずいた。「まあ、とにかく、これからどうする? ウィッティントンは今日は急いできみを帰したが、次は金を払う前にもっと知りたがるはずだ。きみがどのくらい知っているのか、情報をどこから得たのか、それにきみが対処できないほかのことも、たくさん知りたがるだろう。どうするつもり?」

タペンスはきびしい顔で眉をひそめた。

「わたしたち、考えないとね。トルコ式コーヒーを頼んで、トミー。脳に刺激を与えるの。驚いた、わたし、ものすごく食べたわ!」

「たしかにがっついていたよ! その点はこっちも同じだが、ぼくのメニュー選びはきみより節度があったと思うな」そしてウェイターに言った。「コーヒーを二つ。一つはトルコ式、もう一つはエスプレッソで」

タペンスは深く考えこむ様子でコーヒーを一口飲み、トミーが話しかけても相手にしなかった。

「黙っていて。考え中なの」

「ペルマン式記憶法（ロンドンの教育機関が開発した）でも試しているのかな」トミーは口を閉じた。

「わかった！」とうとうタペンスは叫んだ。「計画を思いついた。わたしたちがやるべきなのは、あきらかにすべてをもっと調べることよ」

トミーは喝采してみせた。

「ひやかさないで。ウィッティントンを通じてしか調べることはできないわ。彼がどこに住んでいてなにをしているのか探らないと――探偵らしく調査するのよ！　わたしにはできない、だって顔を知られているから。でも、あなたは〈ライオンズ〉でちょっと見られただけよ。きっとウィッティントンはあなたを見てもわからない。なにしろ、若い男ってみんな似たりよったりだから」

「その発言はとうてい認められないね。ぼくの人好きのする顔立ちと際だった風采は、どんな大勢の中にいても目立っちゃうから」

「わたしの計画はこうよ」タペンスは冷静に続けた。「明日、わたしは一人で行く。今日と同じように彼をじらす。いっぺんにたくさんのお金を得られなくてもかまわない。五十ポンドあれば数日はもつわ」

「もっと長くだってもつよ！」

「あなたは外で見張っている。出てきても、ウィッティントンが見ているといけないからわたしはあなたに話しかけない。でも、どこか近くに隠れていて、彼が建物から出てきたらハンカチかなにかを落として合図する。そこであなたが行く！」

「行くってどこへ？」

「もちろん彼を尾行するのよ、ばかね！　このアイディア、どう思う？」

「本でよく読む手だな。現実には、なにもしないで何時間も通りに立っているのは間の抜けた感じだよ。ぼくがなにをしているのか、みんな不思議に思うだろう」

「都会では違う。みんなとても急いでいるもの。きっとだれもあなたに気づかないわ」

「そういうことをきみが言うのは二度目だね。いいよ、許そう。まあ、ちょっと楽しいかもしれない。ところで今日の午後の予定は？」

「どうしようかな」タペンスは夢想にふけっているようだった。「帽子を買おうかと思っていたの！　でなければ絹のストッキング！　でなければ――」

「待てよ」トミーは諭《さと》した。「五十ポンドにはかぎりがある。でもぜったい、今晩は外食してショーを見よう」

「いいわね」

その日は楽しく過ぎていった。夜はましてそうだった。五ポンド札二枚が永遠に消えた。

翌朝二人は待ちあわせをして、街の中心へ向かった。トミーが通りの反対側に残り、タペンスはウィッティントンの事務所のある建物に入っていった。

トミーはゆっくりと通りの端まで歩き、また戻った。建物のそばまで来たとき、タペンスが走って通りを渡ってきた。

「トミー！」

「ああ。どうした？」

「事務所が閉まっているの。だれも応えない」

「おかしいな」

「でしょう？　一緒に上まで来て。もう一度呼んでみる」

トミーは彼女のあとからついていった。三階の踊り場に着いたとき、若い事務員が別の事務所から出てきた。彼はちょっとためらってから、タペンスに声をかけた。

「〈エストニア・ガラス製品会社〉にご用ですか？」

「はい、そうです」

「閉めましたよ。きのうの午後。会社をたたむそうです。わたしが直接聞いたわけじゃありませんが。とにかく、事務所はいま借り手を募集中です」

「あ――ありがとう」タペンスは口ごもりながら礼を言った。「ミスター・ウィッティントンの住所はご存じじゃないですよね？」

「残念ながら知りません。かなり急な引き上げかたでしたよ」

「ありがとうございます」トミーは言った。「行こう、タペンス」

二人は階段を下りて通りに出ると、ぽかんとして顔を見あわせた。

「万事休すだな」トミーは言った。

「こんなことになるなんて」タペンスはがっかりしていた。

「元気を出せよ、どうしようもないことだ」

「そうはいかない！」タペンスは小さなあごを挑戦的に突きだした。「これで終わりだと思うの？　そうなら、あなたは間違っている。始まりにすぎないわ！」

「なんの始まり？」

「わたしたちの冒険の！　トミー、わからない？　こんなふうに逃げだすほど彼らが恐れをなしたのなら、このジェイン・フィンの件が大事《おおごと》であるあかしよ。ねえ、真相を突きとめましょう！　わたしたち、本物の探偵になるの！」

「ああ、だが探るべき相手はだれも残っていない」

「そう、だから最初からもう一度調べなおさなくちゃ。鉛筆を貸して。ありがとう。ちょっと待って――邪魔しないで。できた！」タペンスは鉛筆を返し、書いていた紙を満足げに眺めた。

「それはなに？」

「広告」

「出さないことにしたんじゃないのか？」

「ううん、これは違う広告なの」彼女は紙を渡した。

トミーは声に出して読んだ。

「求む、ジェイン・フィンに関するあらゆる情報。ご連絡はY・Aまで」

4　ジェイン・フィンとはだれか？

翌日はのろのろと過ぎた。支出を抑える必要があったのだ。注意して節約すれば、四十ポンドはかなり長くもつ。さいわい天気が良く、「散歩ならお金がかからない」とタペンスは宣言した。郊外の映画館が夜の楽しみを提供してくれた。

なにごともなく水曜日が終わった。木曜日に、予定どおり広告が載った。金曜日には、トミーの部屋に情報を記した手紙が届くかもしれない。

もし届いても手紙は開けずにナショナル・ギャラリーへ行き、そこで十時にタペンスと会うという、高潔な約束に彼は縛られていた。

タペンスが先に着いていた。赤いビロードの席に腰かけて、トミーが来るまで見るともなくターナーの絵を見ていた。

「さて？」

「さて」ミスター・ベレズフォードは挑発するように返した。「どの絵がお気に入り？」

「意地悪しないで。返信はあった？」

トミーは深い大げさな憂愁《ゆうしゅう》をこめてかぶりを振った。

「すぐに言ってきみをがっかりさせたくなかったんだ。残念だよ。高いお金がむだになった」

彼はため息をついた。「だが、そんな次第でね。広告が載ったというのに――来たのはたった二通だ！」

「トミー、このろくでなし《デビル》！」タペンスは叫ばんばかりだった。「わたしに見せて。どうしたらそんな意地悪になれるのよ！」

「言葉、タペンス、言葉に気をつけて！　ナショナル・ギャラリーはとてもやかましいんだよ。国立だからね。それから忘れるな、前にも指摘したようにきみは聖職者の娘として――」

「舞台女優にでもなっていてしかるべきだわ！」タペンスはぴしゃりと返した。

「そういうつもりで言ったんじゃない。だが、ぼくが親切にもきみにただで提供した絶望のあとの喜びをぞんぶんに楽しんだのなら、いよいよ本題に入って手紙を読んでみよう」

タペンスは貴重な二通の手紙を彼からひったくり、じっと見つめた。

「こっちは厚い紙ね。上等に見える。これをあとにして、もう一通を先にしましょう」

「そうだね。三、二、一、オープン！」

タペンスは小さな親指で封を破り、中身を抜きだした。

前略
今日の朝刊に出された広告に関して、お役に立てるかもしれません。明日午前十一時に上記の住所まで来ていただければ、お会いできます。
草々

A.Carter《A・カーター》

「カーシャルトン・テラス二十七番よ」タペンスは住所を告げた。「グロスター・ロードのほうね。地下鉄で行けば、じゅうぶん間に合うわ」

「次は作戦プランだ。こんどはぼくが攻撃にまわる番だよ。ミスター・カーターの前に出たら、ぼくたちは礼儀正しくあいさつする。それから彼が言う。『おすわりください、ミスター？』それに対してぼくはすぐ意味ありげに答える。『エドワード・ウィッティントンです！』とたんにミスター・カーターは真っ青になってあえぐように言う。『いくらだ？』所定の報酬の五十ポンドを手にしてから、ぼくは外の通りにいるきみと合流して、次の住所へ向かい、同じことをくりかえすんだ」

「ふざけないでよ、トミー。さあ、もう一通のほう。ちょっと、〈リッツ〉からじゃない！」

「五十じゃなくて百ポンドだな」

「読むわね」

前略

あなたの広告についてですが、昼食どきにお訪ねいただければ喜ばしく思います。

草々

Jurius P.Hersheimmer《ジュリアス・P・ハーシャイマー》

「はん！　ドイツ人くさいね？　それとも残念な祖先を持つアメリカの富豪かな？　とにかく、昼食のころに訪ねてみよう――ちょうどいい――二人でただの食事にありつけるかもしれないよ」

タペンスはうなずいた。

「まずはカーター。急がなくちゃ」

カーシャルトン・テラスは、タペンスが言うところの〝淑女風の家〟が並んでいる高級な地区だった。二人が二十七番の家の呼び鈴を押すと、こざっぱりとしたメイドが出てきた。彼女がとてもきちんとして見えたので、タペンスはがっかりした。トミーがミスター・カーターとお約束があると告げると、メイドは一階の小さな書斎に二人を通して出ていった。だが一分もたたないうちにまたドアが開《ひら》き、引き締まったタカのような顔をした、疲れた様子の背の高い男が入ってきた。

「ミスターY・A？」男は微笑した。その微笑はきわめて魅力的だった。「二人とも、どうぞすわって」

二人は腰を下ろした。男はタペンスの向かい側の椅子にすわり、励ますように彼女に笑みを向けた。彼の微笑には、タペンスのいつもの積極性を引っこませるようななにかがあった。

相手が話を始めようとしないので、タペンスはしぶしぶ口を切った。

「わたしたち、知りたいんです――つまり、ジェイン・フィンについてご存じのことを教えていただけませんか？」

「ジェイン・フィン？　ああ！」ミスター・カーターは考えているようだった。「そう、聞きたいのは、あなたたちが彼女についてなにを知っているかなのですが？」

「それは関係ないのではないですか」

タペンスはすっくと立ちあがった。

「ほう？　だが、あるんですよ、じつは」彼は疲れたようにまた微笑し、考えながら続けた。「そこで、話はもとに戻る。あなたたちはジェイン・フィンについてなにを知っているんです？」タペンスが黙っていると、ミスター・カーターはさらに続けた。「さあ、あんな広告を出すからには、なにか知っているにちがいない」彼は少し身を乗りだし、気だるげな声がわずかに説得口調になった。「話してくれませんか……」

ミスター・カーターの風采にはひじょうに人を引きつけるところがあった。その磁力をはねのけようとしながら、タペンスは答えた。

「それはできません、ね、トミー？」

ところが驚いたことに、彼女のパートナーは賛成してくれなかった。トミーはミスター・カーターを凝視《ぎょうし》して、口を開いたときの彼の声音にはいつにない敬意がこもっていた。

「ぼくたちが知っているわずかなことは、残念ながらあなたのお役には立たないでしょう。でも、こんな場合ですから喜んでお話しします」

「トミー！」タペンスは仰天した。

ミスター・カーターは椅子の上でトミーのほうへ向きを変えた。そのまなざしはもの問いたげだった。

トミーはうなずいた。

「はい、すぐにあなただとわかりました。軍の情報部にいたときにフランスでお見かけしたことがあります。あなたが入ってきたときにすぐわかりました――」

ミスター・カーターは片手を上げて制した。

「名前は出さないで。こちらではミスター・カーターで通っている。ここは従姉《いとこ》の家なんですよ、じつは。完全に非公式で動かなければならないとき、彼女が貸してくれる」――彼は二人を交互に見た――「どちらが話してくれますか?」

「話して、タペンス」トミーは命じた。「きみの物語だ」

「では、お嬢さん、お願いします」

そこでタペンスはおとなしくすべてを打ち明けた。〈若き冒険家商会〉を設立したことから始め、そのあとの出来事も。

ミスター・カーターはまた疲れた様子に戻って無言で聴いていた。ときどき、微笑を隠すかのように口もとに手をやった。タペンスが話を終えると、重々しくうなずいた。

「多くの情報はない。だが示唆《しさ》に富んでいる。じつに。こう言ってさしつかえなければ、あなたたちは変わった若いカップルだ。わからないが――ほかの者たちが失敗したところで成功するかもしれない……わたしは運を信じるんですよ――つねに信じてきた……」

彼は間を置いてから続けた。

「さて、どうだろう？　あなたたちは冒険を求めている。わたしのために働いてみませんか？　まったくの非公式ですが。経費と、そこそこの報酬つきで？」

タペンスはミスター・カーターを見つめた。口を開け、目をみるみる大きく見開いて。

「なにをするんですか？」彼女は尋ねた。

ミスター・カーターはほほえんだ。

「いまやっていることを続けるだけ。ジェイン・フィンを見つける」

「ええ、でも――ジェイン・フィンとはだれなんです？」

ミスター・カーターは厳粛にうなずいた。

「そう、あなたたちには知る権利があるだろう」

彼はすわりなおして足を組み、両手の指先を合わせると低いたんたんとした口調で語りはじめた。「秘密外交――たいていの場合はうまくない方策なんですよ――だが、これはあなたたちには関係ない。一九一五年の初め、ある文書が作られたと言えばじゅうぶんでしょう。それは極秘の協定――条約とでもなんでも、好きに考えていい――の決定稿だった。アメリカで――当時の中立国で――作成され、各国代表による署名を待つばかりの状態の文書は、このために特別に選ばれた使者によって英国へ送られました。ダンヴァーズという若者です。すべてが極秘に運ばれたので漏洩《ろうえい》はなかったと期待されていた。しかし、そのような期待はたいてい裏切られるものでね。だれかがかならずしゃべる！

ダンヴァーズは〈ルシタニア〉号で英国へ出航し、重要な文書を防水布にくるんで肌身離さず持っていた。〈ルシタニア〉号が魚雷攻撃を受けて沈んだのはその航海です。ダンヴァーズは行方不明者のリストに含まれていた。とうとう、遺体が海岸に上がり、疑問の余地なく身元が確認されました。ところが、防水布の包みはなくなっていた！

問題は、それが彼から奪われたのか、あるいは彼自身がだれかに託したか、です。二番目の説を裏付けるいくつかの出来事があったんですよ。魚雷が命中してから救命ボートが下ろされるまでの短いあいだに、ダンヴァーズが若いアメリカ人の娘に話しかけるのが目撃されていた。じっさい彼女になにか渡すのを見た者がいるわけではないが、渡したかもしれない。女性のほうが文書を安全に届けられるチャンスが大きいと考えて、彼が文書をその娘に託したというのは、大いにありそうなことだとわたしは考えている。

だが、もしそうなら、娘はどこにいて、文書はどうなったのか？　のちにアメリカからの情報で、ダンヴァーズがずっと尾行されていた可能性が高くなりました。その娘は敵側と通じていたのか？　それともこんどは彼女が尾行され、だまされたか拉致《らち》されたかして、大事な包みを渡すように強要されたのか？

われわれは彼女の行方を突きとめようとしたが、予想外の困難に突きあたった。娘の名前はジェイン・フィンで、生存者のリストに名前があったのに、完全に姿を消してしまったんですよ。彼女の素性を調べてもほとんど無益でした。ジェイン・フィンは孤児で、教育実習生の仕事をしていた、西部の小さな学校でね。パスポートではパリに行くことになっており、病院で働く予定でした。ボランティアに応募して、何度かやりとりしたあと、彼女は採用された。〈ルシタニア〉号の生存者リストに名前があったので、病院側は彼女が働くために来なかったこと、まったく連絡がないことにたいへん驚いたわけです。

とにかく、その若いレディを探すためにあらゆる努力がなされた——しかしすべてむなしかった。アイルランドまでも捜索したが、英国に着いたあとの消息がまったくわからない。条約の文書を利用した形跡もなく——やろうと思えば簡単にできたはずだ——われわれは、結局ダンヴァーズは文書を破棄したのだという結論に達しました。戦争は次の局面に入り、外交的な側面もそれに従って変わったので、条約の文書がふたたび作成されることはなかった。その存在についての噂も断固として否定された。ジェイン・フィンの失踪は忘れられ、すべては忘却の彼方へと去っていったんです」

ミスター・カーターは間を置き、タペンスはじりじりして口を出した。

「でも、なぜそれがまた突然浮上したんですか？　戦争は終わったのに」

ミスター・カーターは危機感をにじませた。

「なぜなら、結局文書は破棄されてはいないらしく、今日にも新しい致命的な重要性を帯びて利用されそうだからです」

タペンスは目を見張った。ミスター・カーターはうなずいた。

「そう、五年前にその条約の文書はわれわれを利する武器だった。今日《こんにち》、それはわれわれを害する武器となる。大失策でした。もし内容がおおやけになったら、大惨事を招く……もしかしたらまた戦争が勃発するかもしれない――こんどの敵はドイツではありません！　戦争は可能性としては極端だし、わたし自身はありそうもないと考えている。しかし、あの文書には間違いなく、現時点で決して信用を傷つけるわけにはいかない英国の政治家たちが大勢関わっているんですよ。労働党政権を望む側はのどから手が出るほどほしいはずだ。そして、いまの局面での労働党政権は、英国の交易上きわめて不都合だとわたしは考えている。しかし、本物の危険に比べればそんなものはなにほどでもない」

　ミスター・カーターはちょっと黙ってから静かに続けた。

「現在の労働争議の背後にボルシェヴィキ（ロシア共産党）のメンバーの影響があるのは、見聞きしていますか？」

　タペンスはうなずいた。

「それはほんとうです。ボルシェヴィキの金が、革命をなしとげる目的でこの国に流れこんでいる。そして本名はわからないがある男が、自分の目的を達するために陰で動いている。ボルシェヴィキが労働争議の背後にいて――この男がボルシェヴィキの背後にいる。いったいだれなのか？　われわれにはわからない。彼はつねに〝ミスター・ブラウン〟という控えめな名前で呼ばれている。しかし一つだけ確かなのは、彼は現代の卓越した犯罪者だということです。きわめて優秀な組織を操っている。戦時中の講和プロパガンダのほとんどは、彼が造りだし、資金提供もおこなっていた。彼のスパイはあらゆるところにいます」

「帰化したドイツ人ですか？」トミーは尋ねた。

「いやいや、彼は英国人だと信じる確かな根拠がある。ドイツ人びいきだったし、ボーア人(17世紀に南アフリカへ移住したオランダ人などの子孫)びいきでもあったでしょう。彼がなにを得ようとしているのかはわからない――おそらく自分自身の圧倒的な権力、史上まれに見るような権力だとわたしは思う。正体についてはまったく手がかりがない。配下の者たちでさえ知らないようだ。彼の痕跡に行きあたると、つねにみずからは副次的な役割を果たしている。主役は別のだれかがやっているんです。だがあとでかならず、一見とるに足らない存在がいたことがわかる。たとえば召使いとか事務員とか、気づかれずに背後に留まっていた人物が。そして、すばしこいミスター・ブラウンにまたもや逃げられたと知る」

「あ！　そうだ――」タペンスは飛びあがった。

「どうしました？」

「ミスター・ウィッティントンの事務所でのこと、思い出したんです。あの事務員――ブラウンと呼ばれていました。まさか――」

カーターは考えこむようにうなずいた。

「大いにありそうなことだ。奇妙なのは、その名前をつねに出すことです。天才の性癖だな。事務員の特徴を覚えていますか？」

「ちゃんと見ていなかったんです。ごく平凡な感じでした――どこにでもいそうな」

ミスター・カーターは気だるげにうなずいた。

「それこそがミスター・ブラウンの特徴だ！　ウィッティントンという男に電話のメッセージ

を伝えにきたんでしたね？　表の事務所に電話はありましたか？」

　タペンスは考えた。

「いいえ、なかったと思います」

「なるほど。その〝メッセージ〟は部下に命令を伝えるミスター・ブラウンのやりかただな。当然ながら彼は会話をすべて立ち聞きしていた。ウィッティントンがあなたに金を渡して、翌日も来るようにと言う直前に、事務員が入ってきたのでは？」

　タペンスは認めた。

「そう、間違いなくミスター・ブラウンのやり口だ！」ミスター・カーターは間を置いた。「さて、そんなわけで、自分たちがどんなものに相対しているかおわかりですね？　おそらく当代随一の頭脳を持つ犯罪者だ。わたしはいささか心配です。あなたたちはとても若い、二人とも。なにごとも起きてほしくはない」

「そんなこと起きません」タペンスは張り切って請けあった。

「ぼくが彼女を守ります」トミーはきっぱりと言った。

「それにわたしもあなたを守る」タペンスは男性側の決めつけに反撃した。

「うむ、では、お互いを守ってください」ミスター・カーターは微笑した。「さて、ビジネスの話に戻りましょう。この条約の文書にはわれわれがまだ把握していない謎の部分があって、その部分を盾にわれわれは脅《おど》されてきた――はっきりと疑いようのない文言で。革命分子はそれが自分たちの手にあり、しかるべきときに公開すると主張している。一方で、条項の多くについて、彼らはあきらかに間違っている。政府は彼らのはったりにすぎないと考えており、いいか悪いかはともかく、断固否定するという方針にしがみついている。

わたしはそこまで自信がない。脅しが本物であることを示唆するような兆候や、ほのめかしがあるんですよ。いまのところ、彼らは問題の文書を入手しているものの、暗号で書かれているために読めていない状況にも見える――しかし、われわれは条約の文面が暗号で書かれていないのを知っている――ことの性質上ありえません――なので筋が通らない。だが、なにかある。もちろん、現状ではジェイン・フィンは死んでいるかもしれない――とはいえ、わたしはそうは思わないんです。奇妙なことに、彼らはその娘に関する情報をわれわれから得ようとしている」

「え？」

「そう。ちょっとしたことが一つ二つ持ちあがってね。それにお嬢さん、あなたの話はわたしの考えを裏付けた。彼らはわれわれがジェイン・フィンを探しているのを知っている。そこで、彼らは自分たちの仕立てたジェイン・フィンを送りこんでくる――たとえばパリの寄宿学校に」タペンスは息を呑み、ミスター・カーターは微笑した。「彼女の容貌をだれも知らない、だから問題ないんです。彼女はでっちあげた話を前もって教えこまれ、そのほんとうの任務はわれわれから可能なかぎりの情報を引きだすことだ。わかりますか？」

「では、あなたの考えでは――」タペンスは推論をまとめるために間を置いた――「彼らがわたしをジェイン・フィンとしてパリへ行かせたがったと？」

ミスター・カーターの微笑にはなおいっそうの疲労がにじんでいた。
「わたしは偶然を信じるんですよ」彼は言った。

5　ミスター・ジュリアス・P・ハーシャイマー

「なるほど」タペンスは気をとりなおした。「こうなるのはあらかじめ決まっていたように思えますね」

ミスター・カーターは同意した。

「あなたの言う意味はわかる。わたし自身、迷信深いほうでね。運命とか、そういったこと全般について。運命があなたを選んで今回のことに巻きこんだようだ」

トミーは含み笑いした。

「なんと！　タペンスがあの名前を持ちだしたときウィッティントンはびっくり仰天したにちがいない。ぼくだって驚きますよ。でも、ぼくたちはあなたにずいぶん時間をとらせてしまっている。帰る前に、なにか教えていただける情報はありますか？」

「ないと思う。型どおりの方法でうちの専門家たちは失敗した。あなたたちなら、この任務に想像力と、とらわれない考えかたで臨めるでしょう。それでもうまくいかなかったとしても、がっかりすることはない。一つには、事態の展開が早まりそうなんです」

タペンスは尋ねるように眉根を寄せた。

「あなたがウィッティントンと会ったとき、彼らには時間があった。情報では来年の早い時期に、大きな政変が計画されているらしい。だが、政府は目下ストライキの脅威に対して有効な法的措置を検討している。まだだとしても、近いうちに彼らは嗅ぎつけるでしょう。だからことを急ぐかもしれない。わたし自身、それを望んでいる。彼らが計画を練る時間は少なくなればなるほどいい。ただ警告しておきたいのは、あなたたちにはあまり時間がないということ、そして失敗してもしょげなくていいということです。とにかく、簡単な仕事ではない。以上です」

タペンスは立ちあがった。

「わたしたち、ビジネスライクにいくべきだと思います。正確なところ、あなたをどういう面で頼りにできますか、ミスター・カーター?」

ミスター・カーターの唇《くちびる》がぴくりとしたが、彼は簡明に答えた。「適切な資金、いかなる点についても詳細な情報、だが公式な承認はいっさいなし。つまり、あなたたちが警察とトラブルになっても、わたしは表だって手をさしのべることはできない。あなたたちは独力でやるんです」

タペンスはとりすましてうなずいた。

「よくわかりました。考える時間のあるときに、知りたいことのリストを書きだしておきます。それで——お金の話ですが——」

「ええ、ミス・タペンス。いくらお望みですか?」

「そういうことではないんです。わたしたち、当面やっていけるだけのものはあります、でももっと必要になったとき――」

「ご用立てしましょう」

「ええ、ただ――あなたが関係者でいらっしゃるなら、政府に対して無作法なふるまいはぜったいにしたくありません。だけど、なにかを請求する場合すごく時間がかかりますよね。そして、青色の書類にいろいろ書きこんで送らなくちゃならなくて、三ヵ月後に緑色の書類が送られてきて、またまた――まあ、そんなんじゃ用をなしません、でしょう？」

ミスター・カーターは大声で笑った。

「ご心配なく、ミス・タペンス。直接わたしに申し出れば、金は折り返し送られる。そして報酬についてだが、年俸三百ポンドでいかがです？　ミスター・ベレズフォードにももちろん同額で」

タペンスはトミーを見て顔を輝かせた。

「すてき。ご親切に。わたし、お金が大好きなんです！　支出については完璧に帳簿をつけますね――貸方も借方も。そして右側に残高を書いて、いちばん下の合計には斜めに赤線を。じっさい、ちゃんとやりかたはわかっているんです」

「もちろんそうでしょう。さて、今日はこのへんで。幸運を祈ります」

彼は二人と握手した。一分後にはカーシャルトン・テラス二十七番の階段を下りながら、彼らの頭はくらくらしていた。

「トミー、教えて、〝ミスター・カーター〟ってだれなの？」

トミーはタペンスの耳にある名前をささやいた。

「ほんと！」タペンスは感動していた。

「そうなんだよ、彼がその人だ！」

「ほんと！」タペンスはくりかえした。それから考えながら続けた。「わたし、彼が好きだわ。あなたは？ ひどく疲れてうんざりしているみたいに見えるのに、その下には鋭敏で隙のない鋼《はがね》のような人物が感じられる。すごい！」彼女はスキップした。「わたしをつねって、トミー、お願い。現実だって信じられないの！」

トミーは言われたとおりにした。

「痛い！ もうじゅうぶん。そう、夢じゃないのね。わたしたち、仕事を手に入れた！」

「そしてなんという仕事だ！ いよいよ合弁事業の始まりだ」

「思っていたよりも立派な仕事ね」

「さいわい、ぼくはきみみたいに犯罪への憧れはなかったんだ。いま何時？ ランチに行く――あっ！」

二人とも同じことを思い出した。トミーが先に言った。

「ジュリアス・P・ハーシャイマー！」

「彼から手紙が来たこと、ミスター・カーターに言わなかったわ」

「まあ、あまり話せることもなかったよ――彼に会ってみるまではね。行こう、タクシーをつかまえる」

「こんどはどっちがぜいたく？」

「経費はすべて払ってもらえるんだ、忘れた？　乗って！」二人はタクシーに乗りこんだ。

「とにかく、このほうが登場としては効果的でしょうね」ゆったりと座席にもたれて、タペンスは言った。「ゆすり屋はきっとバスでは来ないわ」

「ぼくたち、ゆすりはやめたんだろう」トミーは指摘した。

「わたしはどうかな」タペンスはこっそりつぶやいた。

〈リッツ〉のフロントでミスター・ハーシャイマーとの約束を告げ、二人はすぐ彼のスイートに案内された。ボーイがノックすると、気の短そうな口調で「どうぞ」と返事があり、ボーイは脇に下がって二人を中に通した。

ミスター・ジュリアス・P・ハーシャイマーは、トミーとタペンスが想像していたよりはるかに若かった。三十代前半だろう、とタペンスは思った。中背で、がっしりしたあごにふさわしい堂々たる体格だった。顔つきはけんかっ早そうであっても、感じはよかった。だれが見てもアメリカ人だが、訛りはそれほどでもない。

「手紙を見たんですね？　どうぞすわって、わたしの従妹《いとこ》について知っていることをすべて教えてください」

「あなたの従妹？」

「もちろん《シュア・シング》。ジェイン・フィンです」

「彼女はあなたの従妹なんですか？」

「わたしの父と彼女のお母さんが兄妹でして」ミスター・ハーシャイマーは説明した。

「ええっ！」タペンスは叫んだ。「じゃあ、いま彼女がどこにいるかご存じ？」

「まさか！」ミスター・ハーシャイマーはこぶしでドンとテーブルをたたいた。「知っているわけがない！　あなたたちこそ知らないんですか？」

「わたしたちが広告を出したのは情報を集めるためで、教えるためじゃないんです」タペンスはきっぱりと答えた。

「そうでしょうね。字は読めますよ。でも、もしかしたらあなたたちが追っているのは彼女の過去で、現在の居場所を知っているんじゃないかと思ったんだが？」

「でしたら、彼女の過去について伺いたいわ」タペンスは警戒心を解かずに言った。

ところが、ミスター・ハーシャイマーは急に猜疑心《さいぎしん》をつのらせたようだった。

「いいですか。ここはシチリア島じゃない！　わたしが断わっても身代金を要求したり、彼女の耳をそいだりするのは願い下げだ。ここは英国だ、だからおかしなまねはやめなさい。さもないとピカデリーにいる勇敢な大男の警官を呼びますよ」

トミーは急いで説明した。

「ぼくたちはあなたの従妹を誘拐したりしていませんよ。それどころか、彼女を探しているんです。そのために雇われている」

ミスター・ハーシャイマーはすわっている椅子の背にもたれた。

「すべて話して」彼は簡潔に促した。

ジェイン・フィンの失踪、そして彼女が知らないうちに〝政治的工作〟に巻きこまれている可能性があることを、トミーは用心しつつ語った。そしてタペンスと自分は彼女を見つける仕事を受けた〝私立探偵〟だと言い、ミスター・ハーシャイマーが提供できるどんな情報も喜んで伺いたいとつけくわえた。

相手の紳士はうなずいた。

「そういうことならわかりました。わたしはいささか急ぎすぎた。しかし、ロンドンにはいらいらするんです。なつかしのニューヨークに馴染んでいるんでね。とにかく質問をどうぞ、お答えしますよ」

この展開に若き冒険家たちは一瞬呆然としたが、タペンスは気をとりなおし、探偵小説で読んだ内容を思い出して大胆に正面から突っこんでいった。

「最後に被害者――いえ、従妹と会ったのはいつですか？」

「会ったことはありません」ハーシャイマーは答えた。

「え？」トミーは驚いた。

ハーシャイマーは彼のほうを向いた。

「ないんです。さっき言ったように、父と彼女のお母さんが兄妹で。あなたたちもそういうご関係じゃないんですか」――トミーはこの見解を訂正しなかった。「でも、ずっと兄妹仲がよかったわけではなくてね。叔母が西部の貧しい教師だったエイモス・フィンと結婚すると決めたとき、わたしの父は怒り狂った！ 自分が財を成しても――当時そうなりそうだった――彼女には一セントもやらないと宣言しました。結局、ジェイン叔母は西部へ行き、わたしたちがその後の消息を聞くことはありませんでした。

父はたしかに財を成した。石油事業を始め、次には鉄鋼、そして鉄道にも手を出して、ウォール・ストリートを席巻《せっけん》したんです」ハーシャイマーは間を置いた。「そして父は亡くなり――去年の秋に――わたしが相続した。そう、信じられないかもしれませんが、わたしの良心がうずきだした。西部にいるジェイン叔母のことはどうするんだ?って、ひっきりなしに問いただしてきた。心配だったんですよ。なにしろ、エイモス・フィンは決して金持ちにはならないとわかっていましたから。そういうタイプじゃなかった。結局、わたしは人を雇って叔母の行方を探させました。その結果、彼女は亡くなっており、エイモス・フィンも同様だったが、二人には娘が一人いたとわかった――ジェインが――そして、パリへ行こうとして、魚雷で沈んだ〈ルシタニア〉号に乗っていたと。ことがまったく不明だった。ところが無事に救助されたのに、英国に着いてからのことがまったく不明だった。雇った連中が彼女をけんめいに探しているとは思えなかったので、わたしはこっちへ来て急がせることにしました。まずは、ロンドン警視庁と海軍省に電話した。海軍省はけんもほろろだったが、ロンドン警視庁はとても親切で――調べてみると言い、けさ彼女の写真をとりに人を寄こしましたよ。わたしは明日パリへ向かいます、向こうの警視庁のほうはどうなっているのか調べにね。わたしがあちこち動きまわってはっぱをかければ、せっせと働くはずだ!」

ミスター・ハーシャイマーの周囲を圧倒するエネルギッシュぶりに、二人は脱帽した。

「だが、あなたたちはなにかを追及するために彼女を探しているんじゃないでしょうね？　王室への敬意を欠いたとか、そういうお国柄的な事情で？　誇り高く若いアメリカ人の娘は戦時中の英国の規則や規制にうんざりして、逆らったかもしれない。もしそうなら、そして賄賂《わいろ》のようなものがこちらの国で通用するなら、わたしが金を出して彼女を放免してもらいますよ」

そういう事情ではない、とタペンスは彼を安心させた。

「よかった。では、わたしたちは力を合わせられる。ランチでもいかがです？　ここで、あるいは下のレストランへ行きましょうか？」

タペンスはレストランで、と言い、ジュリアス・ハーシャイマーは彼女の希望に従った。

カキの次に舌ビラメのコルベール風が運ばれてきたとき、ジュリアスにカードが届けられた。

「またロンドン警視庁からだ。犯罪捜査部のジャップ警部。こんどは違う男だな。最初に会った刑事にわたしが話したこと以外、なにを期待しているんだろう？　向こうが彼女の写真をなくしていないといいが。あの西部の写真館は火事で焼け落ちて、ネガは全部失われている——あれが現存する唯一の写真なんですよ。西部の学校の校長から手に入れた」

タペンスは言い知れぬ恐怖に襲われた。

「あの——けさ来た人の名前はわかります？」

「ええ、わかりますよ。あれ、なんだっけな。ちょっと待って。名刺に書いてあった。そうだ！　ブラウン警部だ。物静かで控えめな男だった」

6　作戦計画

その後の三十分間の出来事は、もう語らないほうがいいかもしれない。〝ブラウン警部〟という人物はロンドン警視庁にはいないという事実の判明だけでじゅうぶんだ。警察が捜索するためには最重要だったはずのジェイン・フィンの写真は失われ、もうとりもどせない。またもや、〝ミスター・ブラウン〟の勝利だった。

この挫折のせいで、ジュリアス・ハーシャイマーと若き冒険家たちの距離は一気に縮まった。彼らを隔《へだ》てていた垣根が崩れ去って、トミーとタペンスはこのアメリカ人青年を子どものころから知っているような気分になった。慎重を期して〝私立探偵〟としていた身分をとりさげ、合弁事業を始めたところからすべてを打ち明けた。この冒険譚は、アメリカ人を大喜びさせた。

話が終わると、ジュリアスはタペンスに向きなおった。「英国の若い女性はいささか時代遅れなんだとずっと思っていたよ。古風でやさしくて、だけどお付きかオールドミスの叔母さんと一緒でなければ怖くて出かけられない、そんなふうにね。わたしこそがちょっとばかり時代遅れだったらしい！」

親しい関係に発展した結果、タペンスに言わせればジェイン・フィンの唯一の存命の親戚と連絡を密にとるために、トミーとタペンスは〈リッツ〉に滞在することになった。彼女はこっそりトミーにささやいた。「そういう名目なら、だれも高額な経費にあきれたりしない」

あきれる者がいなかったのはさいわいだった。

ホテルに部屋をとった翌朝、タペンスは張り切っていた。「さあ、仕事にかかりましょう！」

トミー・ベレズフォードは読んでいた〈デイリー・メール〉を置き、やや芝居がかった拍手喝采をした。そして、彼女に冗談はよしてと穏やかにたしなめられた。

「ちょっとなんなの、トミー。わたしたち、稼ぐためになにかやらなくちゃ」

トミーはため息をついた。

「そうだね、わが親愛なる英国政府もさすがに、〈リッツ〉でぶらぶらしているぼくたちを永遠に養ってはくれないだろう」

「だから言ったでしょ、なにかやらなくちゃ」

「いいね」トミーはまた〈デイリー・メール〉を手にとった。「やれよ。ぼくは止めないから」

「ねえ、考えていたの——」

またもや拍手喝采の邪魔が入った。

「そこにすわってふざけているのはたいへん結構だけどね、トミー。少しばかりあなたも頭を働かせてもいいんじゃないの」

「ぼくの組合がね、タペンス！　組合が午前十一時前に働くのを禁止しているんだ」

「トミー、なにか投げつけてほしい？　即刻作戦計画を練ること、これがいちばん重要なのよ」

「大賛成！」

「じゃあ、かかりましょう」

トミーはようやく新聞を脇に置いた。「きみには真に偉大な精神に宿る実直さがある、タペンス。話してくれ。傾聴しているよ」

「まず、手がかりとしてあるものは？」

「これっぽっちもない」トミーは陽気に答えた。

「それは間違い！」タペンスは元気よく指を振ってみせた。「明確な手がかりが二つある」

「その二つとは？」

「一つ目の手がかり。わたしたちは一味の一人を知っている」

「ウィッティントンか？」

「そう。どこにいてもわたしはすぐに彼だとわかる」

「ふむ」トミーは疑わしげだった。「ぼくにはたいした手がかりとは思えないな。彼をどこで探したらいいのかきみはわからないし、偶然出くわす可能性は千分の一くらいだ」

「その点はどうかしら」タペンスは考える目つきになった。「一度偶然の出来事が起きると、驚くほど次々と起きることがある。ときどき、そういうのを見聞きするの。もしかしたら、わたしたちが発見していない自然の法則があるのかも。とはいえ、あなたが言うようにそれに頼るわけにはいかないわ。でも、遅かれ早かれみんなが姿を現す場所が、ロンドンにはいくつかあるでしょう。たとえばピカデリー・サーカス。一つ考えたのは、毎日わたしが英国の小旗なんかを売る箱を持ってそこに陣どるの」

「食事はどうするんだ？」実際的なトミーは尋ねた。

「男ときたら！　たかが食べものがなんだっていうの？」

「そう言うのはかまわないけど、きみはいまたっぷりと美味な朝食をとったばかりだからね。きみほど食欲旺盛な人はいないよ、タペンス、そしてお茶の時間までにはきみは旗もピンバッジもみんな食べちゃっているだろう。しかし、率直に言って、たいしていい考えとは思えない。ウィッティントンはロンドンにいないかもしれないんだよ」

「たしかにね。とにかく、手がかりナンバー2はもっと有望よ」

「聞こうじゃないか」

「たいそうなことじゃないの。ただの名前――リタ。あの日、ウィッティントンが口にした」

「三つ目の広告を提案しているの？　〝求む、リタと呼ばれると答える女いかさま師〟」

「違うってば。論理的に考えてみましょうよ。あのダンヴァーズという男は尾行されていたのよね？　そして尾行者は男より女の可能性が高い――」

「ぼくはそうは思わないな」

「女にちがいないとわたしは確信している。そしてきれいな人」タペンスは冷静に答えた。

「そういう専門的なことについては、きみの決定に異は唱えないよ」トミーはつぶやいた。

「で、だれにしろこの女はあきらかに〈ルシタニア〉号から救助された」

「どうしてわかるんだ？」

「助かっていなければ、どうやって彼らはジェイン・フィンが文書を持っていたのを知ったの？」

「なるほど。先をどうぞ、名探偵《シャーロック》！」

「そこで、万に一つのチャンスにすぎないのは認めるけれど、この女が〝リタ〟かもしれないわずかな可能性はある」

「もしそうだったら？」

「そうだったら、リタが見つかるまで〈ルシタニア〉号の生存者を調べるの」

「じゃあ、まずは生存者のリストを手に入れることだな」

「もう手配したわ。じつは知りたいことの長いリストを書いて、ミスター・カーターに送ったの。けさ返事が来て、その中に〈ルシタニア〉号から救助された人たちの公式の書類があった。タペンスは賢いでしょう？」

「努力については満点、謙虚さについては零点《れいてん》だな。だがここが肝要だ、リストの中に〝リタ〟はいた？」

「それがわからないの」

「わからない？」

「ええ、見て」二人はリストの上にかがみこんだ。「ほら、姓だけで名前がないのがほとんどなの。ほとんどがただ〝ミス〟とか〝ミセス〟とか書いてあるだけ」

トミーはうなずいて考えこんだ。

「これはややこしいな」

タペンスはテリアのような独特の肩を動かす武者震いをした。

「さあ、とにかくとりかかる、それで決まり。ロンドン一帯から始めましょう。わたしが帽子をかぶっているあいだに、ロンドン市内か郊外に住んでいる女性の住所を書きだして」

五分後、二人はピカデリーに出ると、すぐタクシーで郵便番号N7の地区にあるグレンダワー・ロードのローレルズへ向かった。トミーの手帳に記されている七名のリストの一番目であるミセス・エドガー・キースの住まいだ。

ローレルズは老朽化した家で、お世辞にも前庭とは呼べないきたならしい茂みをいくつかはさんで、道路から奥まった場所に建っていた。トミーはタクシー代を払い、タペンスとともに玄関ドアへ歩いていった。タペンスが呼び鈴を押そうとしたとき、トミーは彼女の手を押さえた。

「なんて言うつもり？」

「なんてって？　それはその――やだ、わかってないじゃない。わたしったらすごく間抜けね」

「そんなことだろうと思ったよ」トミーは満足そうだった。「女性にありがちだな。先の展望ってものがないんだから。さあ、ちょっとどいて。そして、平凡なる男性が状況をいかにやすやすと処理するか、そこで見ていて」彼は呼び鈴を押した。タペンスは後ろに下がった。

きわめて醜《みにく》い顔と左右で大きさの違う目をした、だらしない感じの召使いがドアを開けた。

トミーは手帳と鉛筆を出した。

「こんにちは」彼はきびきびと陽気にあいさつした。「ハムステッド区議会から来ました。新規有権者の登録なんです。ミセス・エドガー・キースはこちらにお住まいですね？」

「はあ」

「彼女のお名前は？」トミーは鉛筆を構えて尋ねた。

「奥さまの？　エレナー・ジェインですけど」

「エレナーね」トミーはスペルを確認しながら書いた。「二十一歳以上の息子さんか娘さんはいますか？」

「いないですけど」

「どうもありがとう」トミーはぴしゃりと手帳を閉じた。「お邪魔しました」

召使いは聞かれてもいない見解を述べた。

「ガスのことかなにかで来たのかと思った」ぶっきらぼうに言うと、ドアを閉めた。

トミーは共犯者に向きあった。

「ほらね、タペンス。男の頭脳にかかればお茶の子さいさいなんだ」

「今回はあなたの得点を認めてあげる。いまみたいなこと、わたしならぜったい思いつかなかった」

「なかなか名案だろう？　これなら当座しのぎに何度でも使えるよ」

人目につかないホステルで、二人はステーキとフライドポテトの昼食をたいらげた。これまでのところ、グラディス・メアリーとマージョリーという名前を聞きだし、一人は引っ越したとわかり、名前はセイディとわかった快活なアメリカ人女性からは普通選挙権についての講義を長々と拝聴するはめになった。

「ああ！」ビールをごくごくと流しこんで、トミーは言った。「これで生きかえったよ。次はどこだっけ？」

手帳は二人のあいだのテーブルの上にあった。タペンスがとって広げた。

「ミセス・ヴァンデマイヤー。サウス・オードリー・マンションズ二十号室。ミス・ウィーラー、バタシー地区クランピントン・ロード四十三番。たしか小間使いだったから、もうそこにはいないんじゃないかな。どのみち、彼女はあてはまらないでしょう」

「じゃあ、メイフェア地区のレディがあきらかに第一候補だね」

「トミー、わたし気力が萎《な》えてきちゃった」

「元気を出せよ。可能性は万に一つだって、わかっていたじゃないか。それに、なんといってもまだ始めたばかりだ。ロンドンがだめだったら、イングランド、アイルランド、スコットランドをめぐるすばらしい旅が待っているよ」

「そうね」タペンスは失いかけていたやる気が戻ってくるのを感じた。「そして、経費は向こう持ちなんだもの！　だけど、ねえ、トミー、わたしはものごとがさっさと展開するのが好きなのよ。これまでは冒険につぐ冒険だったのに、今日の午前中はひたすら退屈だった」

「低俗な刺激に憧れる傾向は抑えるべきだよ、タペンス。ミスター・ブラウンが情報どおりの人間だったら、まだぼくたちを黄泉《よみ》の国に送りこんでいないのが不思議なくらいなんだから。いまのはしゃれた言いかただったな、文学的な香気に満ちていた」

「あなたのほうがわたしよりずっとうぬぼれているじゃない――しかもたいした理由もなく！フン！　まあ、ミスター・ブラウンがいまだに報復の鉄槌を下さないのは奇妙だけど――ほらね、わたしだって文学的表現はできるのよ。わたしたち、無傷でここまで進んでいるものね」

「たぶん、彼はぼくたちの存在を気にも留めていないんだよ」トミーはそっけなく指摘した。

　タペンスは、彼の言葉に不快感をむきだしにした。

「ひどいじゃないの、トミー。わたしたちがものの数にも入らないような言いかたよ」

「ごめん、タペンス。つまり、ぼくたちは闇に隠れたスパイみたいに動いているってことなんだ。そしてミスター・ブラウンは、ぼくたちが不埒《ふらち》な計画をめぐらせているとは夢にも思っていない。ハハ！」

「ハハ！」タペンスは満足げにくりかえし、立ちあがった。

　サウス・オードリー・マンションズはパークレインのはずれの、立派な共同住宅だった。二十号室は三階にあった。

　訪問を重ねて、このころにはトミーの口上は立て板に水になっていた。ドアを開けたのは召使いというより家政婦に見えるかなり年配の女性で、彼女を相手にトミーはこれまでどおりの話をすらすらとくりかえした。

「名前は？」

「マーガレット」

　トミーは手帳に書きつけたが、女性がさえぎった。

「Margaretではなく、gueです」

「ああ、Margueriteですか。フランス風ですね」彼は間を置いて大胆に切りだした。「その方はリタ・ヴァンデマイヤーと記録にあるのですが、合っていますか？」

「たいていはそう呼ばれていますが、マーガレットが正式な名前です」

「どうもありがとう。以上です。お邪魔しました」

興奮を隠しきれずに、トミーは急いで階段を下りた。タペンスは踊り場で待っていた。

「聞いた？」

「聞いた。やったわ、トミー！」

トミーも同じ気持ちで彼女の手をぎゅっと握った。

「そうだよ。ぼくもわくわくしている」

「すごい――計画を思いついて――それがほんとうにうまくいくなんて！」タペンスは熱狂して叫んだ。

彼女はまだトミーに手を握られたままだった。二人はもう玄関に着いていた。上の階段から足音と人の声がした。

タペンスはいきなりトミーをエレベーターの横の真っ暗な狭いスペースに引っ張りこみ、彼を驚かせた。

「いったい――」

「シッ」

二人の男が階段を下りてきて玄関から外へ出ていった。タペンスはトミーの腕を強く握った。

「早く――あの男たちをつけて。わたしはやめておく。彼はきっとわたしの顔がわかる。もう一人はだれか知らないけれど、大柄なほうはウィッティントンよ」

7　ソーホーの家

ウィッティントンと彼の連れはかなりの早足で歩いていた。トミーはすぐに追跡を始め、通りの角で二人が曲がるところを目撃できた。勢いよく歩いたので、トミーはたちまち距離をつめ、曲がり角に着いたときにはかなり男たちに近づいていた。メイフェアの小さな通りに人影はまばらで、視界に入る程度の距離でついていくのが賢明だとトミーは判断した。

尾行は初めてだった。小説で読んでテクニックは知っていたが、だれかを〝つけた〟経験は一度もなく、じっさいにやってみると、すぐになかなかむずかしいことがわかった。たとえば、彼らが突然タクシーを止めたら？　本では、簡単に次のタクシーに乗りこみ、運転手に一ポンド金貨――もしくはいまの同額――を渡せば、それですむ。現実においては、二台目のタクシーがすぐに来るなどほぼありえないと、トミーは思った。だから、そのときは走らなくてはならない。じっさい、ロンドンの通りをずっとしつこく走りつづける若者になにが起こるか？　大きな通りなら、バスに間に合うように走っているだけだと思ってもらえるかもしれない。だが、こういう人目につかない上品な奥まった通りでは、おせっかいな警官に呼びとめられて事情を聞かれそうではないか。

こんな考えが頭に浮かんだとき、空車のタクシーが前方の角を曲がってきた。トミーは息を呑んだ。彼らは止めるのか？

タクシーは止められずそのまま通りすぎ、彼はほっとした。二人の男は、オックスフォード・ストリートへのいちばん早道になるようにジグザグに進んでいた。彼らがオックスフォード・ストリートへ曲がって東へ向かうと、トミーはわずかにペースを上げた。そして少しずつ、相手に近づいていった。人が多い歩道では尾行に気づかれる心配はあまりないし、できれば二人の会話をひとことでもふたことでも聞きたかった。だが、期待は完全に裏切られた。二人は低い声で話しており、しかも車の音で彼らの声はかき消されてしまった。

地下鉄のボンド・ストリート駅の手前で男たちは道を渡り、トミーも気づかれずに横断した。彼らは大きな〈ライオンズ〉へ入っていき、二階の窓ぎわの小さなテーブルについた。混む時間帯は過ぎており、店内の客は多くなかった。トミーは男たちの隣のテーブルを選び、気づかれるといけないのでウィッティントンの背中に面した形ですわった。そのかわり、二人目の男はよく見え、トミーはじっくりと観察した。色白で、弱々しく感じの悪い顔つきだ。ロシア人かポーランド人だろう、とトミーは思った。年齢は五十がらみで、しゃべるとき少し猫背になる。目は小さくずる賢そうで、視線はきょろきょろとして定まらない。

たっぷりと昼食をとったので、トミーはチーズトーストとコーヒーだけ頼んだ。ウィッティントンは自分と連れにしっかりとした昼食を注文した。ウェイトレスが離れていくと、ウィッティントンは椅子をテーブルに近づけ、低い声で熱心に話しはじめた。もう一人の男もときどき口を開《ひら》いた。トミーは耳を傾けたが、ところどころ単語が聞きとれるだけだった。だが、内容はウィッティントンが伝えている指示か命令に関することらしく、相手はときどき不満の意を表した。ウィッティントンはもう一人の男をボリスと呼んでいた。

トミーは〝アイルランド〟、そして〝プロパガンダ〟という言葉を五、六回耳にしたが、ジェイン・フィンという名前は出てこなかった。店内の話し声がいったんやんだとき、たまたまあるくだりが全部聞こえた。しゃべったのはウィッティントンだった。「ああ、だがきみはフロッシーを知らない。彼女はすばらしい役者なんだ。たとえ大主教だって彼女は自分の母親だと誓うだろうよ。毎回完璧に声をまねられる、そこがほんとうに重要な点でね」

トミーにはボリスの答えは聞こえなかったが、彼の反応にウィッティントンはこう言ったようだった。「もちろんだ――緊急の場合だけ……」

そのあとまた会話の流れはわからなくなってしまった。だがほどなく、二人が無意識に声を高めたからか、トミーの耳が最初より慣れてきたからか、ときどきはっきりと、フレーズが聞こえるようになった。とにかく、二つの単語が言われた側にひじょうに刺激的な効果をもたらした。発したのはボリスで、その言葉は「ミスター・ブラウン」だった。

ウィッティントンはいさめたようだが、相手は笑っただけだった。

「どうしてだ、友よ？　きわめてちゃんとした名前だ――きわめてありふれた。だから彼はそれを選んだんじゃないのか？　ああ、会ってみたいよ――ミスター・ブラウンに」

答えたときのウィッティントンの声には冷たい響きがあった。

「さてね？　きみはもう彼に会っているかもしれない」

「ばかばかしい！　子どもっぽいまねはよそう――警察向きのよた話だよ。わたしがときどきなにを考えているかわかるか？　彼は内輪で作りあげられた寓話で、わたしたちを怖がらせるための幽霊なんじゃないかってね。きっとそうだ」

「そうじゃないかもしれない」

「どうかな……それともじつはこれが真実なのか？　限られた一部の人間以外には知られずに、彼はわたしたちとともに、わたしたちの中にいるってのが？　そうなら、彼はうまく秘密を守っているよ。そして、そう、そいつはいいアイディアだ。わたしたちは決してわからない。互いの顔を見あわせて――このうちのだれかがミスター・ブラウン？――だれが？　彼は命令する――だが従いもする。わたしたちの中に――ど真ん中にいる。なのに、だれが彼なのか知る者はいない……」

ロシア人は自分の飛躍した想像を振りはらおうとした。そして腕時計を見た。

「そうだ」ウィッティントンが言った。「もう行ったほうがいいな」

ウィッティントンはウェイトレスを呼んで勘定を頼んだ。トミーも同様にして、階段を下りていく二人を少し遅れて追った。

外に出るとウィッティントンはタクシーを止め、運転手にウォータールー駅までと告げた。

このあたりにタクシーは多く、ウィッティントンたちが乗った車が走り去らないうちに、もう一台が決然と上げたトミーの手に従って縁石《えんせき》に車を寄せてきた。

「あのタクシーを追ってくれ」トミーは命じた。「見失うな」

年配の運転手はなんの興味も示さなかった。ただうなずいて、空車の表示を下ろした。ドライブ中、波乱は起きなかった。ウィッティントンのタクシーが止まった直後に、トミーが乗った車も発車プラットホームの近くに着いた。切符売場で、トミーはウィッティントンの後ろに並んだ。ウィッティントンはボーンマスまで一等を一枚買い、彼も同じ切符を買った。ボリスが寄ってきて時計を見上げた。「きみ、早すぎたな。あと三十分近くある」

ボリスの言葉を聞いて、トミーの頭にいくつかの考えがよぎった。あきらかにウィッティントンは一人旅の予定で、もう一人はロンドンに残る。そこで、どちらを尾行するべきかトミーは決断を迫られた。当然ながら二人ともつけることはできない、だが――ボリスのように彼も時計を、次に発車案内板を見上げた。ボーンマス行きは三時半に出る。いまは三時十分。ウィッティントンとボリスは新聞や雑誌を売るスタンドの前をうろうろしている。彼らに警戒の一瞥《いち べつ》を投げてから、トミーは急いで近くの電話ボックスへ行った。タペンスをつかまえようとして時間を無駄にはできない。きっと、彼女はまだサウス・オードリー・マンションズ近辺にいる。しかし、味方はもう一人残っている。彼は〈リッツ〉にかけてジュリアス・ハーシャイマーにつないでくれと頼んだ。カチリという音と呼び出し音がした。ああ、あのアメリカ人が部屋にいてくれるといいが！　またカチリという音がして、アメリカ風アクセントのある「もしもし」という声が聞こえた。

「きみか、ハーシャイマー？　ベレズフォードだ。いまウォータールー駅にいる。ウィッティントンともう一人の男をつけてきた。説明しているひまはないんだ。ウィッティントンは三時半の列車でボーンマスへ行こうとしている。それまでにここへ来られるか？」

答えは心強いものだった。

「もちろん《シュア》。急ぐよ」

電話は切れた。トミーは安堵のため息をもらして受話器を置いた。ジュリアスが急ぐと言うならあてにできる。アメリカ人は間に合うように到着すると、彼は本能的に信じた。

ウィッティントンとボリスはまださっきの場所にいた。ボリスが友人の見送りにきただけならいいのだが。トミーは考えながらポケットの中を探った。白紙委任状を与えられているにもかかわらず、それなりの額の現金を持ち歩く習慣はまだ身に着いていなかった。ボーンマスまでの一等の切符を買ったから、二、三シリングしか残っていない。ジュリアスがもっと金を持ってきてくれるように祈った。

そのあいだにも、時間は刻々と過ぎていく。三時十五分、三時二十分、三時二十五分、三時二十七分。ジュリアスが間に合わなかったらどうしよう。三時二十九分……もう発車してしまう。トミーはひやりとした絶望を感じた。そのとき、肩に手が置かれた。ジュリアスだった。

「来たよ。英国の道路の渋滞ときたら！　さあ、怪しいやつらのことを教えてくれ」

「あれがウィッティントン——ほら、いま乗りこんでいる大柄な黒髪の男だ。もう一人は彼が話しかけている外国人」

「尾行するよ。二人のうち、どちらがわたしの担当だ？」

これについてトミーは一考してあった。

「いま金を持っているか？」

ジュリアスはかぶりを振り、トミーはがっかりした。

「手持ちは三、四百ドルかそこらしかない」アメリカ人は説明した。

トミーはほっとした。

「まったく、きみたち富豪っていうのは！　次元が違うんだよ。列車に乗ってくれ。これが切符だ。ウィッティントンを頼む」

「よし、ウィッティントン担当だな！」ジュリアスは凄みのある口調で答えた。「じゃあ、トミー」

列車は駅を出ていった。

トミーは大きなため息をついた。ボリスがプラットホームを彼のほうへ近づいてくる。トミーは追いこさせておいて、ふたたびあとをつけはじめた。

ボリスはウォータールー駅から地下鉄でピカデリー・サーカスへ出た。それからシャフツベリー・アヴェニューまで歩き、やがてソーホーの迷路のようなスラム街へと曲がった。トミーは慎重に距離を置いて尾行した。

最後に小さなみすぼらしい広場に着いた。うすよごれて老朽化した家々は不穏な空気をまとっていた。ボリスはあたりを見まわし、トミーは手近な玄関ポーチに身を隠した。このへんはほとんど人気《ひとけ》がない。袋小路なので、通る車もない。ボリスがこそこそと見まわす様子は、トミーの想像力を刺激した。身を潜めている玄関ポーチから、ロシア人がことに不吉な感じの家の階段を上り、奇妙なリズムで注意深くドアをノックするのを見守った。ドアはすぐに開かれ、ボリスが見張りにひとことふたこと声をかけると、ただちに中へ通された。ドアはまた閉められた。

このときトミーはあわてた。彼がやるべきだったのは、判断力のある男ならやるべきだったのは、いまの場所に辛抱強く留まってボリスが出てくるのを待つことだ。ところが、トミーがやったのは、彼の顕著な特徴である穏健な良識とはかけ離れたことだった。いわば、脳の中でなにかがはじけたのだ。一瞬もためらわずにその家の階段を上ると、できるだけさっきの奇妙なノックをまねしてドアをたたいた。

ボリスのときと同様すぐにドアが開いた。髪を短く刈った悪党面の男が戸口に立っていた。

「なにか?」男はうなるように尋ねた。

この瞬間、トミーは自分の愚《おろ》かさを完璧に悟った。だが、ぐずぐずしている場合ではない。最初に頭に浮かんだ言葉を口にした。

「ミスター・ブラウン?」

驚いたことに、男は脇に寄った。

「上だ」男は親指で後方を示した。「左側の二つ目のドア」

8　トミーの冒険

　男の言葉にあっけにとられたものの、トミーは躊躇《ちゅうちょ》しなかった。ここまで大胆さのおかげでうまくいったのなら、この先もそれでさらに手がかりがつかめることを祈ろう。彼は静かに中へ入り、いまにも壊れそうな階段を上った。家の中はなにもかも、お話にならないほどよごれていた。もう模様もわからないすすぼけた壁紙が、細長く裂けて垂れさがっている。あらゆる隅にクモが灰色の巣を張っている。

　トミーはゆっくりと進んだ。階段の踊り場に着いたとき、下にいた男が奥の部屋へ引っこむ音が聞こえた。まだトミーがまったく疑われていないのは間違いない。この家へ来て〝ミスター・ブラウン〟の名前を出すのは、どうやら理にかなった当然のことらしい。

　階段の上でトミーは足を止め、次にどうするか考えた。前方には細い廊下が続き、両側にドアがある。左側の近いドアから低い話し声がもれている。トミーが教えられたのはこの部屋だ。だが彼の目は、すぐ右側の裂けたビロードのカーテンで半ば隠された狭いくぼみに吸い寄せられた。左側のドアのちょうど反対側で、角度からして階段の二階近くもよく見えそうだ。緊急時の一人か二人用の隠れ場所として理想的で、奥行きは二フィート、幅は三フィートある。トミーは大いにそそられた。いつもの急がない着実な方法で状況を分析した。〝ミスター・ブラウン〟はある個人を名指ししたわけではなく、ギャングが使う合言葉のようなものだろう。運よくその名前を出したせいで中へ入ることができた。いまのところ、彼は疑いを持たれていない。しかし、次の行動を早く決めなければ。

廊下の左側の部屋へずうずうしく入っていくのはどうか。この家の中に通されたという事実だけでじゅうぶんだろうか？　いや、別の合言葉を要求されるか、ともかくなんらかの身分証明を求められるはずだ。玄関番はメンバー全員の顔を知らなかったにちがいないが、部屋にいる連中は知っている可能性が高い。いままでは運がみごとなまでに味方してくれたが、運を信じすぎてはいけない。あの部屋へ入るのはひじょうに危険だ。いつまでも役柄を押し通すのはむりだ。遅かれ早かれ正体が露見《ろけん》してしまうし、そうなったら蛮勇のせいで大切なチャンスを棒に振ることになる。

階下のドアに合図のノックがあった。トミーは決心し、すばやくくぼみにすべりこむと、完全に自分の姿が隠れるようにビロードのカーテンを閉めた。古い布地にはいくつかほころびや裂け目があったので、その隙間から外が見えた。なりゆきを見守り、新たに到着したメンバーの行動をまねすれば、頃合いを見はからって集まりに加われるかもしれない。

階段を忍び足で上ってきたのは、トミーの知らない男だった。見るからに社会のクズだ。下品なげじげじ眉《まゆ》、凶悪そうなあご、野獣のような顔つきはトミーには馴染みのないものだが、ロンドン警視庁なら一目で犯罪者と見抜くだろう。

くぼみの前を通った男は息遣いが荒かった。反対側のドアの前で止まり、また合図のノックをした。だれかが中からなにか叫ぶと、男はドアを開けて入った。そのとき、トミーはちらりとその部屋の内部を目にした。スペースのほとんどを占める長いテーブルを四、五人が囲んでいた。だが、彼が注意を向けたのは、髪を短く刈って海軍風の先のとがったちょびひげをはやした背の高い男だった。書類を前に置いて、テーブルの上席についていた。新来者が入ると彼は目を上げ、トミーの関心を引いた正確だが奇妙にはっきりした発音で尋ねた。「きみのナンバーは、同志?」

「14です」新来者はしゃがれ声で答えた。

「よろしい」

ドアが閉まった。

「あれはぜったいにドイツ人だ」トミーは独りごちた。「そしてこの場を組織的にとりしきっている――彼らのお家芸だからな。ぼくが入っていかなくて正解だった。間違ったナンバーを告げて、やっかいなことになっていただろう。だめだ、ここに隠れているべきだ。おや、またノックの音がする」

こんどの訪問者はさっきとはまったく違うタイプだった。アイルランドのシン・フェイン党（英国からの独立をめざす政治結社）の党員ではないかとトミーは思った。たしかにミスター・ブラウンの組織のメンバーは多岐にわたっている。そのへんにいそうな犯罪者、育ちのよさそうなアイルランドの紳士、青白いロシア人、会合を仕切る能率的なドイツ人。じつに風変わりで不穏な集まりだ！　妙に変化に富んだ謎の関係者たちを束ねている頭目は何者なのだろう？

今回も、手順はまったく同じだった。合図のノック、ナンバーの問いかけ、「よろしい」という答え。

階下のドアが二回たてつづけにノックされた。一人目の男はトミーの知らない顔で、役所の事務員のような感じだった。物静かで知的だが、服装がいささかみすぼらしかった。二人目は労働党員風で、その顔にはどことなく見覚えがあった。

三分後にさらにもう一人が現れた。威厳のある風貌、上質な服、あきらかに上流階級だ。トミーはその男の顔もどこかで見た気がしたが、思い出せなかった。

その男が到着したあとは、長い待ち時間となった。じっさい、トミーは会合のメンバーは全員そろったのだと考え、隠れ場所から慎重に忍びでようとした。ところが、またノックの音がしたのであわてて戻った。

この最後の男は足音をほとんどたてずに階段を上ってきたため、トミーが気づかないうちに隠れ場所の前まで来ていた。

色白の小柄な男で、女性を思わせるものやわらかな雰囲気を漂わせていた。高い頬骨からスラブ系の感じがするが、ほかには国籍を示す特徴はなかった。くぼみの前を通りすぎるとき、男はゆっくりと首をまわした。妙に明るい目の光はカーテンを突き通すかのようだった。自分がここにいるのを相手が知っている気がして、トミーは思わず身震いした。おおかたの英国の若者と同じくトミーは空想力豊かなほうではないが、このロシア人らしい男がなみなみならぬ影響力を発散しているという印象を拭《ぬぐ》えなかった。彼は毒蛇《どくへび》を連想した。

すぐに、この印象は正しかったことがわかった。男は全員と同じようにドアをノックしたが、迎えられかたは他の者たちとは大違いだった。ひげをはやした男が立ちあがり、あとの全員も従った。

ドイツ人は歩み寄って握手をかわし、カチリとかかとを合わせた。

「光栄です。大いにわれわれの名誉といたすところです。お見えになれないのではと案じておりました」

最後に来た男は少し歯擦音《しさつおん》のまじる低い声で答えた。

「いろいろ面倒ではあった。残念ながら二度目の機会はないだろう。だが、どうしても一度会っておかなければならなかった——わたしの方針を明確にするために。わたしにはなにもできないのだ、彼——ミスター・ブラウン——がいなければ。来ているか？」

わずかにためらいながら答えたドイツ人の態度の変化は、声に表れていた。

「メッセージを受けとりました。彼自身が足を運ぶのは不可能なのです」ドイツ人は全部を話していないという奇妙な余韻《よいん》を残して、口を閉ざした。

最後に来た男の顔にゆっくりと微笑が浮かんだ。そして一同の不安げな顔を見まわした。

「ああ、なるほど。彼のやりかたは知っている。陰で活動し、だれも信用しない。しかし、そうは言っても彼はいまもわれわれの中にいるかもしれない……」男はまた周囲に目をやり、一同はまた恐れの表情を浮かべた。それぞれが隣の男に疑うような視線を向けた。

ロシア人は頰に指をあてた。

「よかろう。始めようじゃないか」

ドイツ人は気をとりなおし、自分がすわっていた上席を勧めた。ロシア人は異議を唱えたが、ドイツ人は譲らなかった。

「そこが唯一のお席です――ナンバー1にふさわしい。ナンバー14、ドアを閉めてくれ」

次の瞬間、トミーはまたもや木製のドアに阻まれ、中の声はふたたび聞き分けられないかすかなものになった。トミーはいらいらしてきた。盗み聞きした会話に好奇心を刺激されていた。なんとかしてもっと話を聞かなければ。

階下で音はせず、玄関番はきっと上がってこないだろう。一、二分けんめいに耳を傾けたあと、トミーはカーテンから顔を出した。廊下は無人だった。トミーはかがみこんで靴をぬぎ、カーテンの裏に置いた。そして靴下だけの足で用心深く出ていくと、閉まったドアのそばにひざまずき、隙間にそっと耳を押しあてた。いらだたしいことに、たいして聞きとれない。声が大きくなったときにところどころ言葉がわかる程度で、さらに好奇心をそそられるだけだった。

トミーはドアの取っ手をためらいがちに見た。中の男たちに気づかれずに、少しずつ静かに目立たず取っ手をまわせるか？　うんと注意すればできる、と思った。きわめてゆっくりと、一度に一インチずつ、息を殺しながらまわした。もう少し――さらにもう少し――永遠にまわしきれないのか？　ああ！　やっともう動かなくなった。

しばらくそのままでいてから、大きく息を吸ってわずかに内側へ押した。ドアは動かない。トミーは困惑した。力を入れすぎると、ドアはきしむにちがいない。中の声がちょっと大きくなるまで待って、もう一度押した。だが、動かない。さらに力を加えた。このいまいましいドアは固定でもされているのか？　しまいに、やけになったトミーは全力で押した。ところがドアはびくともせず、ようやく彼は真相を悟った。内側から鍵がかかっているか、閂《かんぬき》が差してあるのだ。

しばし、トミーは憤《いきどお》りに駆られた。

「ええ、くそ！　なんてきたない手を！」

怒りが鎮《しず》まると、事態に向きあおうとした。あきらかにまずやるべきなのは、取っ手の位置をもとに戻すことだ。いきなりそうしたら、中の男たちはきっと気づくだろうから、また苦心惨憺《さんたん》してさっきの手順を逆におこなった。うまくいき、彼は安堵のため息をついて立ちあがった。トミーには、なかなか敗北を認めたがらない勇敢で粘り強いところがあった。いまのところ完全に行き詰まっていても、闘いをあきらめるつもりは毛頭なかった。鍵のかかった部屋の中でなにが起きているか、まだ聴くつもりだった。最初の一手はだめだったので、次の手を探さなければ。

あたりに目をやった。廊下をもう少し行けば次のドアだ。そっと廊下を進んだ。中の様子を窺《うかが》ってから、取っ手を試した。取っ手は動き、彼は中に入った。

だれもいない部屋は寝室のしつらえになっていた。この家のほかのものと同じく、家具はぼろぼろで、室内はありえないほどほこりだらけだった。

だが、トミーの興味を引いたのはあればいいと願っていたものだった。二つの部屋をつなぐドア。窓のそばの左側にあった。廊下側のドアを慎重に閉めてから、彼はもう一つのドアの前へ行き、しげしげと観察した。閂が差してある。すっかり錆《さ》びており、長いあいだ使われた形跡がない。そっと左右に動かし、なんとか大きな音をたてずに抜くことができた。そのあとさっきのドアの取っ手と同じやりかたをくりかえし——今回はまんまと成功した。ドアは開いた——細い隙間、ほんのわずかな——だが、会話を聴くにはじゅうぶんだった。このドアの向こう側にはビロードの仕切りのカーテンがあるので、隣の部屋の様子は見えないが、彼らの声はかなり正確に聞き分けることができた。

シン・フェイン党員が話している。朗々としたアイルランド人の声は間違えようがない。

「たいへん結構。だが、もっと資金が必要だ。金が出なければ——結果も出ない」

別の声が答え、ボリスだとトミーは思った。

「結果が出ると保証できるのか?」

「いまから一ヵ月以内に——早くも遅くもお望みのままに——恐怖がアイルランドを支配して、大英帝国の根幹を揺るがすことを約束する」

沈黙が流れ、やがてナンバー1の歯擦音がまじる低い声がした。

「よろしい! 資金を提供しよう。ボリス、手配したまえ」

ボリスは質問した。

「いつものように、アイルランド系アメリカ人たちとミスター・ポター経由で?」

「それでいいだろう」聞き覚えのないアメリカ人風のアクセントの声がした。「ただ指摘しておきたいが、ここへ来て事態はいささかむずかしくなっている。以前ほど共感を得られていないし、アイルランド人はアメリカの介入なしに自分たちでことを決めるべきだという世論も高まっている」

答えるボリスが肩をすくめているのが、トミーには見えるような気がした。

「それがなにか？　資金は名目上アメリカから入っているにすぎない」

「主要な問題点は武器の陸揚げだ」シン・フェイン党員が言った。「資金は容易に運べる――ここにいる同志のおかげで」

するとこ、顔に見覚えのある背の高い堂々とした男では、とトミーが思った声がした。

「きみの発言を聞いたらベルファストの連中がどう感じるか考えてみたまえ！」

「では決まりだな」歯擦音のまじる声のロシア人が言った。「さて、英国の新聞への貸付についてだが、きみの手配はうまくいったんだな、ボリス？」

「そう思います」

「よかった。必要なら、モスクワから公式の否定があるだろう」

間が空いたあと、ドイツ人のはっきりとした声が沈黙を破った。

「わたしは命令を受けています――ミスター・ブラウンから。ここにある各労働組合からの報告の要約を評価するようにと。炭鉱労働者のものがいちばん満足がいく内容です。鉄道関係は手控えなければならない。合同機械工組合ともめる可能性がある」

長い沈黙が続き、聞こえるのは書類をめくる音とドイツ人からのときおりの説明だけだった。

そのあと、テーブルを何度か軽くたたく指の音がした。

「それで――決行日は、友よ？」ナンバー1が尋ねた。

「二十九日です」

ロシア人は考えているようだった。

「あまり時間がないな」

「わかっています。しかしこれは労働党の主な指導者たちが決めたもので、われわれはあまり介入しているように見えてはいけない。彼らはすべて自分たちで計画したことだと信じているはずです」

ロシア人はおもしろがっているように低く笑った。

「ああ、そうだな。それは確かだ。連中には、われわれの目的のために利用されているとはまったく知らずにいてもらわなければ。誠実な人々だよ――われわれにとっての価値はそこにある。おかしなものだ――しかし、誠実な人々なくしては革命を起こすことはできない。民衆の本能というのははずれることがないんだ」ロシア人はちょっと黙ってから、自分の言葉に酔ったようにくりかえした。「どんな革命にも誠実な人々がいた。そのあとすぐに排除されるのだがね」

彼の声音には不吉な響きがあった。

ドイツ人がまた口を開いた。

「クライムズは始末しなければなりません。彼は洞察力が鋭すぎる。ナンバー14の任務だな」

かすれたつぶやき声がした。

「了解です」少し間を置いて、ナンバー14は続けた。「もしおれがつかまったら」

「最高の弁護士をつけてやる」ドイツ人は静かに答えた。「だがどんなときも、有名な押し込み強盗の指紋がついた手袋をはめるんだ。恐れることはほとんどない」

「ああ、怖がってなんかいませんよ。すべては大義のためだ。街には血が流れるでしょうね」

彼の口調には冷酷さがにじんでいた。「ときどき夢に見るんですよ。そして溝にはダイヤや真珠がころがっていて、だれだって拾える！」

椅子を引く音がして、ナンバー1が発言した。

「それでは、手筈《てはず》はすべてととのった。成功は間違いないな？」

「はい——そう思います」ドイツ人の声にはずっとあった自信がやや欠けていた。

ナンバー1の口ぶりが突然けわしくなった。

「なにかまずいことでも？」

「いいえ、ただ——」

「ただ、なんだ？」

「労働党の指導者たち。彼らがいなければわれわれにはなにもできません。もし二十九日に彼らがゼネストを宣言しなかったら——」

「しないわけでもあるのか？」

「おっしゃったように、指導者たちは誠実です。そして彼らの目に映る政府をわれわれはできるかぎり貶《おとし》めてきましたが、その政府に対して彼らがひそかな忠節と信義を抱いていないとは、言いきれない」

「だが――」

「わかっています。指導者たちはずっと政府を攻撃している。しかしながら、全体として世論は政府寄りに傾いています。彼らは世論との対決を避けたいのでは」

ふたたびロシア人はテーブルを指でたたいた。

「そこだがね、友よ。成功を確約するある文書が実在していると聞いているが」

「そうなのです。もしその文書を指導者たちの前に出せば、結果はすぐに表れるでしょう。彼らはそれを英国中に公表して、一瞬のためらいもなく革命を宣言しますよ。政府はついに完膚なきまでに敗れ去るのです」

「では、それ以上なにを望むのだ？」

「その文書自体です」ドイツ人はぶっきらぼうに答えた。

「なんと！　手に入っていないのか？　だが、ありかは知っているんだな？」

「いいえ」

「だれか知っている者は？」

「一人だけ――たぶん。それさえも確かではありません」

「だれなんだ？」

「若い女です」

トミーは息を呑んだ。

「若い女？」ロシア人は侮るように声を高めた。「それできみは彼女の口を割らせることができていないのか？　ロシアには女をしゃべらせるさまざまな方法があるぞ」

「この場合は違うのです」ドイツ人はむっつりと答えた。

「違うだと――どう違う？」ロシア人は間を置いてから続けた。「いまどこにいる？」

「その女ですか？」

「そうだ」

「彼女は――」

ところが、トミーはその先を聞けなかった。頭に強烈な一撃をくらって、すべてが闇に包まれた。

9　タペンス、メイドになる

トミーが二人の男の追跡にかかったとき、ついていかないためにタペンスには自制心のすべてが必要だった。だが、はやる気持ちをできるだけ抑え、なりゆきが自分の推理を裏付けていると考えることで慰《なぐさ》められた。二人の男は間違いなく三階のフラットから出てきたし、〝リタ〟という名前のか細い手がかりの糸のおかげで、若き冒険家たちによるジェイン・フィンの誘拐者追跡は一歩前進した。

問題は次にどうするかだ。タペンスはぐずぐずしてチャンスを逃すのがいやだった。トミーはぞんぶんに行動しているのに、彼の尾行に加わることができず、タペンスは途方に暮れた。彼女は共同住宅の玄関に戻った。するとそこには小さなエレベーターボーイがいて、真鍮《しんちゅう》の部分を磨きながら、元気よくかなり正確に最新流行の曲を口笛で吹いていた。

彼は入ってきたタペンスを肩ごしに一瞥した。いたずらっ気たっぷりな彼女は、いつも男の子とはウマが合うのだった。たちまち、共感の絆が生まれた。敵地での味方は大歓迎だ、と彼女は思った。

「どうも、ウィリアム」彼女は病院の朝の見まわりで好評だった口調で、陽気に声をかけた。「上手に磨けた？」

少年はにやりと笑った。

「アルバートです、ミス」

「アルバートね」タペンスは謎めいた態度で玄関を見まわした。アルバートが気づかないといけないので、仕草を大げさにした。彼女は少年にかがみこみ、声を低めた。「ちょっと話があるんだけど、アルバート」

アルバートは真鍮磨きをやめて、ぽかんとした。

「見て！　これがなんだかわかる？」芝居がかった手つきで上着の左側をひらひらさせ、小さなエナメルのバッジを示した。アルバートがこれを知っているはずがない——じつは、知っていたらこの計画にとって致命的だ。なぜなら、バッジは戦争の初期に父親の大執事が組織した地元の自衛団のものだったから。いま上着にバッジが留めてあるのは、一日二日前に花を挿すのに使ったためだった。だがタペンスは鋭い観察眼の持ち主で、アルバートのポケットから安っぽい探偵小説本の角がのぞいているのに気づいていた。少年がたちまち目を見張ったので、たくらみがうまくいき、魚が餌にくいついたことがわかった。

「アメリカ探偵局なの！」彼女はささやいた。

アルバートは完全に信じた。

「すごいや！」彼はうっとりとしてつぶやいた。

タペンスは自信たっぷりに、アルバートにうなずいた。

「わたしがだれを追っているかわかる？」彼女はやさしく尋ねた。

まだ目を丸くしているアルバートは息せききって言った。

「ここのフラットにいる人？」

タペンスはうなずいて親指で階段のほうを示した。

「二十号室。ヴァンデマイヤーと名乗っている女性よ。ヴァンデマイヤー！　はん！」

アルバートはポケットにすっと手を入れた。

「悪いやつ？」勢いこんで尋ねた。

「悪いやつ？　そうね。アメリカでは〝やり手のリタ〟と呼ばれているわ」

「やり手のリタ」アルバートは興奮した口ぶりだった。「わあ、まるで映画みたいだ！」

そのとおりだった。タペンスは映画を見にいくのが大好きだった。

「アニーはいつだって言ってた、あれは悪い女だって」

「アニーってだれ？」タペンスはなにげなく聞いた。

「メイドだよ。今日やめるんだ。アニーは何度もおれに言ってたんだ。『よく聞いて、アルバート。近々警察があの女をつかまえにきてもあたしは驚かないから』って。そういうわけなんだ。でも彼女、見た目はすごい美人だよね？」

「まあ魅力的ね」タペンスは慎重に答えた。「悪だくみに利用しているにちがいないわ。ところで、彼女はエメラルドを身につけている？」

「エメラルド？　緑色の宝石だよね？」

タペンスはうなずいた。

「そのために彼女を追っているのよ。リズデール老を知っている？」

アルバートはかぶりを振った。

「ピーター・B・リズデールよ、石油王の？」

「聞いたことはあるかも」

「宝石は彼のものなの。世界最高のエメラルドのコレクションなのよ。百万ドルの価値がある！」

「すげえ！」アルバートは夢中で叫んだ。「聞けば聞くほど映画の世界みたいだよ」

タペンスは策が功を奏したのがうれしくて微笑した。

「まだ証拠をつかんでいないの。でも、彼女を追いつめる。それに」――長々と引きのばしたウィンクをしてみせた――「今回、彼女はブツを持って逃げおおせないはず」

アルバートはまたうれしそうな叫び声を上げた。

「いい、きみ、ひとこともらしちゃだめよ」タペンスは急に口調を切り替えた。「教えるべきじゃなかったんでしょうけど、アメリカじゃほんとうに賢い若者は一目でわかるの」

「ひとことだってもらしたりしないよ」アルバートはむきになって反論した。「おれにできること、なにかない？　ちょっとした尾行とか、そういうやつ？」

タペンスは考えるふりをして首を振った。

「いまはない。でも、きみのことは心に留めておく。いま話していた今日やめるメイドのことだけど？」

「アニー？　よくある騒動だよ。アニーは言ってた、召使いは最近いっぱしの存在で、ちゃんとした待遇を受けるべきなんだって。そんなことを言いふらしてたから、次の仕事は簡単には見つからないんじゃないかな」

「そう？」タペンスは考えをめぐらせた。「どうかな――」

アイディアが閃《ひらめ》いた。一、二分検討してから、アルバートの肩をたたいた。

「ねえ、いい思いつきが浮かんだの。きみかきみの友だちに若い従姉《いとこ》がいて、次のメイドにぴったりじゃないかって、話してみたら？　意味わかる？」

「わかるよ」アルバートは即座に答えた。「任せといて、ミス。ちゃっちゃと段取りつけるから」

「頼もしい！」タペンスはうなずいた。「その若い女性はすぐに来られるって言って。結果を知らせてね、オーケーなら明日の十一時に来るわ」

「どこへ知らせにいけばいい？」

「〈リッツ〉」タペンスは簡潔に答えた。「カウリーを呼びだして」

アルバートは憧れのまなざしで彼女を見た。

「いい仕事にちがいないね、この探偵ビジネスって」

「そうよ。とくにリズデール老はお金を惜しまないし。でも心配しないで。これがうまくいったら、きみも悪いようにはしないから」

新しい仲間にそう約束し、快活な足どりでサウス・オードリー・マンションズをあとにしたタペンスは、自分がなしとげた仕事にご満悦だった。

だが、のんびりしている時間はない。彼女はまっすぐ〈リッツ〉へ戻り、ミスター・カーターに短い手紙を書いた。手紙の配達を頼み、トミーはまだ帰ってこないので——意外ではない——買物に出かけた。お茶とクリームケーキの盛りあわせを楽しむ休憩をはさんで、六時過ぎまでかかり、へとへとになってホテルへ帰ってきたが、成果には満足していた。まず安物の服屋からスタートし、中古品店を一、二軒まわり、しまいに有名な美容院へ行った。ホテルの寝室で一人になると、タペンスは買物の包みを開けた。そして五分後、鏡に映る自分の姿ににんまりした。役者用のペンシルを使って眉の形を少し変えたのと、金髪のかつらの豊かな輝きがあいまって、彼女の見かけは激変していた。これならウィッティントンと顔を合わせても、自分だとはわからないと確信した。それに靴に中敷きを入れて身長を高く見せるつもりだし、メイドキャップとエプロンをつければ変装はさらに効果的になる。病院で働いた経験から、制服を着ていない看護婦は受け持ちの患者から見てもわからないことが多いのを、タペンスはよく知っていた。

「オーケー」彼女は声に出して言い、鏡の中の小粋な姿にうなずいた。「いけるわ」そのあと、いつもの自分に戻った。

彼女は夕食を一人でとった。トミーがまだ帰らないことに、さすがに驚いていた。ジュリアスも不在だ——だが、それは理解できた。ジュリアスの〝精力的な活動〟はロンドン市内に限ったことではない。彼が突然現れたりいなくなったりするのは、仕事の一部として若き冒険家たちは受けとめてしかるべきだ。従妹《いとこ》の失踪の手がかりがそこで見つかると思ったら、ジュリアス・P・ハーシャイマーが急にコンスタンティノープルへ発《た》ってもおかしくない。あのエネルギッシュな青年はロンドン警視庁の数人をめちゃくちゃ忙しくしたし、海軍省の電話交換嬢たちは聞きなれた「もしもし！」にうんざりしていた。パリで三時間過ごして警視庁をせっつき、たぶん辟易《へきえき》したフランス人の刑事に謎を解く真の手がかりはアイルランドにあると吹きこまれ、勇躍して戻ってきたのだ。

（きっとダッシュしてアイルランドへ行ったのよ）タペンスは思った。（それはいいけれど、この状況はわたしには退屈！　知らせたいニュースがいっぱいあるのに、話す相手がだれもいないなんて。トミーは電報ぐらいよこしてもいいはずなのに。いったいどこにいるの。とにかく、〝敵にまかれた〟わけはないわよね。あ、そうだ――）タペンスはわれに返ってボーイを呼んだ。

十分後、彼女はゆっくりとベッドでくつろぎ、タバコを吸いながら『少年探偵ガーナビー・ウィリアムズ』を読みふけっていた。さっきボーイに買ってくるように頼んだ、安手のスリラー小説数冊のうちの一冊だ。アルバートと交流を深める前に、探偵ものの独特の言いまわしなどを知っておいたほうがいいだろう。

翌朝、ミスター・カーターから手紙が届いた。

親愛なるミス・タペンス

すばらしいスタートを切りましたね、おめでとう。しかしながら、もう一度あなたたちが背負っているリスクを指摘しておきます。とくに、あなたが示唆《しさ》している方法で捜索を進めるつもりなら。相手はとにかく必死だし、血も涙もない冷酷なやからです。あなたは危険を過小評価しているようだ。ですから、わたしはあなたになんの保護も与えられないと再度警告しておきます。あなたは貴重な情報をもたらしてくれた。ここで手を引くと決めても、だれも責められません。とにかく、決める前にじっくり考えてみることです。

この警告を受けてもなお、やりぬく決意を固めているのであれば、すべて手配しましょう。あなたはラネリーの牧師館のミス・ダフェリンのもと、二年間住みこみで働いていたことにします。ミセス・ヴァンデマイヤーがミス・ダフェリンにあなたの身元を照会しても大丈夫です。

一つ二つ忠告をしてもいいでしょうか？　できるかぎり真実に近い線に留まるのです――〝ぼろが出る〟可能性が少なくなりますから。自分のことはありのままに話すほうがいいでしょう。つまり、仕事としてメイドを選んだ元救急看護奉仕隊員である、と。いまはそういう女性がたくさんいる。それで、疑いを招きかねない場違いな物言いやふるまいをしても説明がつくはずです。

どんな決断をするにしろ、幸運を祈ります。

あなたの友

Mr Carter《ミスター・カーター》

タペンスの士気は上がった。ミスター・カーターの警告など気に留めなかった。この若きレディはあまりにも自信満々で、そんなことは意に介さないのだ。

それでもしぶしぶ、思い描いていた計画のおもしろい部分はあきらめた。役柄を演じつづける自分の力量にまったく疑いはないものの、彼女はじゅうぶんな良識の持ち主なので、ミスター・カーターの意見の重さを認めないわけにはいかなかった。

トミーからはずっとなんの連絡もなかったが、朝〈オーケー〉と殴り書きされたアルバートからの薄汚れた葉書が届いた。

十時半に、タペンスは新しい持ちものを入れたややくたびれたブリキのトランクを誇らしく眺めた。上手にひもで縛ってあった。フロントで呼び鈴を鳴らしてそれをタクシーに運んでくれと頼んだときには、少し恥ずかしかった。パディントンまでタクシーで行き、トランクを駅の手荷物預かり所に託した。そのあと、ハンドバッグを持って急いで女性用待合室の化粧室に入った。十分後、変身したタペンスはとりすまして駅を出ると、バスに乗った。

タペンスがふたたびサウス・オードリー・マンションズの玄関に着いたときには、十一時を少しまわっていた。アルバートは心ここにあらずの様子で仕事をしながら待っていた。彼はすぐにはタペンスに気づかなかった。気づいたときの少年の賞賛ぶりはたいへんなものだった。

「ちくしょう、ぜんぜんわからなかった！　そのいでたち、最高だよ」

「気に入ってくれてうれしいわ、アルバート」タペンスはつつましく答えた。「ところで、わたしはあなたの従姉なの、そうじゃないの？」

「アクセントも違う」少年はうれしそうに叫んだ。「完璧に英国人だ！　いや、おれの友だちが若い娘さんを知ってるって言ってある。アニーは機嫌がよくなかったな。彼女、今日まで残ったんだ——引き継ぎをするためだって言ってたけど、ほんとうはあなたに後釜を引き受けさせない気だよ」

「親切な人ね」

この皮肉はアルバートには通じなかった。

「アニーには自分の流儀があって、銀食器を磨くのなんかはうまい——だけど、すごいかんしゃく持ちなんだ。もう上に行く？　エレベーターに乗って。二十号室だよね？」少年はウィンクした。

タペンスはいかめしい視線を送ってたしなめてから、エレベーターに乗った。

二十号室の呼び鈴を鳴らしたとき、下りていくアルバートがまだこちらを見ているのを感じた。

小生意気そうな若い女がドアを開けた。

「仕事のことで来ました」タペンスは告げた。

「ひどい家よ」若い女は断言した。「典型的な意地悪女——いつだって干渉してくるの。あたしが彼女の手紙をいじくったって非難するんだから。このあたしが！　封は半分はがれかけていたのよ。紙くずかごになにか入っていたためしはない——彼女、なにもかも燃やすの。あれは悪い女よ、ええ。しゃれた服を着ていても品がない。料理人は彼女のことをなにか知っている——言おうとしないけれど——死ぬほど彼女を怖がっているのよ。そしてあの女、疑い深いの！　男とちょっと話でもしていたら、たちまち叱られるのよ。いい、それに——」

だが、アニーにはもっと話したいことがあったのに、タペンスは聞けなかった。というのも、そのとき、ことさら情け容赦のないよく通る声が呼んだからだ。

「アニー！」

若い女は撃たれたかのように飛びあがった。

「はい、奥さま？」

「だれと話しているの？」

「仕事のことで来た女性です」

「だったら通して。すぐに」

タペンスは長い廊下の右側の部屋に通された。一人の女が暖炉のそばに立っていた。すでに盛りを過ぎ、かつての美貌はこわばって潤《うるお》いを失っていた。若いときは絶世の美女だったにちがいない。少しだけ染めているらしい透きとおるような金髪は、うなじで輪に束ねられ、閃光《せんこう》のような鮮《あざ》やかな青の目は、相手の魂の底まで突き通しそうな眼力《がんりき》だ。優雅な姿を、藍色の絹のすばらしいドレスがいっそうきわだたせている。しかし、人を引きつける洗練された雰囲気とこの世のものとは思えないほどの美貌にもかかわらず、どこかきびしい威嚇《いかく》的なもの、口調や鋭いまなざしに表れる鋼《はがね》のような強さがそこに潜んでいることを、感じないわけにはいかなかった。

初めてタペンスは怖いと思った。ウィッティントンは怖くなかったが、この女は違う。魅せられたように、タペンスは相手の赤い唇《くちびる》の長い冷酷な曲線を見つめ、ふたたび恐怖が全身を走るのを感じた。いつもの自信は消え失せていた。この女をあざむくのはウィッティントンをあざむくよりはるかにむずかしい気がする。ミスター・カーターの警告が胸によみがえった。たしかに、ここでは慈悲は期待できない。

きびすを返してさっさと逃げだしたいという衝動をけんめいに抑え、タペンスはしっかりと敬意をこめて相手と目を合わせた。

最初の審査はパスしたとでも言いたげに、ミセス・ヴァンデマイヤーは椅子を示した。

「おすわりなさい。わたしがメイドをほしがっているのを、どこで聞いたの？」

「ここのエレベーターボーイと知りあいの友人からです。彼は、こちらの仕事ならわたしに適しているんじゃないかと」

またもや射すくめるようなまなざしがタペンスに突き刺さった。

「教育がありそうな話しかたをするわね？」

タペンスはすらすらと、ミスター・カーターの指示に沿った経歴を話した。そのあいだに、ミセス・ヴァンデマイヤーのぴりぴりした態度は和《やわ》らいでいった。

「わかりました」最後に彼女は言った。「こちらから照会できる人はだれかいて？」

「いままで、ラネリーの牧師館のミス・ダフェリンのところに住みこんで、二年間働きました」

「それでは、ロンドンに来ればもっとお金を稼げると考えたわけね？　まあ、それは問題ないでしょう。わたしは五十ポンドから六十ポンド——あなたのほしいだけ払うわ。すぐに来られるの？」

「はい、奥さま。よろしければ今日にでも。荷物はパディントン駅に預けてあります」

「じゃあ、タクシーで行ってとっていらっしゃい。ここは楽な働き口よ。わたしはよく出かけるの。ところで、あなたの名前は？」

「プルーデンス・クーパーです、奥さま」

「よろしい、プルーデンス。すぐ荷物をとってきて。わたしは昼食に出ます。料理人がいろいろなものがどこにあるか教えてくれるわ」

「ありがとうございます、奥さま」

タペンスは部屋から下がった。小生意気なアニーはいなかった。階下の玄関には堂々たる荷物運び係がいて、アルバートを隅に追いやっていた。タペンスは少年に一瞥もくれずに、静かに外へ出た。

　冒険は始まったが、朝の高揚した気分は鎮まっていた。行方不明のジェイン・フィンがミセス・ヴァンデマイヤーの手に落ちているとしたら、きっとつらい目に遭っているにちがいない、とタペンスはふと思った。

10　サー・ジェイムズ・ピール・エジャートン登場

　タペンスは新しい仕事をそつなくこなした。大執事の娘たちは家事の素養はじゅうぶんにある。しかも彼女たちは〝仕込まれていない若いお手伝い〟をしつけるエキスパートであり、その避けられない結果として、しつけを終えたお手伝いは新たに習得した知識とともに、大執事の与える心もとない給料よりもちゃんとした報酬を求めてやめていってしまうのだ。

　だからタペンスは役立たずだとばれる心配はほとんどしていなかったが、ミセス・ヴァンデマイヤーの料理人にはとまどった。彼女は傍目《はため》にもあきらかに、女主人をひどく恐れていた。タペンスは、ミセス・ヴァンデマイヤーが彼女の弱みを握っているのではないかと思った。ほかの点では、タペンスがその晩見たかぎり、シェフらしく料理をこしらえていた。ミセス・ヴァンデマイヤーは夕食に客を招いており、タペンスは二人のためにぴかぴかに磨いた食器類でテーブルをととのえた。この訪問客について、彼女にはちょっとした考えがあった。現れるのはウィッティントンではないかと、予想していたのだ。自分は気づかれないという自信はかなりあったものの、客が違う人物であるに越したことはない。とはいえ、うまくいくように祈るよりほかなかった。

　八時少し過ぎに玄関の呼び鈴が鳴り、タペンスはどきどきしながら応対に出た。訪問者はトミーが尾行していた二人のうち二番目の男だとわかって、彼女はほっとした。

彼はステパノフ伯爵と名乗った。タペンスが彼を案内して来訪を告げると、ミセス・ヴァンデマイヤーはすぐに愛想のいい歓迎の言葉をつぶやきながら、椅子から立ちあがった。

「お目にかかれてうれしいこと、ボリス・イヴァノヴィッチ」

「わたしもですよ、マダム!」彼はミセス・ヴァンデマイヤーの手をとって深くおじぎをした。

タペンスは台所に戻った。

「ステパノフ伯爵ですって」そう言って、親しげであけっぴろげな好奇心を装った。「何者かしら?」

「ロシアの紳士でしょ」料理人は答えた。

「ここへはよく来るんですか?」

「ときどきね。なんで知りたいの?」

「奥さまに熱を上げているのかなと思って。それだけです」タペンスは説明し、すねたようにつけくわえた。「どう思います?」

「いまはスフレのほうが心配よ」料理人は言った。

(あなたはなにか知っている)タペンスは心の中でつぶやいた。だが声に出しては、「盛りつけて出すんですね? 了解」と言った。

食卓で給仕しているあいだ、タペンスは会話のすべてに耳をそばだてた。これはトミーが尾行した男のうちの一人だ。認めたくはないが、すでに彼女はパートナーになにかあったのではと心配になっていた。トミーはどこにいるのだろう？　どうしてひとこととの連絡もないのだろう？　〈リッツ〉を出る前に、手紙やメッセージは全部ある小さな文房具店にすぐ届けてもらうように手配してきた。ここの近所で、アルバートがしょっちゅう立ち寄ってくれることになっている。トミーと別れたのはついきのうのことだし、案じるのはばかげていると自分に言い聞かせていた。それでも、彼がなにも言ってこないのはおかしい。

だが、聞いていても食卓の会話にはなんの手がかりもなかった。ボリスとミセス・ヴァンデマイヤーはまったくどうでもいいことばかり話していた。観た芝居や新しいダンス、社交界の最新のゴシップ。夕食がすむと、二人は狭い私室に場所を移し、ミセス・ヴァンデマイヤーはそこで寝椅子に横たわってさらに妖艶な魅力をふりまいた。タペンスはコーヒーとリキュールを運び、しぶしぶ下がりかけた。そのとき、ボリスの声が耳に入った。

「新人だね？」

「今日から来たのよ。前のは性悪でね。こんどの娘は大丈夫みたい。お給仕もちゃんとしているわ」

注意深く少しだけ開けておいたドアのそばでぐずぐずしていると、ボリスが言うのが聞こえた。

「大丈夫なんだろうね？」

「ほんとうに、ボリス、あなたはどうしようもなく疑い深いのね。たしか、玄関の荷物運びかなにかの知り合いよ。そしてだれも、わたしたちの——共通の友人、ミスター・ブラウンとわたしがつながりがあるなんて、夢にも思っていないわ」

「頼むから気をつけてくれよ、リタ。あのドアはちゃんと閉まっていない」

「あら、だったら閉めてきて」ミセス・ヴァンデマイヤーは笑った。

タペンスはとっとと引きさがった。

これ以上長く裏方を留守にするわけにはいかなかったが、彼女は病院で会得《えとく》した息もつがせぬスピードで片づけと皿洗いをすませた。そしてまた忍び足で私室の前へ戻った。仕事がのろい料理人はまだ台所で忙しくしており、メイドがいないのに気づいたとしても、ベッドメイクに行ったと思うだろう。

しかし残念ながら、私室の中の会話は小声すぎて、外からはなにも聞こえなかった。どんなにそっとでも、もう一度ドアを開けようとはタペンスも考えなかった。ミセス・ヴァンデマイヤーはドアに面した位置におり、タペンスは女主人のヤマネコのような目の観察力を認めていた。

だが、なんとかして会話の内容を探らなければ。不測の事態が起きたのなら、トミーのことがなにか聞けるかもしれない。しばし必死で頭を働かせてから、彼女はぱっと顔を輝かせ、廊下をミセス・ヴァンデマイヤーの寝室へ急いだ。その部屋の高いフランス窓から、このフラットに張りだしているバルコニーに出られる。するりとフランス窓を抜けると、タペンスは音をたてずにミセス・ヴァンデマイヤーの私室の窓へ向かった。思ったとおり、その窓は少し開いており、中からはっきりと声が聞こえた。

タペンスはけんめいに耳を傾けたが、トミーに関係がありそうな話はない。ミセス・ヴァンデマイヤーとロシア人はなにかの件で意見が合わないらしく、とうとうボリスは苦々しい口調で叫んだ。

「無謀なまねをくりかえしていたら、あなたはしまいにわれわれを破滅させる！」

「ばかばかしい！」彼女は笑った。「有名人でいるのは、疑いをかわす最良の道よ。近いうちにわかる——たぶんあなたが思っているよりも早くね」

「ところで、あなたはどこへ行くにもピール・エジャートンと一緒だな。彼はおそらく英国でもっとも高名な勅選《ちよくせん》弁護士であるばかりか、お気に入りの趣味は犯罪学だぞ。狂気の沙汰だ！」

「彼の雄弁は数えきれないほどの人間を絞首台から救ってきたのよ」ミセス・ヴァンデマイヤーは冷静に答えた。「どうして悪いの？　いつかわたし自身が彼の弁護を必要とする日が来るかもしれない。そうなったら、王室《コート》にコネのある友人を持っているのはなんという幸運——いいえ、法廷《コート》に、と言ったほうがいいわね」

ボリスは立ちあがって行ったり来たりしはじめた。そうとう興奮していた。

「あなたは利口な女性だ、リタ。だが愚か者でもある！　わたしの忠告を容《い》れて、ピール・エジャートンはあきらめるんだ」

ミセス・ヴァンデマイヤーはやさしくかぶりを振った。

「そうはいかないわ」

「拒むのか？」ロシア人の口調は険悪だった。

「ええ」

「だったら、われわれは――」

だが、ミセス・ヴァンデマイヤーも立ちあがり、その目には強い光があった。

「あなたは忘れている、ボリス。わたしはだれに義務があるわけでもないわ。わたしが命令を受けるのは――ミスター・ブラウンからだけよ」

ボリスは往生して両手を上げた。

「あなたは手に負えないな。まったく手に負えない！　すでに遅すぎるかもしれないんだ。ピール・エジャートンは犯罪者を嗅ぎつけるというもっぱらの噂だ。彼があなたに興味を持ちはじめた裏に、なにがあるかわからないじゃないか？　すでに疑惑を抱いているのかもしれない。彼は――」

ミセス・ヴァンデマイヤーは軽蔑《けいべつ》するように客を見た。

「落ち着いて、ボリス。彼はなにも疑っていないわ。あなたのふだんの騎士道精神はどこへ行ったの、わたしが世間で美人と認められているのを忘れているようね。大丈夫、ピール・エジャートンが興味を持っているのはそこよ」

ボリスは疑わしげにかぶりを振った。

「彼はこの王国のだれよりも犯罪を研究している。あざむけるとでも思っているのか？」

ミセス・ヴァンデマイヤーはまなざしをけわしくした。

「もしエジャートンがあなたの言うような人間なら――試してみるのもおもしろいというもの

よ」

「冗談じゃない、リタ——」

「それに、彼は大金持ちだわ。わたしはお金を軽んじる人種じゃないの。軍資金が必要でしょ、ボリス」

「金——金か！　そこがあなたのあぶないところだぞ、リタ。金のために魂を売ることになるだろう。わたしは——」ボリスは間を置き、低い不吉な口調でゆっくりと続けた。「ときどき、あなたが売るんじゃないかと思うんだ——われわれを！」

ミセス・ヴァンデマイヤーは微笑して肩をすくめた。

「どうであれ、買収するならとても高くつくでしょうね」軽い口ぶりだった。「百万長者でなければ払えないわ」

「ああ！」ロシア人はうなった。「ほら、言ったとおりだ」

「ボリスったら、冗談がわからないの？」

「冗談なのか？」

「もちろんよ」

「それなら、わたしに言えるのはあなたのユーモア感覚は変わっているということだけだよ、リタ」

ミセス・ヴァンデマイヤーはほほえんだ。

「けんかはよしましょう、ボリス。呼び鈴を押して。飲みものを持ってこさせるわ」

タペンスは大あわてで退散することにした。ミセス・ヴァンデマイヤーの大鏡で自分の姿を点検してどこにも不都合はないと確認してから、従順に呼び鈴に応えた。

立ち聞きした会話は、リタとボリスが共謀関係にあることが証明された点で興味深かったが、現在の重大な関心事にはほとんど触れられなかった。ジェイン・フィンの名前も一度も出てこなかった。

翌朝、アルバートとの短い会話で文房具店にはなにも届いていないとわかった。すべて順調なのだとしても、トミーがなにも言ってこないとは信じられない。心臓を冷たい手でぎゅっとつかまれるような気がした……もしも……彼女はけんめいに恐怖を押し殺した。心配ばかりしてもいいことはない。だが、ミセス・ヴァンデマイヤーがチャンスをくれたときには飛びついた。

「あなたはいつも何曜日に外出するの、プルーデンス?」

「いつも金曜日です、奥さま」

ミセス・ヴァンデマイヤーは眉を吊りあげた。

「今日は金曜日じゃないの! でも、さすがに外に出る用事はないかしらね、きのう来たばかりだし」

「じつは、お許しいただけないかと思っていたんです、奥さま」

ミセス・ヴァンデマイヤーはしばらくメイドを眺めたあと、微笑した。

「ステパノフ伯爵にいまあなたがなんと言ったか聞かせたかったわ。昨夜、あなたについてほのめかしていたの」彼女は猫のように笑みを大きくした。「あなたの頼みはとても――いまどきのメイドにはありがちだわ。納得よ。あなたにはこの話は理解できないわね――でも、外出を許可します。わたしにはどうでもいいの、今晩は家で夕食をとらないから」

「ありがとうございます、奥さま」

ミセス・ヴァンデマイヤーの前を下がると、安堵感がこみあげてきた。あの残酷な目をした美しい女が怖い、ひどく怖い、とまたもやタペンスは自覚した。

銀器の最後の一枚をぼんやりと磨いていると、玄関の呼び鈴が鳴ったので応対に出た。今回の客はウィッティントンでもボリスでもなく、きわめて人目を引く容貌の男だった。平均よりも少し身長が高いだけなのに、大きな男という印象を受ける。きれいにひげを剃《そ》ったきわめて表情に富む顔には、非凡な権力とエネルギーを思わせる雰囲気が漂っている。彼の存在から磁力が発散されているようだった。

俳優か弁護士かどっちだろう、とタペンスは一瞬迷ったが、相手が名乗ったので疑問はすぐに解決した。サー・ジェイムズ・ピール・エジャートンだ。

彼女はあらためてじっと客を観察した。では、これが英国中にその名が知れわたっている勅選弁護士なのだ。いつか首相になるのではないかという噂を聞いたことがある。スコットランドの有権者のために一議員でいることを選び、自分の職業を優先して政府の要職を断わったという話は有名だ。

タペンスは考えにふけりながら食器室へ戻った。偉大な男性に感銘を受けていた。ボリスが興奮していたのも理解できる。ピール・エジャートンをあざむくのは容易ではないだろう。

十五分ほどたって呼び鈴が鳴り、タペンスは玄関まで訪問客を送りだした。さっきも、エジャートンは鋭い一瞥を彼女に投げていた。帽子とステッキを渡すとき、弁護士の視線がまた全身に注がれるのを感じた。タペンスがドアを開けて脇にどくと、エジャートンは戸口で足を止めた。

「ここに来てまもないね?」

タペンスは驚いて視線を上げた。エジャートンのまなざしにはやさしさと、はかり知れないなにかがあった。

彼女が答えたかのように、エジャートンはうなずいた。

「前は救急看護奉仕隊にいて、その後苦労したのでは?」

「ミセス・ヴァンデマイヤーがお話しされたのですか?」タペンスは不審に思って尋ねた。

「いいや。きみを見ればわかる。ここは働きやすい?」

「はい、とても。ありがとうございます」

「そうか、だが最近はいい働き口がいくらでもある。そしてときには変化もいいものだよ」

「それはどういう――?」

だが、サー・ジェイムズはもうポーチに出ていた。穏やかながらなにもかも見通すようなまなざしで、彼は振りかえった。

「ただの助言。それだけだよ」

タペンスは食器室に戻ったが、さっきよりさらに考えこんでいた。

11　ジュリアスは語る

ふさわしい服装に着替えて、タペンスは時間どおり〝午後の外出〟をした。アルバートは一時的に姿が見えなかったが、タペンスは自分で文房具店を訪れてなにも届いていないのを確かめた。この時点で納得しながらも、〈リッツ〉まで行った。聞いてみると、トミーはまだ戻っていなかった。予想どおりとはいえ、希望の灯がまた消えそうになった。こうなったらミスター・カーターに直接訴えよう。トミーがいつどこで尾行を始めたかを話し、彼の行方を知るためになにかしてくれるように頼むのだ。ミスター・カーターが助けてくれるかもしれないと思うと気分が明るくなってきて、タペンスは次にジュリアス・ハーシャイマーはいるかと尋ねた。すると、彼は三十分前に帰ってきたが、すぐにまた外出したというではないか。

タペンスはさらに元気をとりもどした。ジュリアスに会えばきっと光が見えてくる。トミーになにがあったのか突きとめる計画を考えてくれるかもしれない。ホテルのジュリアスの部屋の居間で、彼女はミスター・カーター宛の手紙をしたためた。封筒に住所を書こうとしたとき、突然ドアが開いた。

「いったいどういう――」ジュリアスは言いかけ、はっとしていったん口を閉じた。「失礼、ミス・タペンス。フロントのばかどもが、ベレズフォードはここにはもういない――水曜日からいないとぬかしたものだから。ほんとうなのか？」

タペンスはうなずいた。

「彼がどこにいるか、あなたにもわからない？」彼女は小声で聞いた。

「わたし？　知るわけがないだろう？　彼からはなに一つ言ってこないよ、きのうの朝電報を打ったのに」

「あなたの電報は開けられないまま、フロントが預かっているはずよ」

「しかし、彼はどこにいるんだ？」

「わからないの。あなたなら知っているかもしれないと思っていたんだけど」

「言ったように、水曜日に駅で別れて以来なんの連絡もないんだ」

「どこの駅？」

「ウォータールー。ロンドン・アンド・サウスウェスタン鉄道の」

「ウォータールー？」タペンスは眉《まゆ》をひそめた。

「そうだよ。ベレズフォードはきみになにも言わなかったのか？」

「わたしも彼と会っていないのよ」タペンスはいらいらして答えた。「ウォータールー駅でのこと話して。あなたたち、そこでなにをしていたの？」

「彼が電話してきたんだ。急いで来てくれって。悪党二人を尾行していると言っていた」

「ああ！」タペンスは目を見開いた。「なるほどね。続けて」

「すぐに駆けつけたよ。ベレズフォードはそこにいて、悪党どもがどれなのか教えた。大柄なほうがわたしの担当だった、きみがだましたやつだよ。彼は切符を押しつけて、列車に乗れと言った。自分はもう一人のほうを追うからって」ジュリアスは間を置いた。「きみは全部知っているものとばかり思っていたのに」

「ジュリアス」タペンスはきっぱりと言った。「うろうろ歩きまわるのはやめて。目がまわりそう。そこの肘掛《ひじか》け椅子にすわって、できるだけもったいぶらないですべて話して」

ジュリアスは彼女の言葉に従った。

「いいとも。どこから始める?」

「あなたが出発したところから。ウォータールー駅」

「よし。わたしはお国の古きよき一等のコンパートメントに乗りこんだ。ちょうど発車するところだった。まず、車掌がやってきて、とてもていねいにあなたが乗っているのは喫煙車両ではないと注意した。わたしは五十セント渡して、問題は解決したよ。そのあと通路を歩いて隣の車両を偵察にいったら、ウィッティントンはそこにいた。つやつやしたデカ顔のスカンク野郎を見て、やつの手中にかわいそうなジエインがいたらと思うと、銃を持ってこなかった自分に対して頭に来たよ。やつをちょいとばかり楽しませてやれたのに。

そして、なにごともなくボーンマスに到着した。ウィッティントンはタクシーに乗ってホテルの名を告げた。わたしも同様にして、三分ほど遅れてホテルに着いたよ。やつは部屋をとり、わたしもとった。それまでのところは、なんということもなかった。だれかにつけられているとは、相手は夢にも思っていなかったんだ。そのあと、ウィッティントンはホテルのラウンジにすわって新聞を読んだりして、やがて夕食の時間になったが、やつは急ぐ様子もなくのんびり食べていた。

ウィッティントンはとくに用事があったわけじゃなくて、ただ静養に来たんじゃないかと、わたしは思いはじめたよ。だが、一流のホテルなのにやつは夕食のために着替えなかったので、このあと本来の仕事のために出かけるんだろうと見当をつけた。

まさに九時ごろ、やつは出かけた。タクシーで町を横断して――ところで、すごくきれいなところだね、ジェインを見つけたらしばらくあそこに連れていきたいな――支払いをすると、断崖の上の松林に沿って歩きだした。わたしももちろんそこにいたよ。そう、三十分ぐらい歩いたかな。途中、たくさん別荘があったがだんだんまばらになって、しまいにいちばん端っこらしい一軒に着いた。大きな家だったよ、敷地にはたくさん松が茂っていた。

かなりの闇夜で、その家までの私道も真っ暗だったんだ。前方のウィッティントンの足音は聞こえたけれど、姿は見えなかった。つけられていることにやつが気づくといけないので、ごく慎重に進まなければならなかった。角を曲がると、ちょうどやつが呼び鈴を鳴らして家の中へ入るところだった。わたしはその場で止まったよ。だが雨が降りはじめて、すぐさまずぶ濡れになってしまったんだ。それに、とんでもなく寒かった。

ウィッティントンはそのまま出てこなくて、わたしはだんだんいらいらしてきた。あたりを歩きまわったよ。家の一階の窓はぴったりと閉まっていたが、二階には――二階建ての家だったんだ――皓々《こうこう》と明かりがついてカーテンが開いている窓が一つあった。

そして、その窓のちょうど向かい側に木が生えていた。家からは三十フィートぐらい離れていたかな。そこで、あの木に登ればきっと部屋の中が見えると思いついたんだ。もちろん、ウィッティントンがその部屋にいるとはかぎらないのはわかっていた——むしろ、一階の応接間の一つにいる可能性が高い。だが、雨の中で長いこと立っていたのでいらいらしていたし、このままなにもしないよりましだと思えたんだろう。だから、登りはじめたんだ。

まったく簡単じゃなかったよ！　雨で幹がすごくすべりやすくなっていたし、わたしにできるのは足がかりを失わないようにすることだけだった。でも、少しずつ登って、ようやく窓の高さまで来た。

ところが、そこでがっかりだ。位置が左側すぎたんだ。部屋をななめからしか見られなかった。カーテンと壁紙の一部しか視界に入らない。いやはや、どうしようもなくて、あきらめて不名誉な撤退を始めようとしたとき、部屋の中のだれかが動いて、わずかに見える壁に影が映ったんだ——なんと、それがウィッティントンだった！

興奮したよ。なんとかして部屋の中を見なくちゃと思ってね。どうしたらいいか考えようとした。そのとき長い枝が窓のほうへ伸びているのに気づいたんだ。その枝の半分ぐらいのところまで行けたら、中がのぞけそうだった。だが、自分の体重をその枝が支えきれるかどうか、はなはだ心もとなくてね。とにかくやってみるしかないので移動しはじめた。きわめて慎重にちょっとずつちょっとずつ、這うように進んだよ。枝はきしんで危なっかしく揺れて、落ちたらと思うとぞっとしたが、とうとう行きたい位置まで無事にたどり着いた。

部屋はほどほどの広さで、家具は少なくこざっぱりとしていた。中央にランプののったテーブルがあって、その前にこちらを向いてウィッティントンがすわっていたんだ。看護婦姿の女性と話していた。女性はわたしに背を向けていたので、顔は見えなかった。ブラインドは上げてあったが、窓は閉まっていたから会話の内容はひとことも聞きとれなかったんだ。ウィッティントンがずっとしゃべっていて、看護婦は聞いているだけみたいだったな。彼女はときどきうなずいたり首を横に振ったりして、質問に答えているらしかった。ウィッティントンはそうとう強い調子で話していた感じで――一、二度こぶしでテーブルをたたいたよ。雨はもうやんでいて、空は急に晴れてきていた。

やがて話は終わったようで、やつが立ちあがると女性も立ちあがった。やつは窓のほうを見てなにか尋ねた――まだ降っているかどうか聞いたんだろう。とにかく、女性は窓に近づいて外を見た。ちょうどそのとき月が雲間に顔を出したんだ。見られるんじゃないかとぎょっとしたよ、なにしろこっちは月光に照らしだされていたからね。少し下がろうとしたら、その動きに腐った枯枝は耐えられなかったらしい。枝はバキッと折れて、ジュリアス・P・ハーシャイマーをのせたまま下に落ちた！」

「なんとまあ、ジュリアス」タペンスは息を呑んだ。「すごい冒険！　続けて」

「そう、さいわいなことに落ちたのはやわらかい土の上だった――とはいえ、しばらくのあいだ気を失ってしまったんだ。気づいたら、ベッドに寝ていてそばに看護婦がいた、ウィッティントンと一緒にいた女性じゃないよ。それから、金縁《きんぶち》のめがねをかけて黒い口ひげをはやした、いかにも医者という感じの小柄な男が、看護婦の反対側にいた。わたしが見つめると、男は両手をこすりあわせて眉を吊りあげた。『ああ！　お若い方が意識をとりもどした。よかった、よかった』

わたしはよくあるせりふを口にした。『なにが起きたんです？』『ここはどこです？』って。答えはすべて知っていたけれどね。記憶ははっきりしていた。『もう大丈夫、行っていいですよ』小男に言われて、看護婦は訓練されたきびきびした動きで部屋を出ていった。だが、ドアのところで好奇心たっぷりのまなざしをわたしに向けたのに気づいたよ。

その視線で、わたしは思いついた。『それで、先生』と言って起きあがろうとしたが、右足がひどくずきずきした。『軽いねんざですよ』医者は説明した。『たいしたことはない。二日もすれば歩けます』」

「あなたが足を引きずっているのに気づいたわ」タペンスは言った。

ジュリアスはうなずいて話を続けた。

「『どうしてこんなことに？』と尋ねたら、医者はたんたんと答えた。『わたしの木のかなりの部分と一緒にあなたは落ちたんですよ、新しく植えたばかりのわたしの花壇の上にね』

わたしは彼が気に入ったよ。ユーモアのセンスがあると思った。それに、少なくとも真っ正直な人だと確信した。『なんと、先生、木のことは申し訳ない。そして新しい球根をわたしに買わせてください。でも、きっとわたしがあなたの庭でなにをしていたのか知りたいでしょうね？』『この件には説明が必要だとは思いますな』と医者が答え、わたしは言った。『ええと、まず、銀の食器を盗もうとしたのではありません』

医者は笑った。『最初はそう思いました。しかし、すぐに考えを変えましたよ。ところで、あなたはアメリカ人でしょう?』わたしは名乗ってから聞いた。『そしてあなたは?』『わたしはドクター・ホール。そしてご存じでしょうが、ここはわたしの個人経営の療養所です』ご存じじゃなかったが、それを相手に知らせる気はなかった。とにかく教えてもらって助かったよ。感じのいい医者だったし、誠実な人物だと感じた。でも、彼にいきさつを説明するつもりはなかった。たぶん信じてはもらえなかっただろう。

わたしはすぐ心を決めた。『まったく、先生、われながらほんとうにばかだと思いますが、あなたのご親切に報いるには、わたしが例のディケンズの小説に登場する盗賊のような輩《やから》ではないことをお話ししなければ』それから、ある若い娘について恥ずかしげに打ち明けたんだ。彼女にはきびしい保護者がいること、神経衰弱になったこと。そして、自分はこの療養所の患者の中に彼女がいたように思って、それが夜の冒険とあいなったのだ、と。

医者はそんなことだろうと想像していたらしい。『たいへんなロマンスですな』わたしが話を終えると、彼はにこやかに言った。『それで、先生』わたしは続けた。『一つ教えていただけないでしょうか? いまここに、あるいは以前に、ジェイン・フィンという若い女性の患者は?』医者は考えるように名前をくりかえした。『ジェイン・フィン? いいえ』

わたしはがっかりして、それが顔に出たんだろう。『間違いありませんか?』『ええ、ミスター・ハーシャイマー。めずらしい名前だし、忘れるはずはないですよ』

そう、それは確かだ。しばらく打ちのめされた気持ちだった。ついに捜索が実を結ぶんじゃないかと期待していたんだ。『これで行き止まりか』とうとうわたしは言った。『じつは、もう一つありまして。あの腐った枝につかまっていたとき、古い友人がおたくの看護婦の一人と話していたのを見たように思うんです』名前を出さなかったのは、もちろんウィッティントンがここではまったく違った名前で通っているかもしれないからだが、医者はすぐに答えた。『ミスター・ウィッティントンですか？』『その男です。彼はここでなにをしているんです？　まさか彼も神経をやられたとか？』

ドクター・ホールは笑った。『いいえ。彼はうちの看護婦のイーディスに会いにきたんですよ。彼の姪《めい》なんです』『それは驚いた。ウィッティントンはまだここにいますか？』『いや、すぐに町へ帰りました』『残念！　では、彼の姪御さんと話せますか――イーディス看護婦でしたっけ？』」

だが、医者は首を振った。『残念ながら、それもむりですね。イーディス看護婦は患者の一人と今晩ここを出ました』『わたしはとことんついていないようだ。ミスター・ウィッティントンの住まいをご存じですか？　戻ったら彼を探しだしたいので』『住所は知りません。よかったらイーディス看護婦に手紙で聞いてみましょうか』わたしは彼に感謝した。『だれが知りたがっているのかは内緒にしてください。彼をちょっとばかり驚かせてやりたいんです』

当面、わたしにできたのはそこまでだった。もちろん、看護婦がほんとうにウィッティントンの姪なら、罠にかかるほどばかじゃないかもしれないが、やってみる価値はあった。わたしは次にベレズフォードに電報を打って居場所を知らせ、自分が足をねんざして動けないので、手が空いていたら迎えにきてもらえないかと頼んだ。文面には注意したよ。ところが彼からはなんの返事もなく、わたしの足はすぐによくなった。筋《すじ》を違えただけでくじいてはいなかったんだ。だから今日あの小柄な先生に別れを告げ、イーディス看護婦から連絡があったら知らせてくれるように依頼して、まっすぐロンドンへ帰ってきた。おや、ミス・タペンス、顔色が悪いね？」

「トミーよ。いったい彼になにがあったのかしら？」

「元気を出して。きっと大丈夫だよ。そうでないわけでもある？　ほら、トミーが尾行していったのは外国人風の男だっただろう。海外へ行ったんじゃないかな――ポーランドとかそのあたりへ？」

タペンスはかぶりを振った。

「パスポートなんかがなければむりよ。それに、わたしはあのボリスという男を見たの。昨夜、ミセス・ヴァンデマイヤーと夕食をとっていた」

「ミセスだれ？」

「そうだった。もちろんあなたには話していないものね」

「傾聴《ワイズ》するよ」ジュリアスはお気に入りのアメリカ的表現でタペンスを促した。「全部ぶちま《プット・ミー・》けてくれ」

そこでタペンスはこの二日間の出来事を話してきかせた。ジュリアスは驚愕し、賛嘆しきりだった。

「すごいな！　きみがメイドになるなんて。愉快きわまりない！」そのあと、真剣な口調になった。「だがね、わたしはどうかと思う、ミス・タペンス、本気だよ。たしかにきみは勇敢だけど、あまり深くかかわらないほうがいい。われわれが相手にしている悪党どもは、男ばかりか若い女性だって平気で殺すやつらだ」

「わたしが怖がるとでも思うの？」タペンスは憤慨《ふんがい》し、ミセス・ヴァンデマイヤーの目の冷酷な光を思い出しても雄々しくその記憶を抑えこんだ。

「わたしはいまきみは勇敢だと言った。だからといって事実から目をそむけてはだめだ」

「もう、うるさいわね！」タペンスはいらいらした。「トミーになにが起きたのか考えてみましょうよ。わたし、ミスター・カーターにその件で手紙を書いたの」彼女は手紙の内容を説明した。

ジュリアスは重々しくうなずいた。

「現状ではそれはいい考えだと思う。だが、われわれがまず頑張ってなにかやらないと」

「なにができる？」タペンスは張り切って尋ねた。

「ボリスの追跡にかかるべきだな。彼はきみが働いている家に来たんだね。また来るだろうか？」

「たぶん。わからないけど」

「うん。そうだな、車を買おう、豪勢なやつを一台。そしてお抱え運転手のふりをしてそのあたりに張りこむんだ。ボリスが来たら、きみが合図をしてわたしがあとをつける。どうだ?」

「すばらしいアイディアね、でも彼、何週間も来ないかもしれない」

「賭けてみるしかないよ。きみが計画を気に入ってくれてよかった」ジュリアスは立ちあがった。

「どこへ行くの?」

「もちろん車を買いにいく」ジュリアスは驚いて答えた。「どんなのがいい? 事件が終わる前にきみもそれに乗る機会があるよ」

「そうね」タペンスは小声で言った。「ロールス・ロイスは好き、でも——」

「よし、ご要望に従おう。一台買ってくるよ」

「だけど、すぐには買えないわよ。ときにはみんな長いあいだ待つんだから」

「このジュリアスは待たない。心配しなくていいよ。三十分で車をまわしてくるから」

タペンスも立ちあがった。

「あなたってすごいわ、ジュリアス。でも、ボリスがまた来るのは望み薄だと思うの。わたしはミスター・カーターの助けをあてにしている」

「わたしは違う」

「なぜ?」

「自分でそう思うだけだ」

「ふうん、だけどミスター・カーターはきっとなにかしてくれる。ほかにだれもいないのよ。

ところで、けさあった奇妙な出来事を話すのを忘れていたわ」

タペンスはサー・ジェイムズ・ピール・エジャートンとの出会いを語った。ジュリアスは興味津々だった。

「その男はどういう意味で言ったんだろうね？」

「まったくわからない」タペンスは考えこんだ。「でも、思うに、弁護士として名誉毀損にあたらない遠まわしで的確なやりかたで、わたしに警告しようとしていたのよ」

「なぜそんなことを？」

「わからない。でも親切そうな人だったし、とにかく頭が切れそう。彼のところへ行ってなにもかも打ち明けてもいいと思うくらいよ」

タペンスには意外だったが、ジュリアスはその考えをぴしゃりと否定した。

「いいか、この件にはどんな弁護士にも介入してほしくない。そいつはわれわれの役には立たないよ」

「あら、わたしは力を貸してくれると信じるけど」タペンスは頑固に言い張った。

「だめだ。じゃ、行ってくる。三十分で戻るよ」

ジュリアスは三十五分後に戻ってきた。彼はタペンスの腕をとると、窓辺へいざなった。

「あそこ」

「まあ！」大きなオープンカーを見下ろして、タペンスはうやうやしく感嘆の声を上げた。

「最新型なんだよ」ジュリアスは満足そうだった。

「どうやって手に入れたの?」

「さるお偉方に納車されるところだったんだ」

「それで?」

「わたしは彼の家へ向かった。そして、ああいう車は二万ドルはすると思うと相手に言った。もし譲ってくれたら五万ドル出すって」

「それで?」タペンスは夢中で尋ねた。

「それで、彼は譲ってくれた。以上」ジュリアスは答えた。

12 困ったときの友

金曜日と土曜日はなにごともなく過ぎた。タペンスはミスター・カーターから短い返事を受けとった。そこには、〈若き冒険家商会〉は自己責任で仕事を請け負ったのであり、数々の危険についてはじゅうぶん警告したことが指摘されていた。トミーの身になにかあったのであれば自分はひじょうに残念に思うが、できることはないと書かれていた。

慰《なぐさ》めは得られず、トミーがいないと冒険の楽しさは消え失せて、タペンスは初めて成功するかどうか不安になってきた。二人が一緒のときは、一瞬ですら疑わなかったのに。あたりまえのように主導権をとってきて、自分の頭の回転の速さを誇っていたが、ほんとうは思っていたよりもトミーを頼りにしていたのだ。彼には落ち着きと明晰《めいせき》な頭脳があり、その良識としっかりした洞察力は揺らぐことがなく、トミーがいないとタペンスは舵《かじ》のない船のような気分だった。間違いなくトミーよりははるかに才気のあるジュリアスに、同じだけの頼りがいを感じないのは不思議だった。以前トミーを悲観主義者だと非難したことがあり、たしかに彼は楽観的なタペンスが見過ごしがちな不利な状況や困難をつねに直視してきた。じつのところ、彼女はトミーの判断力に助けられていた部分が大きかったのだ。彼はおっとりしているかもしれないが、とても堅実だ。

あまりにも気軽に引き受けた任務の不穏な性質に、タペンスは初めて気づいた気がした。まるでロマンスの一ページ目のように始まったのに、いまや魅力ははぎとられ、暗い現実に変わりつつあるように思える。トミー――大事なのはそれだけだ。何度となく、タペンスはまばたきして決然と涙を追いはらった。「おばかさん」自分に呼びかけた。「めそめそしないで。もちろんあなたは彼が好き。長年の知り合いなんだから。だけど、感傷的になることないでしょ」

そして、ボリスはまったく姿を見せなかった。ミセス・ヴァンデマイヤーのフラットには来ず、ジュリアスがロールス・ロイスで待機していたが徒労に終わった。タペンスは新たな黙想にふけっていた。ジュリアスが反対する理屈もわかるが、それでも彼女はサー・ジェイムズ・ピール・エジャートンに相談するという考えを捨てきれず、じっさい、紳士録で彼の住所を調べることまでした。あのとき、彼は警告しようとしたのだろうか？　もしそうなら、なぜ？　少なくとも自分には説明を求める資格がある。エジャートンのまなざしはとてもやさしかった。もしかしたら、トミーの居所の手がかりになる、ミセス・ヴァンデマイヤーに関する情報を教えてくれるかもしれない。

例の武者震いをして、とにかくやってみる価値はある、とタペンスは決め、実行に移すことにした。日曜日は午後の外出が許されている。ジュリアスと会って自分の意見を話して説得し、二人で乗りこんでぶつかってみよう。

日曜日になり、ジュリアスを説得するのは骨が折れたものの、タペンスは譲らなかった。「やってみて損はないわ」とくりかえし強調した。とうとうジュリアスも折れ、二人は車でカールトン・ハウス・テラスへ向かった。

ドアを開けたのは非の打ちどころのない執事で、タペンスはちょっと緊張した。なんといっても、自分はずうずうしいふるまいに及んでいるのだから。サー・ジェイムズは〝ご在宅〟かどうか聞かず、もっと親しい態度で臨むと決めていた。

「短時間で結構なので、サー・ジェイムズにお目にかかれるかどうか聞いていただけます？重要なメッセージをお持ちしました」

執事は引っこみ、すぐに戻ってきた。

「サー・ジェイムズがお会いになります。こちらへどうぞ」

執事は奥の書斎へ二人を案内した。蔵書はじつに立派なもので、壁の一面が犯罪と犯罪学についての本で埋まっていることにタペンスは気づいた。厚い詰めものをした革張りの肘掛け椅子が五、六脚と、古風な暖炉。窓辺には書類を広げた大きな事務机があり、屋敷の主人がその前にすわっていた。

二人が入ると、彼は立ちあがった。

「わたしにメッセージがあるとか？　ああ」――タペンスを認めてほほえんだ――「きみでしたか。ミセス・ヴァンデマイヤーからの伝言ですかな？」

「違うんです」タペンスは答えた。「じつは、申し訳ないのですが、そう言えば入れていただけると思ったので。ええと、こちらはミスター・ハーシャイマーです、サー・ジェイムズ・ピール・エジャートン」

「はじめまして」アメリカ人はあいさつして手を差しだした。

「お二人とも、おすわりください」サー・ジェイムズは椅子を勧めた。

「サー・ジェイムズ」タペンスは大胆に切りだした。「こんなふうに押しかけてきて、さぞかしずうずうしいとお思いでしょう。だって、もちろんあなたにはなんの関係もないことですし、あなたはたいへんな重要人物でいらっしゃって、トミーとわたしはとるに足りない存在ですから」そこで彼女は息をついだ。

「トミー？」サー・ジェイムズは尋ねるようにジュリアス・ハーシャイマーを見た。

「いいえ、彼はジュリアスといいます。わたし、ちょっと緊張していてうまくお話しできていないですね。知りたいのは、先日あなたがおっしゃったのはどういう意味かということなんです。ミセス・ヴァンデマイヤーには気をつけるように、という意味だったのでは？　違いますか？」

「親愛なるお嬢さん、記憶するかぎりでは、同じようないい働き口はほかにいくらでもあると言っただけですよ」

「ええ、わかっています。でも、あれはヒントだったのでは？」

「まあ、そうかもしれません」サー・ジェイムズは重々しく認めた。

「それなら、もっと知りたいんです。どうしてあなたがわたしにヒントをくださったのか」

サー・ジェイムズはタペンスの真剣さに微笑した。

「ミセス・ヴァンデマイヤーの人格を貶《おとし》めて、わたしが名誉毀損で訴えられたらどうします？」

「もちろん弁護士の方々がいつもしっかり用心なさっているのは知っています。でも、まずは〝毀損することなく〟と決めて、言いたいことを言うわけにはいきませんか？」

「そうですね」サー・ジェイムズはまだ微笑していた。「毀損することなく、ということでしたら、生活のために働かなければならない妹がわたしにいたと仮定した場合、ミセス・ヴァンデマイヤーのところで働かせたくはない。あなたにヒントを与えるのは義務だと感じたのです。あそこは、若くて経験の浅い女性のいるところではない。わたしに言えるのはこれがすべてです」

「そうですか」タペンスは考えこんだ。「ありがとうございます。でも、じつのところ、わたしは経験が浅いわけではないんです。あそこへ行ったときから、彼女は悪人だと完全にわかっていました——正直に言うと、だから行ったんです——」弁護士が浮かべた当惑の表情を見て、タペンスはいったん口をつぐんでから続けた。「すべてお話ししたほうがいいですね、サー・ジェイムズ。わたしがほんとうのことを言わなかったら、あなたはすぐに見抜いてしまう気がするし、ことの始まりからなにもかも知っていただいたほうがいいんじゃないかしら。どう思う、ジュリアス？」

「きみがそう決めているなら、わたしも事実を話すよ」それまで黙ってすわっていたアメリカ人は答えた。

「ええ、すべて話してください」サー・ジェイムズは促した。「トミーがだれなのか、わたしは知りたい」

こうして勇気づけられたタペンスは語りはじめ、弁護士はじっと耳を傾けた。

「たいへん興味深い」彼女が話しおえると、サー・ジェイムズは言った。「じつは、あなたが話してくれたことの大部分はわたしも知っていました。このジェイン・フィンについては、自分なりの推論がありましてね。あなたがたはこれまでたいへんよくやっている、だが――あなたがたの知るところでは？――ミスター・カーターが、この種の事件に若い人たちを送りこんだのはいささかまずかった。ところで、そもそもミスター・ハーシャイマーはどういうわけで一緒に行動を？　きみはそこをはっきり語っていませんね？」

ジュリアスは自分で答えた。

「わたしはジェインの従兄《いとこ》なんですよ」弁護士の鋭い視線を、彼は真っ向から受けとめた。

「なるほど」

「それで、サー・ジェイムズ」タペンスは割りこんだ。「トミーの身になにが起きたと思われます？」

「ふうむ」弁護士は立ちあがってゆっくりと左右に歩きはじめた。「お嬢さん、あなたが来たとき、わたしはちょうど荷造りにとりかかるところだったんです。夜行列車でスコットランドへ行って、二、三日釣りをするつもりでね。しかし、釣りといっても違う種類の釣りもある。ロンドンに留まって、その若者の行方を探れないかやってみてもいい」

「よかった！」タペンスは夢中で手を握りあわせた。

「それにしても、さっき言ったように、ミスター・カーターがあなたがたのような未熟な二人をこんな仕事につけたのは、きわめて残念です。いや、気を悪くしないで、ミス――」

「カウリー。プルーデンス・カウリーです。でも、友だちはタペンスと呼びます」

「そうですか、ではミス・タペンスと呼びましょう。わたしは友だちになるのですから。あなたが若いとわたしが考えるからといって、気を悪くしないでください。若さというのはあまりにもやすやすと失われてしまう欠点でしてね。さて、このトミーという若者ですが――」

「ええ」タペンスはまた手を握りあわせた。

「率直なところ、よくない状況のようだ。望まれないところに首を突っこんでいたのでしょう。それは間違いない。だが、希望を捨ててはいけませんよ」

「ほんとうにわたしたちを助けていただけるんですね？　ほら、ジュリアス！　彼はわたしを来させたがらなかったんです」

「ほう」弁護士はふたたびジュリアスに鋭い視線を向けた。「それはまたなぜです？」

「こんなささいな問題であなたを煩《わずら》わせるのはよくない、と思ったんです」ジュリアスは答えた。

「なるほど」サー・ジェイムズは間を置いた。「こんなささいなこと、ときみは言ったが、これはきわめて大きな問題にかかわっているのですよ。きみとミス・タペンスが思っているよりずっと大きな問題に。トミーという若者が無事なら、ひじょうに貴重な情報を握っているかもしれません。だから、ぜひとも彼を見つけなければ」

「ええ、でもどうやって？」タペンスは叫んだ。「わたし、あらゆる可能性を考えてみたんです」

サー・ジェイムズは微笑した。

「だが、彼の居所を、あるいは彼のいそうな場所を知っているかもしれない人が、身近に一人いるではないですか」

「だれですか?」タペンスはきょとんとして尋ねた。

「ミセス・ヴァンデマイヤーですよ」

「ええ、でも彼女はぜったいに教えてくれません」

「そう、そこでわたしの出番です。わたしの知りたい事柄をミセス・ヴァンデマイヤーに話させることは、きっとできると思う」

「どうやって?」タペンスは目を丸くして聞いた。

「ああ、ただ質問するんですよ」サー・ジェイムズはこともなげに答えた。「それがわれわれ弁護士のやりかただ、知っているでしょう」

彼は指でテーブルをたたき、タペンスはまたもやこの男が発散する強烈な力を感じた。

「ミセス・ヴァンデマイヤーが教えようとしなかったら?」ジュリアスが口をはさんだ。「彼女は教えると思います。効果的な手段が一つ二つあるんですよ。とはいえ、万一の場合はつねに買収という手がある」

「たしかに。そこでわたしの出番ですね」ジュリアスは叫び、テーブルにこぶしを打ちつけた。「任せてください、必要なら百万ドルだって。そうですとも、百万ドルだって!」

サー・ジェイムズは椅子にすわって、ジュリアスをしげしげと観察した。

「ミスター・ハーシャイマー」やがて彼は言った。「それは莫大な金額ですよ」

「そのくらい必要になるのでは。六ペンス出せばいいような相手ではないですから」

「現在の為替相場からすると、二十五万ポンド以上になりますが」

「ですね。わたしが大ぼらを吹いているとお考えでしょうが、大丈夫、出せますよ。あなたの取り分もたっぷり上乗せして」

サー・ジェイムズはかすかに赤くなった。

「取り分など問題外です、ミスター・ハーシャイマー。わたしは私立探偵ではない」

「失礼しました。いささか急ぎすぎたようだ。だが、この金の問題についてはかねてからいらいらしていまして。数日前にジェインの情報を求めて高額の報賞金を提供しようとしたのですが、頭の古いロンドン警視庁に反対されたんですよ。望ましくないと言われて」

「おそらく彼らが正しい」サー・ジェイムズはそっけなく答えた。

「でも、ジュリアスにはまったく問題じゃないんです」タペンスは口をはさんだ。「彼はあなたの足を引っ張ろうとしているのではなくて、たんに大金持ちなんですよ」

「父の手腕で築いた財産ですが」ジュリアスは言った。「さあ、本題に入りましょう。あなたのアイディアは？」

サー・ジェイムズはしばし考えこんだ。

「一刻もむだにはできない。攻撃は早ければ早いほどいい」サー・ジェイムズはタペンスに向きなおった。「ミセス・ヴァンデマイヤーが今晩夕食に出かけるかどうか、知っていますか？」

「ええ、出かけますが遅くはならないでしょう。遅くなるなら、玄関の鍵を持っていったはずです」

「なるほど。わたしは十時ごろ彼女を訪ねることにしましょう。あなたは何時に戻ることになっていますか？」

「九時半か十時ですけど、もう少し早く戻れます」

「ぜったいにそうしてはいけません。いつもの時間まであなたが出かけていなければ疑いを招く。九時半ごろ戻ってください。わたしは十時に着くようにする。ミスター・ハーシャイマーにはタクシーかなにかで待機していただくかな」

「彼、新しいロールス・ロイスを買ったんです」タペンスはジュリアスになりかわって自慢した。

「なおさら結構。もしわたしが彼女からトミーの居所を聞きだせたら、すぐにそこへ行ける。必要ならミセス・ヴァンデマイヤーを連れてね。わかりましたか？」

「はい」タペンスは喜びではずむように立ちあがった。「ああ、ずっと気分がよくなりました！」

「あまり期待しすぎないで、ミス・タペンス。落ち着いて」

ジュリアスは弁護士に提案した。

「では、わたしが九時半ごろお迎えにあがるということでいいですか？」

「それがいちばんいいでしょう。車を二台待たせる必要はありませんからね。さて、ミス・タペンス、わたしの忠告は、このあとおいしい夕食、とびきりおいしい夕食を食べにいきなさいということです。先のことを考えて取り越し苦労はしないように」

サー・ジェイムズは二人と握手した。タペンスたちはすぐに屋敷を出た。

「彼、すてきじゃない？」階段を下りながら、タペンスはうっとりしていた。「ねえ、ジュリアス、ほんとにすてきよね？」

「まあ、いい人らしいのは認めるよ。そして会いにいってもむだだと思ったのは間違いだった。さあ、まっすぐ〈リッツ〉へ戻ろうか？」

「ちょっと歩きたいの。すごく興奮していて。公園で降ろしてくれる？　あなたも一緒に来たい気分でなければ」

ジュリアスは首を横に振った。

「少しガソリンを入れたいんだ。電報を一つ、二つ打たないと」

「わかった。じゃあ、七時に〈リッツ〉で。上の部屋で食事しましょうよ。こんなすてきなメイドの外出着でダイニングルームには行けないわ」

「そうだね。フェリックスに相談してメニューを決めておくよ。彼は給仕頭なんだ。じゃあ、あとで」

まず腕時計を一瞥《いちべつ》してから、タペンスはサーペンタイン池に沿ってきびきびと歩きだした。もうじき六時だ。今日はお茶をしていないことに気づいたが、興奮しすぎていて空腹を感じなかった。ケンジントン・ガーデンズまで歩いてから、ゆっくりと引きかえした。新鮮な空気を吸って運動したせいで、このうえなくいい気分だった。サー・ジェイムズの忠告に従って今夜のことを頭から締めだすのは容易ではない。ハイド・パーク・コーナーに近づくにつれて、サウス・オードリー・マンションズへ戻りたいという誘惑は抗《あらが》いがたくなった。とにかく、ただ行って建物を見るだけなら害はないだろう。そうすれば、きっと辛抱強く我慢して九時半まで待つことができる。

サウス・オードリー・マンションズはいつもどおりに見えた。自分がなにを期待していたのかタペンスにもわからなかったが、その赤レンガの堅固な外見は、心に湧きあがりはじめていたいわれのない不安を少し和《やわ》らげてくれた。きびすを返そうとしたとき、鋭い口笛が聞こえて、忠実なアルバートが建物から彼女のほうへ走ってくるのが見えた。

タペンスは眉をひそめた。この界隈《かいわい》で自分の存在が注意を引いてしまうのはまったくの計算外だが、アルバートの顔は動揺を抑えきれず紫色になっている。

「ミス、彼女が行っちゃう！」

「だれが？」タペンスは尋ねた。

「あの悪党。レディ・リタ。ミセス・ヴァンデマイヤー。荷造りして、いまちょうどタクシーを呼ぶように言いつかったんだ」

「なんですって？」タペンスは少年の腕をつかんだ。

「ほんとうだよ、ミス。あなたが知らないんじゃないかと思って」

「アルバート」タペンスは叫んだ。「頼れる子ね。あなたがいなかったら、彼女を見失うところだった」

アルバートはほめられた喜びで顔を赤くした。

「ぐずぐずしてはいられない」タペンスは通りを渡った。「彼女を止めないと。どんなことをしてもここに留めておくの、だって今晩——」そこで間を置いた。「アルバート、ここには電話があるわよね？」

少年はかぶりを振った。

「どのフラットにもたいてい専用電話があるからね、ミス。でも角を曲がったところに公衆電話が」

「じゃあ、すぐに行って〈リッツ〉にかけて。ミスター・ハーシャイマーを呼びだして、彼が出たら、ミセス・ヴァンデマイヤーが高跳びしようとしているから、サー・ジェイムズと一緒に急いで来るように言って。彼がつかまらなかったら、直接サー・ジェイムズ・ピエール・エジャートンに電話して、このことを伝えるのよ。番号は電話帳に載っているから。名前、覚えたわね？」

アルバートは立て板に水の口調で復唱した。「まかせて、ミス、大丈夫。でも、あなたは？彼女と一対一で怖くない？」

「いいえ、心配しないで。とにかく行って電話して。急いで」

ほうっと息を吐いて、タペンスは建物に入り、二十号室へ駆けあがった。ジュリアスたちが到着するまでどうしたらミセス・ヴァンデマイヤーを引き留められるかはわからないが、なんとしてでもやらなければならない。しかも一人で。なぜこんな急に出発することになったのだろう？　ミセス・ヴァンデマイヤーはわたしを疑っているのだろうか？

あれこれ考えてもしかたがない。タペンスは力強く呼び鈴を押した。料理人に聞けばなにかわかるかもしれない。

返事はなく、数分待ってからタペンスはもう一度長めに呼び鈴を押した。ようやく中から足音が聞こえ、一瞬後にミセス・ヴァンデマイヤー自身がドアを開けた。彼女はメイドを見て眉を吊りあげた。

「あなただったの？」

「ちょっと歯がしくしくして、マダム」タペンスはよどみなく答えた。「だから今晩は帰って静かにしているほうがいいと思ったんです」

ミセス・ヴァンデマイヤーは無言だったが、下がってタペンスを中に入れた。

「それは残念だったこと」彼女は冷ややかに言った。「早く寝るほうがいいわ」

「あら、台所の仕事は大丈夫です。料理人が――」

「料理人はいない」ミセス・ヴァンデマイヤーはいささか怒りっぽい口調でさえぎった。「暇を出したの。だから、ベッドに行きなさい」

突然タペンスは怖くなった。ミセス・ヴァンデマイヤーの声音には脅《おど》すような響きがあった。しかも、相手はじりじりとタペンスを廊下の奥へ追いつめてくる。進退きわまったタペンスは歯向かった。

「いやです――」

次の瞬間、冷たい鋼《はがね》の銃口がこめかみに触れ、ミセス・ヴァンデマイヤーの声が冷酷な威嚇《いかく》を帯びた。

「このいまいましいチビのおばかさん！ わたしが知らないとでも思うの？ いいえ、答えなくていい。抵抗したり叫んだりしたら、犬みたいに撃ち殺すわよ」

銃口がさらに強くタペンスのこめかみに押しつけられた。

「さあ、歩くのよ。こっち――わたしの部屋へ。すんだらすぐに、あなたは言われたとおりベッドへ行く。そして眠る――ええそう、かわいいスパイさん、ぐっすり眠るの！」

最後のほうの言葉には胸の悪くなる優しさがこめられていた。当面はどうしようもなく、タペンスは従順にミセス・ヴァンデマイヤーの寝室へ入った。銃口は彼女のこめかみから離れなかった。室内は散らかっており、服が左右に放りだされて、中央には半分詰められたスーツケースと帽子入れが置いてあった。

タペンスは必死で気力をふるいたたせた。声は少し震えていたが、勇敢に口を開いた。

「ねえ、ナンセンスだわ。あなたにわたしは撃てない。だって、建物にいる全員に銃声が聞こえてしまうもの」

「それでもかまわないわ」ミセス・ヴァンデマイヤーは陽気に答えた。「でも、あなたが助けてと叫びださなければ、撃たない――そんなことしないでしょう。頭のまわる娘だもの。わたしがすっかりだまされたんだから。まったく疑わなかった！　だから、いまはわたしのほうが優位に立っていることを、あなたは完全に理解しているはずね。さて――ベッドにすわりなさい。両手を頭の上に上げて、命が惜しいなら動かないこと」

タペンスは言われるままに従った。分別が、ほかにはどうしようもなく状況を受けいれるしかないと告げていた。自分が金切り声で助けを求めてもだれかが耳にするチャンスはほぼなく、ミセス・ヴァンデマイヤーに撃たれる可能性が高い。いまは、時間稼ぎが重要だ。

ミセス・ヴァンデマイヤーはリボルバーを手の届くところにある洗面台に置いた。そしてタペンスが動こうとしないかヤマネコのように見張りながら、大理石の上から栓をした小瓶をとると、中身を少しグラスについでさらに水を入れた。

「それはなに？」タペンスは甲高《かんだか》い声で聞いた。

「あなたをぐっすり眠らせるもの」

タペンスは青ざめた。

「毒を盛るつもり？」ささやき声で尋ねた。

「まあね」ミセス・ヴァンデマイヤーは楽しそうな微笑を浮かべた。

「だったら飲まない」タペンスはきっぱりと言った。「撃たれるほうがましよ。とにかく大きな音がするし、きっとだれかが聞きつける。でも、子羊みたいにおとなしく殺されるつもりはないから」

ミセス・ヴァンデマイヤーは片足でどんと床を踏んだ。

「愚《おろ》かなおチビさん！　わたしが人殺し騒ぎを起こすだなんて本気で思っているの？　少しでもオツムがあるなら、あなたを毒殺するのはわたしの目的にかなわないとわかるでしょうに。これはただの睡眠薬よ。明日の朝ぴんぴんして目が覚めるわ。縛ってさるぐつわをするのが面倒なだけよ。飲まなければそうする――あなたはきっと気に入らないでしょう。そのつもりになれば、わたしはいくらでも手荒なことができる。だからいい子にして飲み干しなさい、害はないから」

心の奥底では、タペンスは彼女を信じた。相手の言い分は真実に聞こえる。とりあえず邪魔な自分をとりのぞく、簡単で効果的な方法だ。それでも、一度も自由を求めずにおとなしく眠らせられるのはいやだった。ミセス・ヴァンデマイヤーに逃げられたら、トミーを見つける最後の希望がなくなってしまう。

タペンスはこうと決めたら早い。一連の思考があっというまに脳裏を駆けめぐり、彼女はきわめて不確実なチャンスを見出して、のるかそるか、すべてを賭けてやってみることにした。

そこでベッドから勢いよく立ちあがると、ミセス・ヴァンデマイヤーの前にがばっとひざをつき、彼女のスカートをひしと握りしめた。

「信じない」うめくように言った。「それは毒よ――毒だってわかっている。ああ、わたしに飲ませないで」タペンスの声は甲高くなった。「飲ませないで！」

この突然の哀願に、グラスを持ったミセス・ヴァンデマイヤーは口もとをゆがめてタペンスを見下ろした。

「立ちなさい、おばかさん！　つまらないまねはやめて。なぜあなたにあんなお芝居をする度胸があったのか、わからないわ」彼女はまた足を踏み鳴らした。「立ちなさいと言ったのよ」

だが、タペンスはすがりついて泣きつづけ、何度も取り乱して慈悲を乞うた。一分でも引きのばして時間稼ぎができればいい。しかもそうしながら、タペンスは少しずつ目的のものに近づいていった。

ミセス・ヴァンデマイヤーは鋭いいらだちの叫びを上げて、タペンスをもぎ離した。

「さっさと飲みなさい！」彼女は傲然《ごうぜん》と、タペンスの 唇《くちびる》 にグラスを押しつけた。

タペンスは最後にもう一度絶望のうめき声を上げた。

「それは無害だって誓う？」また時間稼ぎをした。

「もちろん無害よ。ばかなこと言わないで」

「ほんとうに誓う？」

「ええ、ええ」ミセス・ヴァンデマイヤーはいらだっていた。「誓うから」

タペンスは震える左手をグラスに伸ばした。

「だったら」おずおずと口を開いた。

ミセス・ヴァンデマイヤーはほっとため息をついて、一瞬油断した。そのとき、閃光《せんこう》のようなすばやさでタペンスはできるだけ強くグラスを突きあげた。中の液体がミセス・ヴァンデマイヤーの顔にかかり、彼女があえぎ声をもらした隙に、タペンスの右手が洗面台の端にあったリボルバーをつかんだ。次の瞬間、タペンスはさっと飛びのき、しっかりと揺るがない手でミセス・ヴァンデマイヤーの心臓に狙いをつけた。

勝利に高揚して、タペンスはスポーツマンシップに反する凱歌《がいか》を挙げた。

「さあ、いまはどちらが優位に立っているかしらね?」

相手の顔が激しい怒りで引きつった。飛びかかってくるかとタペンスは警戒した。そうなったら、困ったジレンマに陥《おちい》ることになる。なぜならじっさいに撃つつもりはなかったからだ。しかし、ミセス・ヴァンデマイヤーはなんとか自制心を保ち、やがてゆっくりと邪悪な笑みを浮かべた。

「では、おばかさんではなかったわけね。よくやったわ、お嬢ちゃん。でも、この報いは覚悟して——ええ、そう、報いを受けることになる! わたしは記憶力がいいの」

「あなたがこんなにやすやすとだまされたなんて、びっくりよ」タペンスは軽蔑《けいべつ》をこめて答えた。「わたしが床を這いずって情けを乞うような女だと、本気で思った?」

「そうなるわ——いつかね!」ミセス・ヴァンデマイヤーは意味ありげに言った。

彼女の冷ややかな悪意を感じて背筋を戦慄が走ったが、タペンスは負けなかった。

「すわりましょうよ」タペンスは愛想よく言った。「いまの状態じゃちょっとメロドラマみたいだわ。いいえ——ベッドにじゃなくて、椅子をテーブルに引いてきて、そうよ。で、わたしはリボルバーを持ったまま反対側にすわる——万が一の用心のためにね。それでいい。では、話をしましょう」

「なんの話?」ミセス・ヴァンデマイヤーはむっつりと尋ねた。

タペンスは考えながらしばし女を見つめた。いくつかのことを思い出していた。「あなたが売るんじゃないかと思うんだ――われわれを！」というボリスの言葉。そして彼女の「買収するならとても高くつくでしょうね」という返事。気軽な口調だったが、その根底には真実が横たわっていたのでは？　以前ウィッティントンが尋ねたではないか。「だれがしゃべった？　リタか？」リタ・ヴァンデマイヤーは、結局ミスター・ブラウンにとってアキレスのかかとだったのだろうか？

相手の顔にひたと視線を据えて、タペンスは静かに答えた。

「お金のこと――」

ミセス・ヴァンデマイヤーははっとした。あきらかに予想外の答えだったのだ。

「どういう意味？」

「いまから話すわ。あなたはたったいま、記憶力がいいと言った。長持ちする記憶力は長持ちするお金の半分も役に立たない。わたしへのありとあらゆる鬱憤《うつぷん》晴らしを考えたら、気分はだいぶよくなるでしょうね、でもそれって現実的？　復讐してもまったく満足は得られないって、みんなかならず言うわ。でも、お金は」タペンスはお気に入りの信条に熱意をこめた。「そう、お金に不満を言う人はいない、違う？」

「わたしがお友だちを売る女だとでも思っているの？」ミセス・ヴァンデマイヤーは蔑《さげす》むように尋ねた。

「ええ」タペンスは即座に答えた。「もし報酬が巨額なら」

「たった百ポンドぽっちでしょうが！」

「いいえ。そうね——十万ポンド！」

タペンスの倹約精神は、ジュリアスがほのめかした百万ドルと告げることを許さなかった。

ミセス・ヴァンデマイヤーの顔が紅潮してきた。

「なんと言ったの？」彼女は指で胸のブローチをそわそわといじった。そのときタペンスは魚が餌に食いついたと知り、初めてお金が大好きな自分自身の性格が怖くなった。目の前の女と似ているという、ぞっとする感覚をおぼえたのだ。

「十万ポンドよ」タペンスはくりかえした。

ミセス・ヴァンデマイヤーの目から光が消えた。彼女は椅子の背にもたれた。

「ふん！　あなたが持っているわけがない」

「ええ」タペンスは認めた。「わたしは持っていない——でも持っている人を知っている」

「だれ？」

「友人よ」

「よほどの富豪にちがいないわ」ミセス・ヴァンデマイヤーは不信のまなざしだった。

「じっさい、そうなの。彼はアメリカ人。なにも言わずに払ってくれる。完全に正真正銘の提案よ、信じてもらっていい」

ミセス・ヴァンデマイヤーはすわりなおした。

「あなたを信じる気になってきたわ」彼女はのろのろと言った。

沈黙が流れ、やがてミセス・ヴァンデマイヤーは目を上げた。

「彼はなにを知りたいの、あなたの友人は？」

タペンスは一瞬葛藤したが、ジュリアスのお金なのだから彼の利益を第一に考えるべきだ。

「彼はジェイン・フィンがどこにいるか知りたがっているの」タペンスは大胆に切りだした。

ミセス・ヴァンデマイヤーに驚いた様子はなかった。

「いま彼女がどこにいるかははっきりしない」ミセス・ヴァンデマイヤーは言った。

「でも見つけられる？」

「ええ、そうね」ミセス・ヴァンデマイヤーは無頓着に答えた。「簡単なはずよ」

「それから」タペンスの声は少し震えた。「友人の若い男性がいるの。彼の身になにかあったんじゃないかと心配で。あなたのお仲間のボリスがからんでいる」

「友人の名前は？」

「トミー・ベレズフォード」

「聞き覚えはないわ。でも、ボリスに聞いてみる。知っていることがあれば教えてくれるでしょう」

「ありがとう」タペンスはもりもり元気が湧くのを感じた。そこで、さらに大胆不敵な試みに移った。「もう一つ」

「なに？」

タペンスは身を乗りだして声を低めた。

「ミスター・ブラウンはだれ？」

相手の美しい顔がさっと青ざめるのを、タペンスは見た。ミセス・ヴァンデマイヤーはけんめいに自制し、これまでどおりの態度を続けようとした。だが、もはや茶番だった。

ミセス・ヴァンデマイヤーは肩をすくめた。

「ミスター・ブラウンがだれなのか知る者はいない……それがわからないのなら、あなたのわたしたちに対する知識はあさはかなものね」

「あなたは知っている」タペンスは静かに言った。

ミセス・ヴァンデマイヤーはさらに色を失った。

「どうしてそう思うの？」

「さあ。でも、確信がある」タペンスは正直に答えた。

ミセス・ヴァンデマイヤーは長いあいだじっと正面を見つめていた。

「ええ」ついにハスキーな声が返ってきた。「わたしは知っているわ。かつてのわたしは美しかったのよ——とても美しかった——」

「いまでもよ」タペンスは感嘆をこめて返した。

ミセス・ヴァンデマイヤーはかぶりを振った。その鮮《あざ》やかな青の目には不思議な光が宿っていた。

「いいえ、じゅうぶん美しくはない」危機感をはらんだ低い声だった。「じゅうぶんでは——ないの！　最近ときどき怖くなる……知りすぎている、というのは恐ろしいことなのよ」彼女はテーブルに身を乗りだした。「わたしの名前を出さないと誓って——だれにも知られることはないと」

「誓うわ。それに、彼がつかまればあなたの立場は危険ではなくなる」

ミセス・ヴァンデマイヤーの顔を怯えがよぎった。

「そう？　そうかしら？」彼女はタペンスの腕をつかんだ。「報酬の金額は間違いないのね？」

「間違いないわ」

「いつ受けとれる？　遅れるのはだめよ」

「わたしの友人がすぐここに来る。電報とか打つ必要があるかもしれないけれど、お金が遅れたりはしない——彼はすごいやり手なの」

ミセス・ヴァンデマイヤーは決意を固めたようだった。

「わかった。たいした金額だし、それに」彼女は奇妙な笑みを浮かべた。「わたしのような女と手を切るなんて賢明じゃないわ」

しばし、彼女は微笑を消さず、指でテーブルを軽くたたきつづけた。だが唐突にびくっとして、顔から血の気が失せた。

「いまのはなに？」

「なにも聞こえなかったけど」

ミセス・ヴァンデマイヤーは怯えたまなざしを周囲に向けた。

「もしだれかに盗み聞きされていたら——」

「ばかばかしい。だれがいるっていうの?」

「壁に耳ありよ」ミセス・ヴァンデマイヤーはささやいた。「いい、わたしは怖いの。あなたは彼を知らない!」

「十万ポンドのことを考えて」タペンスはなだめた。

ミセス・ヴァンデマイヤーは乾いた唇をなめた。

「あなたは彼を知らない」かすれた声でくりかえした。「彼は——あっ!」

恐怖の叫びとともに彼女はぱっと立ちあがり、手を伸ばしてタペンスの頭の向こうを指さした。そして気を失って床に倒れこんだ。

なにが彼女を驚かせたのかと、タペンスは振りむいた。

部屋の入口に、サー・ジェイムズ・ピール・エジャートンとジュリアス・ハーシャイマーが立っていた。

13　寝ずの番

サー・ジェイムズはジュリアスを押しのけるようにして、急いで倒れた女の上にかがみこんだ。

「心臓発作だ」切迫した口調で言った。「突然わたしたちを見て、ショックを受けたにちがいない。ブランディを――早く、さもないと彼女の命はない」

ジュリアスは急いで洗面台へ行った。

「そこじゃなくて」タペンスは肩ごしに教えた。「ダイニングルームの酒瓶台。廊下に出て二つ目のドアよ」

サー・ジェイムズとタペンスは、ミセス・ヴァンデマイヤーの体を持ちあげてベッドへ運んだ。そして彼女の顔に水をかけたが、意識は戻らなかった。弁護士は脈を測った。

「危険な状態です。あの青年が早くブランディを持ってきてくれるといいが」

そのときジュリアスが戻ってきて、ブランディを半分満たしたグラスをサー・ジェイムズに渡した。タペンスがミセス・ヴァンデマイヤーの頭を持ちあげているあいだに、弁護士が彼女の閉じた唇の隙間に少しでも酒を流しこもうとした。やがて、ミセス・ヴァンデマイヤーは弱弱しく目を開けた。タペンスはグラスを彼女の口に押しつけた。

「飲んで」

ミセス・ヴァンデマイヤーは飲んだ。ブランディのおかげで彼女の白い頰に赤みが戻り、みるみる力がよみがえった。彼女は起きあがろうとしたが、うめき声とともに胸に手をあててあおむけに倒れた。

「心臓が。話すのはだめ」

彼女は目を閉じた。

サー・ジェイムズはそのあと一分脈をとり、うなずいて手を引っこめた。

「もう大丈夫でしょう」

三人はベッドから離れ、立ったまま低い声で話した。全員が大きな期待のあとの失望を感じていた。いまのところ、この女を尋問するのは問題外だ。彼らの計画はしばし頓挫《とんざ》し、できることはなにもない。

ミセス・ヴァンデマイヤーがミスター・ブラウンの正体を明かそうとしていたこと、ジェイン・フィンの居所を突きとめて教えると同意していたことを、タペンスは語った。ジュリアスは喜んだ。

「よかった、ミス・タペンス。すばらしいよ！　一晩たっても、十万ポンドの魅力は失せないだろう。心配することはない。いずれにしても、現金をその目で見なければ彼女は話さないさ！」

たしかにジュリアスの言うとおりで、タペンスは多少なりともほっとした。

「きみの意見はもっともだ」サー・ジェイムズは考えながら言った。「しかし、じつのところ、あの瞬間にわれわれが邪魔しなかったらと思わざるをえませんな。とはいえ、どうしようもないわけだから、明日の朝まで待つだけのことです」

彼はベッドの上でぐったりしている女を見た。ミセス・ヴァンデマイヤーは目を閉じてまったく動かず横たわっている。弁護士はかぶりを振った。

「そう、朝まで待たなくちゃならない、それだけのこと」タペンスは快活な口調を装った。

「でも、フラットを出ないほうがいいわね」

「あの利発な少年を残して見張らせておいたら？」ジュリアスが提案した。

「アルバート？　でも彼女が力をとりもどして逃げたらどうなるの。アルバートには止められない」

「この女はみすみす金をとり逃すようなまねはしないと思うけど」

「どうかしら。彼女は〝ミスター・ブラウン〟をとても怖がっているようだったわ」

「ほう？　すっかり怖気をふるっていたわけ？」

「ええ。あたりを見まわして、壁に耳ありって言っていたの」

「きっと口述録音器《ディクタホン》での盗聴を心配していたんじゃないか」好奇心に駆られた口調でジュリアスは推測した。

「ミス・タペンスの言うとおりです」サー・ジェイムズは低い声で認めた。「われわれはフラットを離れるわけにはいかない――ミセス・ヴァンデマイヤーのためにも」

ジュリアスは彼を見つめた。

「ミスター・ブラウンがミセス・ヴァンデマイヤーを襲うとお考えなんですか？　いまから明日の朝までのあいだに？　そもそも彼がこのことを知るわけがないでしょう？」

「きみは自分で盗聴のことを言ったのを忘れている」サー・ジェイムズはたんたんと答えた。「敵はきわめて強大です。われわれが最大限の注意をもって行動すれば、彼がこちらの手に落ちる可能性はじゅうぶんあるでしょう。だが、用心を怠《おこた》るわけにはいきません。こちらには重要な証人がいる、彼女を危険から守るべきです。ミス・タペンスはお休みなさい。そしてわたしとミスター・ハーシャイマーで寝ずの番をしましょう」

タペンスは抗議しかけたが、たまたまベッドに視線を向けてミセス・ヴァンデマイヤーを見たとき、彼女の目が半分開き、顔には恐怖と憎悪の入りまじった表情が浮かんでいたので、言葉は唇で凍りついてしまった。

失神と心臓発作はとんでもない芝居なのではと一瞬思ったものの、蒼白だった顔を思い出すとそれはとても信じられなかった。見ていると、ミセス・ヴァンデマイヤーの表情は魔法のように消え去り、前と同じく微動だにせず横たわっていた。とっさに、夢だったのではないかとタペンスは疑った。だが、たとえそうでも警戒は怠るまいと決めた。

「では、とりあえずここから出たほうがいいですね」ジュリアスが言った。

ほかの二人もその提案にうなずいた。サー・ジェイムズはまたミセス・ヴァンデマイヤーの脈を確かめた。

「問題ない」彼は低い声でタペンスに言った。「一晩休めば、すっかりよくなるでしょう」

タペンスはベッドの横で少しのあいだためらった。さっき見て驚いたミセス・ヴァンデマイヤーの強烈な表情に、衝撃を受けていたのだ。そのときミセス・ヴァンデマイヤーが目を開けた。彼女はけんめいになにか言おうとしていた。タペンスは顔を近づけた。「出て――いかないで」それ以上は続けられず、「眠い」というようなことをつぶやいた。そのあと、もう一度話そうとした。

タペンスはさらにかがみこんだ。ミセス・ヴァンデマイヤーの口からはほとんど息しか出てこない。

「ミスター――ブラウン――」声がとぎれた。

しかし、半分閉じた目はまだ煩悶《はんもん》のうちにメッセージを伝えようとしているようだ。

突然の衝動に駆られて、タペンスは急いで言った。

「わたしもフラットにいる。一晩中起きているわ」

まぶたを完全に閉じる前のミセス・ヴァンデマイヤーの目に、ほっとしたような色がちらりと浮かんだ。どうやら眠りに落ちたようだ。だが、彼女が発した言葉はタペンスの心に新たな不安を呼びおこした。「ミスター――ブラウン――」というかすかなささやきは、どういう意味だったのだろう？　タペンスはふと心配になって振りかえった。目の前には、不吉な雰囲気の大きな衣装戸棚がある。男一人が隠れるにはじゅうぶんだ……少し恥ずかしく思いながら、タペンスは開けて中をのぞいた。だれもいない――当然だ！　しゃがんでベッドの下も確認した。ほかに隠れられそうな場所はない。

タペンスはいつもの癖《くせ》で肩をぶるぶるっと揺すった。ばかげている、こんなふうに神経質になるなんて！　彼女はゆっくりと寝室を出た。ジュリアスとサー・ジェイムズは低い声で話しあっている。サー・ジェイムズが彼女のほうを向いた。

「外から鍵をかけてください、ミス・タペンス、そして鍵を持っていて。それでだれもこの部屋には入れない」

彼の真剣な態度は印象的で、タペンスはびくびくしていたことがさっきより恥ずかしくなくなった。

「そうだ」ジュリアスが突然思い出して言った。「タペンスがよこした利発な少年がいたんだった。下へ行ってあの子を安心させてやるよ。なかなか見どころのある子だね、タペンス」

「ところで、あなたたちはどうやってフラットに入ったの？　聞くのを忘れていた」

「ああ、アルバートは電話でちゃんとわたしをつかまえたよ。わたしはサー・ジェイムズのもとへ急ぎ、一緒に駆けつけたんだ。あの少年はわれわれを待ち受けていて、きみになにかあったんじゃないかと心配していた。彼はフラットの玄関のドアで耳をすましていたんだが、なにも聞こえなかったそうだ。ともあれ、呼び鈴を鳴らすんじゃなくて石炭用の昇降機を使って入ったらどうか、と彼は提案してくれた。おかげでわたしたちはここの食器洗い場に着き、すぐにきみたちを探しあてたわけだ。アルバートはまだ下にいて、いまごろはやきもきしているにちがいないよ」そう話して、ジュリアスは階下へ向かった。

「さて、ミス・タペンス」サー・ジェイムズが言った。「あなたはわたしよりもここをよく知っている。われわれはどこに陣取ったらいいでしょう?」

タペンスはちょっと考えた。

「ミセス・ヴァンデマイヤーの居間がいちばん快適だと思います」そしてそこへ案内した。

サー・ジェイムズはその部屋を満足そうに見まわした。

「ここならいいですね。では、親愛なるお嬢さん、寝室へ行って少し眠るといい」

タペンスはきっぱりと首を横に振った。

「お気遣いはありがたいですが、それはできません、サー・ジェイムズ。一晩中ミスター・ブラウンの夢を見てしまうわ!」

「だが、疲れているのでは」

「いいえ。起きているほうがいいです――ほんとうに」

弁護士は折れた。

アルバートを安心させ、たっぷりとチップを与えたジュリアスが数分後に戻ってきた。彼もやはりタペンスを寝かせる説得に失敗したが、断固として言った。

「とにかく、すぐに食事だけでもしないと。食料品置場はどこ?」

タペンスはジュリアスに場所を教え、彼はまもなくミートパイと皿三枚を持ってきた。

たっぷり食べたあとには、三十分前に彼女が感じた不安は雲散霧消《うんさんむしょう》していた。巨額の賄賂《わいろ》の魔力が効かないはずはない。

「それでは、ミス・タペンス、あなたの冒険物語を聞かせてください」サー・ジェイムズが促した。

「ぜひ」ジュリアスも言った。

タペンスはご満悦で自分の冒険を語った。ジュリアスはときおり「すごい」と感嘆の声をはさんだ。サー・ジェイムズは無言で耳を傾け、最後に「よくやりましたね、ミス・タペンス」と静かに告げた。この賛辞に彼女は喜びで頬を赤らめた。

「一つ、合点がいかないことがある」ジュリアスは言った。「なぜ彼女は急に出ていこうとしたんだろう？」

「わからないわ」

サー・ジェイムズは考えこむようにあごをさすった。

「部屋はさんざんな散らかりようだった。突然出発することになったという印象でした。だれかから突然警告でもあったような」

「ミスター・ブラウンじゃないですか」ジュリアスは冷笑した。

弁護士は相手を値踏みするかのようにしばらくジュリアスを見ていた。

「そうですね。覚えていますか、あなた自身も一度彼にしてやられている」

ジュリアスはいらだちで赤くなった。

「ジェインの写真をむざむざとやつに渡してしまったと思うと、ほんとうに頭にきますよ。誓って、また取り戻したらぜったいに手放さないぞ！」

「取り戻すのはまずむりでしょうな」サー・ジェイムズはそっけなく言った。

「あなたのおっしゃるとおりかもしれない」ジュリアスは率直に答えた。「でも、わたしが追っているのは本物のほうだ。彼女はどこにいると思います、サー・ジェイムズ？」

弁護士はかぶりを振った。

「見当もつかない。だが、彼女がどこにいたかについては、かなり確信があります」

「ほう？　どこです？」

サー・ジェイムズは微笑した。

「きみの夜の冒険の場所ですよ。ボーンマスの療養所」

「あそこ？　まさか。わたしは聞いてみたんですよ」

「いやいや、お言葉を返すようだが、聞いてみたのはジェイン・フィンという名前の娘がいたかどうかでしょう。いいですか、彼女があそこにいたとしたらまず確実に偽名だったはずだ」

「なんと」ジュリアスは叫んだ。「それは思いつかなかった！」

「おそらく間違いないでしょうね」

「きっとその医者も一味なのよ」タペンスは言った。

ジュリアスは反論した。

「そうは思わない。わたしはすぐに彼を好きになった。ドクター・ホールがまっとうな人なのは確かだよ」

「ホールと言いましたか？」サー・ジェイムズは尋ねた。「妙だな――ひじょうに妙だ」

「なぜです？」タペンスは勢いこんで聞いた。

「たまたまけさ彼に会ったからですよ。数年前から顔見知りでね。通りでばったり出くわしたんです。〈メトロポール〉に泊まっていると言っていた」サー・ジェイムズはジュリアスに向きなおった。「ロンドンへ来るという話を彼はしていませんでしたか？」

ジュリアスは首を横に振った。

「変だな。今日の午後、あなたはホールの名前を言わなかった。そうしていれば、わたしの名刺を紹介状がわりに渡して、さらに情報を得るために彼と会うようあなたに勧めていたんですが」

「わたしがばかだったんですね」いつになく恥ずかしそうに、ジュリアスは言った。「偽名のことも思いついていて当然だったのに」

「木から落ちたあとじゃ、なにも考えられないわよ」タペンスは叫んだ。「ほかの人だったら、きっとその場で死んでいた」

「まあ、いまとなってはどうでもいいことだ」ジュリアスは言った。「われわれはミセス・ヴァンデマイヤーをこっちのものにした。それですべてこと足りるよ」

「そうね」タペンスは答えたが、その声には確信が欠けていた。

三人のあいだに沈黙が流れた。夜の魔力がじわじわと彼らをとらえはじめていた。ふいに家具がきしんだり、カーテンがかすかに揺れたりした。突然タペンスは大声を上げて立ちあがった。

「もうどうしようもない。ミスター・ブラウンがフラットのどこかにいる！　彼の存在を感じるの」

「まさか、タペンス、そんなばかな？　このドアは玄関に向かって開いている。だれかが入ってきたら、かならずわれわれが見るか聞くかするよ」

「どうしてもそんな気がするのよ。彼がここにいると感じるの！」

彼女が訴えるようにサー・ジェイムズを見ると、弁護士は重々しく答えた。

「ミス・タペンス、あなたの感覚には敬意を払うし、それを言うなら自分の感覚にもだが、わたしたちに知られずにこのフラットに入るのはどんな人間にも不可能でしょう」

タペンスはサー・ジェイムズの言葉にいくばくか慰められた。

「夜通し起きていると、いつも神経過敏になってしまって」

「そうですね」サー・ジェイムズは言った。「みんな降霊会に集《つど》ったような気分になっている。もし霊媒がいたら、驚くべき結果になるかもしれません」

「心霊主義を信じていらっしゃるんですか？」タペンスは目を丸くして聞いた。

弁護士は肩をすくめた。

「疑いなく、いくばくかの真実は含まれている。しかし、証言の大半は証言台では通用しないでしょう」

時間は過ぎていった。夜明けの光が弱々しく差しそめると、サー・ジェイムズはカーテンを開けた。三人は、ロンドン市民がめったに目にしない、まだ眠っている街にゆっくりと上る太陽を見た。どういうわけか、明るくなるにつれて昨夜の恐怖と空想はばかばかしく感じられた。タペンスの気分もいつもどおりに戻った。

「ばんざい！　きっとすばらしい日になるわ。そしてわたしたちはトミーを見つける。ジェイン・フィンもね。なにもかもうまくいくはずよ。勲章をもらえるかどうか、ミスター・カーターに聞いてみなくちゃ」

七時に、タペンスはお茶をいれてくると申し出て、ティーポットと四つのカップをのせた盆を持って戻ってきた。

「もう一つのカップはだれの？」ジュリアスは尋ねた。

「捕虜のよ、もちろん。彼女をそう呼んでもかまわないわよね？」

「彼女にお茶を持っていくのは、昨夜の出来事を考えるとなんだか拍子抜けだね」ジュリアスは感慨深げだった。

「ええ、そうね。でもとにかく持っていく。お二人とも一緒に来てほしいの、ミセス・ヴァンデマイヤーが飛びかかってきたりするといけないから。だって、起きたとき彼女がどんな気分かわからないもの」

サー・ジェイムズとジュリアスは寝室のドアの前へついてきた。

「鍵は？　そうだ、わたしが持っていたんだった」

タペンスは鍵を穴に差しこんでまわし、手を止めた。

「結局、彼女が逃げていたらどうする？」小声で言った。

「まったくありえないよ」ジュリアスは安心させるように答えた。

だが、サー・ジェイムズは無言だった。

タペンスは大きく息を吸って中に入った。ミセス・ヴァンデマイヤーがベッドに横になっているのを見て、ほっと安堵のため息をついた。

「おはよう」彼女は陽気に声をかけた。「お茶を持ってきたわ」

ミセス・ヴァンデマイヤーの返事はなかった。タペンスはカップをベッドの横のテーブルに置き、窓辺へ行ってブラインドを上げた。振りむくと、ミセス・ヴァンデマイヤーはまだ動かずに横たわっている。突然恐怖に心臓をわしづかみにされて、タペンスはベッドに駆け寄った。持ちあげた手は氷のように冷たかった……ミセス・ヴァンデマイヤーが口を開くことはもはや二度とない……

タペンスの悲鳴に、サー・ジェイムズとジュリアスもそばに来た。一目瞭然だった。ミセス・ヴァンデマイヤーは死んでいた——死後数時間はたっているらしく、睡眠中に死んだにちがいない。

「なんという不運な偶然だ」ジュリアスが絶望して叫んだ。

弁護士は彼より冷静だったが、その目には奇妙な光が宿っていた。

「これが偶然ならね」サー・ジェイムズは言った。

「まさか——だって、ありえない——だれも入れたはずはない」

「そう」サー・ジェイムズはうなずいた。「どうやって入れたのかわからない。しかし——彼女はまさにミスター・ブラウンを裏切ろうとしていた、そして――死んだ。ただの偶然だろうか？」

「だが、どうやって――」

「そう、どうやって！　それを見つけださなければ」弁護士はそっとあごをさすりながら佇《たたず》んでいた。「見つけださなければね」彼は静かにくりかえした。自分がミスター・ブラウンだったら、サー・ジェイムズの口ぶりにいい気持ちはしないだろう、とタペンスは思った。

ジュリアスは視線を窓に向けた。

「開いているな。もしかして――」

タペンスはかぶりを振った。

「バルコニーは居間までしか通じていない。そこにはわたしたちがいた」

「彼はすり抜けたにちがいない――」ジュリアスは言った。

だが、サー・ジェイムズはさえぎった。

「ミスター・ブラウンのやりかたはそんなにずさんではありませんよ。とにかく医者を呼ばなければ。しかしその前に、手がかりになるものがこの部屋にないかどうか、確かめないと」

三人は急いで調べた。暖炉の燃えかすは、ミセス・ヴァンデマイヤーが逃げだす前に書類を燃やしたことを示していた。ほかの部屋を探しても、重要なものはなにも残っていなかった。

「あれ」タペンスは壁にはめこまれた小さな古い金庫を指さした。「宝石を入れるためだと思うけれど、ほかにもなにかあるかもしれない」

鍵は錠前に差しこんであり、ジュリアスが扉を開けて中を調べた。しばらく時間がかかった。

「どうなの」タペンスはいらいらして聞いた。

答える前にジュリアスは間を置き、突っこんでいた頭を引っこめると扉を閉めた。

「なにもない」彼は言った。

五分後に、急いで呼ばれた若く威勢のいい医者が到着した。サー・ジェイムズを認めて、医者はあいさつした。

「心臓発作か、睡眠薬の過剰摂取でしょう」彼は鼻をクンクン鳴らした。「少しばかりクロラールが臭うな」

自分が突きあげたグラスのことをタペンスは思い出した。新たな考えが閃《ひらめ》いて、洗面台の前へ行った。ミセス・ヴァンデマイヤーがそこから数滴を垂らした小瓶があった。前は、中身の四分の三は残っていた。いま——瓶はから、、、っぽだった。

14 医師との面談

サー・ジェイムズの世慣れた采配のおかげで、すべてがスムーズかつ簡単に運んだことに、タペンスはこれ以上はないほど驚いたが、同時に当惑もした。ミセス・ヴァンデマイヤーがたまたまクロラールを過剰摂取してしまったという説を、医師はいとも簡単に受けいれた。検死も必要ないのでは、というのが彼の見解だった。必要になったら、サー・ジェイムズに知らせると医師は言った。ミセス・ヴァンデマイヤーが海外へ出発しようとしていたこと、召使いに暇を出していたこと、サー・ジェイムズと連れの若い友人たちが訪ねたとき彼女が突然発作に襲われ、彼らは病人を一人にしておきたくなくてフラットで一晩過ごしたこと——すべての説明に医師は納得した。親族をご存じないかと聞かれたが、三人は知らないと答えた。ただ、サー・ジェイムズが自分はミセス・ヴァンデマイヤーの事務弁護士を務めていたと述べた。

まもなく看護婦が着いてあとのことを引き継ぎ、ほかの者たちは呪われた建物を出た。

「これからどうします?」打ちのめされた様子でジュリアスが言った。「われわれは永久に袋小路に突きあたったままだ」

サー・ジェイムズは考えながらあごをさすった。

「いや」彼は落ち着いた口調で答えた。「ドクター・ホールがなにか教えてくれるというチャンスがまだありますよ」

「そうだ！　彼のことを忘れていました」

「わずかなチャンスだが、逃すわけにはいかない。彼が〈メトロポール〉に泊まっていることは話しましたね。すぐにも訪ねましょう。入浴と朝食をすませたあとでどうです？」

タペンスとジュリアスは〈リッツ〉に戻り、車でサー・ジェイムズを迎えにいくことになった。手筈《てはず》どおり、十一時をまわったころ一行は〈メトロポール〉ホテルの前に着いた。ドクター・ホールに会いたい旨《むね》を告げると、ボーイが呼びにいってくれた。二、三分で、小柄な医師が急いでやってきた。

「少しだけお時間をいただけますかな、ドクター・ホール？」サー・ジェイムズが愛想よく頼んだ。「こちらはミス・カウリー。ミスター・ハーシャイマーはもうご存じですね」

ジュリアスと握手する医師の目にもの問いたげな表情が浮かんだ。

「ああ、ええ、木から落ちた若き友人ですな！　足首は大丈夫ですか？」

「先生の手際のいい治療のおかげで、すっかりいいようです」

「そして心の痛手のほうは？　ハハ！」

「まだ探しているところで」ジュリアスは短く答えた。

「単刀直入に申し上げよう。内密にお話しできませんか？」サー・ジェイムズが言った。

「もちろん。だれにも邪魔されない部屋があると思います」

医師の案内で、彼らは奥へ進んだ。一同が部屋に入って椅子にかけると、医師は尋ねるようにサー・ジェイムズを見た。

「ドクター・ホール、供述を得るために、わたしはある若いレディをけんめいに探しているのです。彼女は一時ボーンマスのあなたの療養所にいたと信じる理由がある。この件についてお尋ねしても、職業的倫理を侵すことにはならないでしょうね？」

「証言にかかわることですか？」

サー・ジェイムズは一瞬ためらってから答えた。「ええ」

「答えられる範囲でどんな情報でも喜んで提供しますよ。その若いレディのお名前は？　ミスター・ハーシャイマーに聞かれたな、ええと――」医師はジュリアスのほうに顔を向けた。

「名前はじつのところ重要ではないのです」サー・ジェイムズはそっけなく言った。「おそらく彼女は偽名であなたのもとに送りこまれた。だが、あなたはミセス・ヴァンデマイヤーとお知りあいですか？」

「サウス・オードリー・マンションズ二十号室のミセス・ヴァンデマイヤー？　ちょっとした知りあい程度ですが」

「なにが起きたかご存じない？」

「どういうことでしょう？」

「ミセス・ヴァンデマイヤーが亡くなったのはご存じないんですね？」

「なんと、まったく知りませんでした！　いったいいつのことです？」

「昨夜、クロラールを過剰摂取しました」

「故意に?」

「事故だったと思われます。わたし自身の意見は差し控えたいが。とにかく、彼女はけさ死体で見つかりました」

「たいへん悲しいことだ。ひじょうに美しい女性だった。あなたのご友人だったのでしょう、こういった事情を知っていらっしゃるのなら」

「事情を知っているのは——じつは、彼女の死を確認したのはわたしなのです」

「ほんとうですか」医師は驚いていた。

「ええ」サー・ジェイムズは答え、思いに沈んであごをさすった。

「きわめて悲しい知らせですが、それがあなたのお尋ねとどう関係しているのか、失礼ながらわかりませんな」

「関係というのはこの点なのです。ミセス・ヴァンデマイヤーは年若い親戚をあなたに預けませんでしたか?」

ジュリアスが思わず身を乗りだした。

「お預かりしましたよ」医師は静かに答えた。

「その親戚の名前は——?」

「ジャネット・ヴァンデマイヤーです。ミセス・ヴァンデマイヤーの姪御さんと聞いていました」

「そして彼女があなたの療養所に来たのは?」

「記憶では、一九一五年の六月か七月でした」

「精神上の理由でしたか？」

「精神的な疾患という意味でしたら、まったく違います。ミセス・ヴァンデマイヤーから、あの娘さんは不運な〈ルシタニア〉号が沈んだとき彼女と一緒に乗船していて、そのあと深刻なショックに苦しんでいると聞きました」

「やはり手がかりがここにあったようですね？」サー・ジェイムズは若い二人を顧《かえり》みた。

「前にも言いましたが、わたしは大まぬけだった！」ジュリアスは答えた。

医師は好奇心をあらわにして三人を見ていた。

「証言を得たいということでしたが、彼女にはむりなのでは？」

「なんだって？　先生はいま精神的な病気ではないとおっしゃったじゃないですか」

「そうです。しかし、一九一五年五月七日より前の出来事に関しての証言を求めておいでなら、彼女には証言できません」

三人は呆然として小柄な医師を見つめた。相手は快活にうなずいた。

「残念ですね。たいへん残念だ、ことにサー・ジェイムズ、どうやら重要な事柄のようですから。だがそうなのです、彼女にはなにも話せない」

「しかし、なぜ？　いったいなぜなんだ？」ジュリアスは尋ねた。

医師は、憐《あわ》れむような視線を興奮した若いアメリカ人に向けた。

「なぜなら、ジャネット・ヴァンデマイヤーは完全な記憶喪失に苦しんでいるからです！」

「なに？」

「そうなんです。興味深いケース、きわめて興味深いケースです。でも、あなたがたが考えるほどめずらしいことじゃないんですよ。とても有名な症例がいくつかある。わたし自身が診察したのは初めてでして、じつに興味深いと言わざるをえない」小柄なドクター・ホールの満足げな様子にはいささか病的なものがあった。

「では、彼女はなにも覚えていないと」サー・ジェイムズがゆっくりと言った。

「一九一五年五月七日以前のことはなにも。そのあとについては、彼女の記憶はあなたがたやわたしと同様に確かです」

「それで、彼女の最初の記憶は？」

「生存者たちとともに上陸したことです。それより前はすべて空白。自分の名前も、どこから来たのかも、自分がどこにいたのかもわからない。母国語を話すことさえできなかったんですから」

「だけど、そんなのはまったくもってめずらしいケースでしょう？」ジュリアスは言った。

「そうでもないんですよ。ああいった状況ではかなりよくあります。神経系統にたいへんなショックを受けた状況。記憶喪失はだいたい同じような原因で起きる。わたしはもちろん専門医を勧めました。パリにとてもいい医者がいまして――こういった症例を研究している――だが、ミセス・ヴァンデマイヤーはそうしたら噂が広まってしまうからと反対した」

「彼女ならそう言うでしょうな」サー・ジェイムズは陰鬱《いんうつ》な口調で応じた。

「わたしはミセス・ヴァンデマイヤーの意見に同意しました。こういう症例はたしかに評判になりやすい。娘さんはとても若かった——十九歳だったかな。彼女の病気が噂になって——将来に悪影響を及ぼすのはよくない、と思いました。それに、こういうケースに特別な治療法はないんですよ。時が癒《いや》してくれるのを待つしかない」

「待つ？」

「ええ、遅かれ早かれ、記憶は回復します——失ったときと同じく突然にね。しかし、たぶん娘さんは記憶喪失にかかっていたあいだの出来事はすっかり忘れているでしょう。つまり、〈ルシタニア〉が沈んだ時点に戻って人生を始めることになる」

「記憶はいつ回復すると思います？」

医師は肩をすくめた。

「ああ、それはわかりません。数ヵ月後の場合もあれば、二十年という長い月日を要した例もあると聞きます。またショックに襲われると思い出すこともある。ショックが奪ったものを、別のショックがよみがえらせるわけです」

「別のショックねえ？」ジュリアスは考えこんだ。

「そうです。コロラドであったケースでは——」ドクター・ホールは熱心にしゃべりつづけた。ジュリアスは聴いていないようだった。自分だけの思考へ漂っていき、眉をひそめていた。ふいに思いから覚めると、こぶしでドンとテーブルをたたいたので全員がびくっとし、中でも医師は驚いた。

「わかったぞ！　先生、これから話すわたしの計画にあなたの医学的見解をいただきたい。ジェインがまた北大西洋を渡るとして、同じことが起きたらどうです。潜水艦、沈んでいく船、救命ボートに乗りこむ人々――そういったことです。それがショック療法になりませんか？　彼女の潜在意識に、専門用語ではなんというのか知らないが、大きな揺さぶりをかければ、またたちまち機能しはじめるのでは？」

「とてもおもしろい考えです、ミスター・ハーシャイマー。わたしの意見を言わせてもらえば、成功するでしょう。あなたの挙げた条件がまた揃うチャンスはないのが残念だが」

「自然に起きるのを待っていてはむりでしょう、先生。しかし、わたしが話しているのは人為的にということです」

「人為的？」

「そうです。むずかしくなんかない。客船を雇って――」

「客船を！」ドクター・ホールはもごもごとつぶやいた。

「乗客と潜水艦を手配して――一つだけむずかしい問題があるかな。政府は兵器についてはいささか融通がききませんからね。知らない相手には売らないでしょう。それでも、なんとかできると思います。〝贈賄《ぞうわい》〟という言葉をお聞きになったことは？　そう、いつだって贈賄という手がある！　じっさいに魚雷を発射しなくていいんです。みんながあたふたして大声で船が沈むと叫べば、ジェインのようなうぶな若い娘にはじゅうぶんだ。稽古を積んだヒステリックなお芝居が甲板でくりひろげられているあいだに、救命具をつけてボートに乗せられるころには、きっと――彼女は一九一五年の五月にふたたび戻っているはずです。ざっとこんなところだが、どう思われます?」

ドクター・ホールはジュリアスを見つめた。医師がとっさに口に出せなかったことはすべて、表情が雄弁に物語っていた。

「いいえ」ジュリアスは無言の問いかけに答えた。「わたしは頭がおかしいわけじゃない。この計画は完全に可能なんです。映画《ムービー》の撮影のために、アメリカじゃ毎日のようにおこなわれている。列車が衝突するのをスクリーンでごらんになったことはありませんか? 列車を買いあげるのと客船を買いあげるのと、どこが違います? 道具立てが揃えば、すぐにでも始められる!」

ドクター・ホールはようやく口がきけるようになった。

「しかし、費用はどうするんですか?」彼は声を高めた。「莫大な金がかかりますよ!」

「金の心配をする必要はわたしにはないんです」ジュリアスはたんたんと答えた。

ドクター・ホールが訴えるようにサー・ジェイムズを見ると、弁護士はかすかに微笑した。

「ミスター・ハーシャイマーはたいへんに裕福なのです――そう、たいへんに」

医師はあらためて鋭い視線をジュリアスに向けた。これは木から落っこちるいっぷう変わった青年ではないのだ。医師のまなざしには富豪に対する敬意がこもっていた。

「ひじょうにすばらしい計画です。ひじょうにすばらしい」ドクター・ホールは低い声で言った。「映画《ムービー》ね――もちろんです! 映画《シネマ》のアメリカ英語ですな。たいへんおもしろい。どうやら、われわれ英国人のやりかたは少々時代遅れなのかもしれないな。そして、あなたは本気でこのすばらしい計画を実行するつもりですか？」

「かならず実行します」

医師はジュリアスを信じた——彼の出身国に敬意を表して。もし英国人がそんなことを提案したら、医師は相手の正気を疑うだろう。

「治ると保証はできません」ドクター・ホールは釘《くぎ》を刺した。「そこははっきりさせておかなければならないでしょう」

「もちろん、それでかまいませんよ」ジュリアスは言った。「ジェインを連れてきてくれれば、あとはわたしに任せてください」

「ジェイン？」

「またはミス・ジャネット・ヴァンデマイヤー。すぐあなたの診療所に長距離電話をかけて、彼女をこちらへ送り届けてもらうように頼みますか？　それともわたしが車で迎えにいきましょうか？」

医師はじっとジュリアスを見つめるだけだった。

「失礼、ミスター・ハーシャイマー、わかっていらっしゃると思っていた」

「なにをです？」

「ミス・ヴァンデマイヤーはもうわたしの療養所にはいません」

15　タペンス、プロポーズされる

ジュリアスはぱっと立ちあがった。

「え？」

「あなたはご存じかと」

「いつ彼女は出ていったんです？」

「ええとですね。今日は月曜日ですか？　先週の水曜日だったと思います――うん、間違いない――そう、あなたが――あれだ――うちの木から落っこちた夜だった」

「あの夜？　落ちる前ですか、あとですか？」

「どうだったか――そうだ、あとでした。ミセス・ヴァンデマイヤーから緊急のメッセージが来たんです。あの娘さんと担当の看護婦は、夜行列車で出発しました」

ジュリアスは椅子にすわりこんだ。

「イーディス看護婦――患者の一人と出ていった――先生がそう言っていたのを覚えている」彼はつぶやいた。「なんてことだ、あんなに近くにいたのに！」

ドクター・ホールはとまどっているようだった。

「わかりませんな。あの娘さんは叔母さんのところへ行ったのではないのですか？」

タペンスはかぶりを振った。口を開こうとしたとき、サー・ジェイムズから警告の視線を送られて思いとどまった。弁護士は立ちあがった。

「たいへんありがとうございました、先生。話してくださって、感謝しています。残念ながら、あらためてミス・ヴァンデマイヤーの行方を追わなければならなくなった。彼女に付き添った看護婦についてですが、居所をご存じではないでしょうね？」

医師は首を横に振った。

「じつは、あの看護婦から連絡がないんですよ。しばらくミス・ヴァンデマイヤーと一緒にいるものだと思っていました。しかし、なにも起こるはずはありませんよね？　まさか娘さんが誘拐されたなんてことはないでしょう」

「それはまだわかりません」サー・ジェイムズは重々しく答えた。

ドクター・ホールはたじろいだ。

「わたしは警察に行くべきですかな？」

「いいえ。きっとその娘さんはほかの親戚のところにいるのでしょう」

医師は完全には納得していなかったが、サー・ジェイムズがそれ以上言おうとしないのを見て、この高名な勅選《ちよくせん》弁護士からさらに情報を引きだそうとするのはむだ手間だと悟った。そこでドクター・ホールは三人に、ではこれで、と別れを告げた。三人はホテルをあとにして、しばらく車のそばに立って話しあった。

「ほんとうに頭がおかしくなりそう」タペンスは叫んだ。「ジュリアスが何時間か彼女と同じ屋根の下にいたと思うと」

「わたしは救いようのないばかだったよ」ジュリアスが暗い口調でぼやいた。

「あなたにわかるはずがなかったわよ」タペンスは慰めた。「そうですよね?」彼女はサー・ジェイムズに同意を求めた。

「くよくよしないことだ」サー・ジェイムズはやさしく諭《さと》した。「覆水盆に返らず、ですよ」

「大事なのは次にどうするかよ」実際家のタペンスはつけくわえた。

サー・ジェイムズは肩をすくめた。

「ジェインに付き添っていた看護婦の情報を求める広告を出したらどうかな。わたしに提案できるのはこれぐらいだが、あまり結果は期待できないでしょうね。ほかに、打つ手はなにもない」

「なにも?」タペンスはぽかんとした。「でも——トミーは?」

「無事を祈りましょう。そうですとも、希望を捨ててはいけない」

しかし、うつむいたタペンスの頭ごしにサー・ジェイムズはジュリアスと目を合わせ、かすかに首を横に振った。ジュリアスはその意味を悟った。望みはない、と弁護士は考えているのだ。若いアメリカ人は沈鬱《ちんうつ》な顔になった。サー・ジェイムズはタペンスの手をとった。

「なにか新たな情報が入ったら、かならず知らせてください。手紙は転送されるようにしておきます」

タペンスはうつろな表情で彼を見た。

「お出かけになるの？」

「話したでしょう。覚えていませんか？　スコットランドへ行きます」

「ええ、でもわたしが思っていたのは――」タペンスはためらった。

サー・ジェイムズはどうしようもないという仕草をした。

「親愛なるお嬢さん、残念だがわたしにはこれ以上できることがないのです。手がかりはすべて空中分解してしまった。文字どおり、もう手はないと受けとってもらっていい。信じてください、これ以上できることはありません。もしなにかあったら、喜んでいかようにもアドバイスしますよ」

彼の言葉を聞いて、タペンスはどうしようもない心細さをおぼえた。

「きっとおっしゃるとおりなんでしょう」彼女は言った。「ともあれ、手を貸してくださってほんとうにありがとうございました。さようなら」

ジュリアスは車のほうを向いていた。サー・ジェイムズの鋭敏な目に一瞬憐みがよぎり、彼はタペンスのうつむいた顔をのぞきこんだ。

「あまりがっかりしないで、ミス・タペンス」弁護士は低い声で慰めた。「いいですか、休暇はかならずしも遊びの時間ではない。ときには仕事もできるのですよ」

彼の声音になにかを感じて、タペンスはさっと顔を上げた。サー・ジェイムズは首を振ってほほえんだ。

「いいえ、これ以上は言わないでおきましょう。しゃべりすぎるのは大きなあやまちです。覚えておくといい。決して知っていることを全部話さないこと――たとえとても親しい人間にでも。わかりましたか？　では失礼」

サー・ジェイムズは歩み去った。タペンスはその後ろ姿を見送った。彼女はサー・ジェイムズの手法を呑みこみつつあった。前にも一度、いまと同じようにさりげなくヒントを投げかけた。あれもヒントだったのだろうか？　あの最後の言葉の裏にはなにがあったのだろう？　つまるところ、彼は事件を投げだしたわけではないということ？　出かけているあいだもひそかに追跡を続けるということ？

タペンスの思いをジュリアスがさえぎった。「車に乗って」彼は促した。

「考えこんでいるみたいだね」車を出しながら、ジュリアスは言った。「あの人、あのあとなにか言ったの？」

タペンスは思わず口を開きかけたが、また閉じた。サー・ジェイムズの言葉が耳の中でこだましていた。〝決して知っていることを全部話さないこと――たとえとても親しい人間にでも〟。そのとき、閃光のようにある記憶が脳裏によみがえった。ミセス・ヴァンデマイヤーのフラットで金庫の前にいたジュリアス、彼女の質問、「なにもない」と彼が答える前にかかった時間。ほんとうになにもなかったのか？　それともジュリアスはなにかを見つけ、自分だけのものにしておこうと思ったのか？　彼に隠しだてができるのなら、わたしだって。

「とくになにも」

ジュリアスが横目でこちらを一瞥するのを、彼女は見るというより感じた。

「どうする、公園を通っていこうか？」

「あなたがそうしたいなら」

二人は黙ったままで、車はしばらく木立の下を走った。美しい日だった。風を切る快感に、タペンスは新たな高揚をおぼえた。

「ねえ、ミス・タペンス、わたしはジェインを見つけられると思うかい？」

ジュリアスの口ぶりは暗かった。意気消沈している彼を目にするのは初めてなので、タペンスは驚いてアメリカ人青年に向きなおり、じっと見つめた。彼はうなずいた。

「そうなんだ。わたしは行き詰まってしまった。今日のサー・ジェイムズはまったく希望をなくしたようだった、わかるんだ。彼のことは好かない――どうもうまが合わないんだよ――だが、なかなか頭が切れるし、少しでも成功する可能性があるなら、この件から降りたりしないと思う。そうだろう？」

タペンスはちょっと落ち着かない気分になったが、ジュリアスもなにか隠しているという自分の勘を信じて、決心を変えなかった。

「看護婦の情報を求める広告はどうかと言っていたじゃない」

「ああ、だが彼の口調からは〝むなしい望み〟という本心が見え見えだったよ！　だめだ――わたしはすっかりあきらめかけている。すぐにアメリカへ帰ってもいいんじゃないかと思いはじめているんだ」

「そんなのだめよ！」タペンスは叫んだ。「トミーを探さなくちゃ」

「たしかに。ベレズフォードのことを忘れていた」ジュリアスはすまなそうな口ぶりだった。「そうだね。彼を探さないと。だが、こうなっては——じつは、この旅を始めてからずっと白日夢にふけっていたんだが——こんな夢はくだらないばかげたものだ。もうやめるよ。なあ、ミス・タペンス、聞きたいことがあるんだ」

「どうぞ」

「きみとベレズフォード。どうなんだ?」

「どうって、意味がわからないわ」タペンスはもったいぶって答え、矛盾する言葉を続けた。「とにかく、あなたは見当違いをしている」

「気持ちを寄せあっているんじゃないの?」

「違うわ」タペンスはちょっといらだった。「トミーとわたしは友だち——それ以上のことはない」

「恋人たちのほとんどが一度はそう言うんじゃないかな」

「ばかばかしい!」タペンスはぴしゃりと返した。「出会うたびに男と恋に落ちるような女に、わたしが見えて?」

「見えないよ。恋に落ちる男がひっきりなしに現れる女に見える!」

「あら!」タペンスは不意を突かれた。「それはほめ言葉?」

「もちろん。さあ、肝心なことを話そう。もし、われわれがベレズフォードを見つけられなかったら——そして——」

「いいわ――言って！　事実に直面することはできる。トミーが――死んでいたら。それで？」

「そして今回のことが失敗に終わったら。きみはどうする？」

「わからない」タペンスは途方に暮れた口調で答えた。

「きみはすごく寂しくなるね、かわいそうに」

「わたしは大丈夫よ」憐みをかけられるといつも怒るタペンスは、きっぱりと告げた。

「結婚するのはどう？」ジュリアスは尋ねた。「なにか考えがある？」

「結婚する気はあるわよ、もちろん。つまり、もし――」彼女は間を置いた。つかのま、これ以上踏みこむのをやめようとしたが、勇敢に持論を堅持した。「結婚するだけの価値のある資産家が見つかればね。率直でしょ？　わたしを軽蔑するんじゃないの」

「決してビジネス本能を軽蔑したりしないよ。考えている数字はあるのかな？」

「数字？　背の高さとかのこと？」タペンスはきょとんとした。

「いや。金額――収入はどれくらい、とかさ」

「ああ、それね――はっきりとは考えていない」

「わたしはどう？」

「あなた？」

「そうだよ」

「まさか、むりよ！」

「どうして？」

「むりって言ったでしょう」

「だから、どうして？」

「あまりにも不公平に思えるもの」

「不公平なことなんかなにもないんじゃないかな。どこが不公平だっていうの？　わたしはきみを、いままで会ったどんな女性より崇拝しているんだ。きみはすごく勇気がある。とにかく、わたしならすばらしく楽しい人生を送らせてあげられるんだよ。イエスと言ってくれ、そうしたらすぐに高級宝石店へ行って、指輪をあつらえよう」

「そんなことできない」タペンスはあえぐように答えた。

「ベレズフォードのため？」

「違う、違う、違うの！」

「だったら、なぜ？」

タペンスはひたすら激しく首を振りつづけた。

「わたし以上の金持ちはまずいないよ」

「ああ、そういうことじゃないの」タペンスはヒステリックとも言える笑いをもらした。「だけど、ほんとうにありがとう。それでもわたしはノーと答えるべきだと思う」

「明日まで考えてみてもらえると、うれしいんだけどな」

「むだよ」

「でも、そういうことにしておかないか」

「わかった」タペンスの声は弱々しかった。

そのあとは、〈リッツ〉に着くまで二人とも無言だった。

タペンスは上階の自室へ行った。積極的なジュリアスと相対したあとで、精神的に打ちのめされた気分だった。鏡を前にしてすわり、そこに映る自分をしばらく見つめた。

「ばかね」とうとうタペンスはつぶやいて顔をしかめた。「おばかさん。ほしいものすべて――望んできたものすべてを差しだされたのに、あなたはのろまな子羊みたいにめそめそ〝ノー〟とくりかえしただけだった。またとないチャンスなのに。どうしてイエスと言わないのよ？　つかみとらないのよ？　飛びつけばいいのに？　これ以上なにを望むっていうの？」

自分の問いに答えるかのように、そまつな写真立てに入れて鏡台の上に置いてあるトミーの小さなスナップ写真に目を向けた。しばし、自制心をとりもどそうとあがいたものの、ついに虚勢をすべて投げ捨ててその写真を唇に押しつけ、わっと泣きだした。

「ああ、トミー、トミー。あなたをこんなに愛している――それなのにもう二度と会えないかもしれないなんて……」

五分後、タペンスはすわりなおして洟《はな》をかむと、髪をかきあげた。

「もうおしまい」彼女は断固として言った。「事実と向きあうのよ。どうやらわたしは恋に落ちたみたい――相手は、こっちのことなんかこれっぽっちも思っていないであろう、まぬけな若者」そこで間を置いた。そして、目に見えない敵と議論しているかのように続けた。「思っているかどうか、わたしは知らない。彼が口に出したことは一度もないもの。わたしはいつも感傷的になるのを非難してきた――ところがいまはだれよりも感傷的になっている。若い女って、どうしてこんなにばかばっかりなの！って、ずっと思ってきたのに。枕の下にこの写真を入れて眠ることにしよう、そして一晩中彼の夢を見るの。いままでじつは自分の主義に反した女だったって思い知るのは、ひどい気分」

わが身の堕落を顧みて、タペンスはしおしおと首を振った。

「ジュリアスになんて言えばいいのかわからない。まったく、わたしのばかさかげんときたら！　なにか言わないと――彼はとてもアメリカ人的で徹底的だから、理由にこだわる。あの金庫で彼はなにか見つけたのかしら――」

タペンスの心は別の方向へさまよいだした。昨夜の出来事を慎重に何度も思いかえした。なぜか、最後にはサー・ジェイムズの謎めいた言葉にたどり着《つ》くのだった。

突然、彼女はぎょっとした――顔から血の気が引いた。憑かれたように目を見開き、正面を凝視《ぎょうし》した。

「ありえない」タペンスはつぶやいた。「ありえないわ！　そんなことを思いつくなんて、頭がおかしくなったのよ……」

途方もないことだ――だが、それで全部説明がつく……

ちょっと考えてから彼女は腰を下ろし、一語一語吟味しながら手紙を書いた。ようやく満足してうなずくと、ジュリアスに宛てた封筒に手紙を入れた。廊下を歩いて彼の居間へ行き、ドアをノックした。予想どおり、留守だった。彼女は手紙をテーブルの上に置いた。

自分の部屋に戻ると、小柄なボーイがドアの外で待っていた。

「電報です、ミス」

タペンスは盆の上の電報をとり、無造作に破いて開いた。そして叫び声を上げた。電報はトミーからだった！

16　続・トミーの冒険

火のようなずきずきする痛みがともなう暗闇から、トミーはゆっくりと覚醒《かくせい》した。ようやく目を開けると、こめかみを襲う激痛しか感じられなかった。見慣れない周囲の様子をぼんやりと眺めた。ここはどこだ？　なにが起きた？　彼は弱々しくまばたきした。ここは〈リッツ〉の寝室ではない。そして、このずきずきする頭はどうしたことだ？

「ちくしょう！」トミーはうなって起きあがろうとした。思い出したのだ。ここはソーホーの不吉な感じの家だ。うめき声をもらし、また倒れてしまった。ほぼ閉じたまぶたの隙間から、慎重にあたりを窺《うかが》った。

「気がつきそうだぞ」トミーの耳のすぐそばで声がした。それが、ひげを生やした有能そうなドイツ人の声であることはすぐにわかったが、ぼうっとしている風を巧みに装い、動かなかった。あまり早く意識をとりもどしてもろくなことはあるまい。頭痛がもう少しおさまるまでは、頭が働かない。苦痛の中で、なにが起きたのか解き明かそうとした。あきらかに、彼が聞き耳をたてていたとき何者かが背後から忍び寄って頭に一撃を加えたのだ。いまや、自分がスパイだと彼らは知っており、きっとさっさと片づけようとするだろう。窮地に陥《おちい》ったのは間違いない。だれも自分の居場所を知らないので、外からの助けは期待できない。おのれの才覚でなんとかしなければ。

「よし、やるぞ」トミーは独りごとをつぶやいて、さっきの言葉をくりかえした。

「ちくしょう！」そしてこんどは起きあがることができた。

すぐにドイツ人が進み出て彼の口もとにグラスを押しつけ、「飲め」と命じた。トミーは従った。強い飲みものに思わずむせたが、おかげでみごとに頭がすっきりした。

彼は会合がおこなわれていた部屋のソファに横たわっていた。片側にはドイツ人、その反対側には彼を中に入れた悪党面の玄関番がいた。ほかの男たちは少し離れたところに集まっていた。だが、トミーの見たところ、一人欠けている。ナンバー1と呼ばれていた男はもういなかった。

「気分はましになったか？」グラスを離しながらドイツ人が聞いた。

「ああ、ありがとう」トミーは元気よく答えた。

「いやはや、頭の骨が硬くて幸運だったな。コンラッドのやつ、かなり強く殴ったんだぞ」彼は悪党面の玄関番のほうへうなずいてみせた。

玄関番はにやりとした。

トミーは苦労してそちらへ顔を向けた。「ああ、あんたがコンラッドか？　ぼくの頭蓋骨が硬いのはそっちにとっても幸運だったよ。ぼくが生きていて、結果的にあんたが絞首台を免れたのは残念だな」

男はうなり、ひげを生やしたドイツ人は静かに言った。

「コンラッドはそんなあぶないことにはならないさ」

「なんとでも言えばいい」トミーは答えた。「警察を貶《おとし》めるのが流行《はや》りだとは知っている。ぼく自身は警察を信じているけどね」

彼の態度はまさに悠然としていた。トミー・ベレズフォードは知力においてはとくべつ秀でていなくても、いわゆる〝窮地〟に立たされるや断然最高の力を発揮するという、あの英国の若者の一人なのだ。彼らの生来の内気さと用心深さは、手袋のようにぬげ落ちる。逃亡の唯一のチャンスは自分の知恵にかかっていることを、トミーは完全に理解しており、さりげない態度の裏で猛然と頭を働かせていた。

ドイツ人が冷たいアクセントで続けた。

「スパイとして処刑される前に言いたいことはあるか?」

「ああ、たくさんあるとも」トミーはあいかわらず優雅に答えた。

「ドアの前で盗み聞きしていたのを否定するか?」

「否定しない。ほんとうに失礼した――だが、あんたたちの話があまりにもおもしろかったので、好奇心が良心のとがめにまさってしまってね」

「どうやって入った?」

「この親愛なるコンラッドが入れてくれた」トミーはすまなそうに彼に微笑してみせた。「忠実な召使いをやめさせろと勧めたくはないが、もっとましな番犬を雇ったほうがいい」

コンラッドは弱々しいうなり声を上げ、さっと向きなおったドイツ人にぶすっとして弁明した。

「彼は合言葉を使ったんです。おれにわかるわけがありますか?」

「そうとも」トミーは割りこんだ。「彼にわかるわけがあるか? 気の毒なやつを責めないでやってくれ。彼の軽率な行動のおかげで、ぼくはあんたたち全員と直接顔を合わせることができたんだから」

自分の発言に一団が動揺したようにトミーは感じたが、油断のないドイツ人が手を振って彼らを鎮《しず》めた。

「死人に口なしだ」ドイツ人はそっけなく言った。

「ああ、でもぼくはまだ死んでいない!」

「すぐそうなるよ、若いの」

ほかの男たちも同意のつぶやきをもらした。

トミーの心臓の鼓動が速くなったが、さりげない愛想のよさはこゆるぎもしなかった。

「そうは思わないね」トミーはきっぱりと告げた。「死ぬことには大いに異議がある」

男たちはとまどった。それはドイツ人の表情にも表れていた。

「おまえを処刑するべきではない理由でもあるのか?」ドイツ人は尋ねた。

「いくつかある。いいか、あんたたちはたくさんの質問をした。こんどはこっちから質問させてくれ。どうして意識をとりもどす前にぼくをすぐ殺さなかったんだ?」

ドイツ人はためらい、トミーはこのチャンスを逃さなかった。

「なぜなら、ぼくがどの程度知っているか、あんたたちにはわからなかったからだ——そして、どこで情報を得たのかも。いまぼくを殺せば、永久にわからないぞ」

しかしここで、ボリスが感情を抑えきれなくなり、両腕を振りながら進み出た。

「このスパイの犬め」彼は叫んだ。「さっさと片づけてやる。殺そう！　いますぐ！」

大きな喝采が起きた。

「聞こえたな？」ドイツ人はトミーに視線を据えた。「いまのに対するおまえの言い分は？」

「言い分？」トミーは肩をすくめた。「愚《おろ》か者の集まりだな。自分たちに問いかけてみろよ。ぼくはどうやってここに入ったか？　親愛なるコンラッドが話したよね——い、い、い、い、あんたたちの合言葉を使った——だろう？　ぼくはどうやってそれを知ったか？　玄関への階段を無計画に上って最初に頭に浮かんだ言葉を口にしたとでも思う？」

スピーチのこのしめくくりに、トミーは悦に入った。唯一残念なのは、タペンスがここにいて鮮《あざ》やかさに感心してくれないことだ。

「たしかに」労働党員風の男がふいに言った。「同志たち、われわれは裏切られているんだ！」

険悪なつぶやき声がいっせいに上がった。トミーはけしかけるように彼らに微笑した。

「それでこそだ。自分たちで頭を使わずに、どうやって仕事を成功させられる？」

「だれが裏切ったのか言うんだ」ドイツ人が命じた。「とはいえ、言っても命は助からない——当然な！　知っていることをすべて吐け。このボリスは口を割らせる方法をいろいろと心得ているんだ」

「ふふん」みぞおちを襲うきわめて不快な感覚を押し殺し、トミーは軽蔑《けいべつ》したように鼻を鳴らした。「あんたたちはぼくを拷問することも殺すこともできないよ」

「なぜだ?」ボリスが聞いた。

「金の卵を産むガチョウを殺すことになるからさ」トミーは静かに答えた。

つかのま、沈黙が流れた。トミーのぶれない自信がとうとう功を奏したようだ。彼らはもはや自分たちを信じきれなくなっている。いささかみすぼらしい服装の男が探るようにトミーを見た。

「はったりをかましているんだよ、ボリス」男は低い声で言った。

トミーはこの男が憎くなった。こっちの考えをお見通しなんだろうか?

ドイツ人が、わざとらしい荒々しい態度でトミーに向きなおった。

「どういう意味だ?」

「どういう意味だと思う?」必死で考えながら、トミーははぐらかした。

突然ボリスが前に出て、トミーの顔の前にこぶしを突きつけた。

「話せ、この英国人のブタ野郎——話せ!」

「そう興奮するなよ、なあ」トミーは冷静になだめた。「それがあんたたち外国人のいちばん悪いところだよ。落ち着きを保てない。さて、聞くが、殺される可能性が少しでもあるとぼくが思っているように見えるか?」

彼は自信満々であたりを睥睨《へいげい》し、口から出る言葉とはうらはらにドキドキしている心臓の音が彼らに聞こえなくてよかったと思った。

「いや」ついにボリスが陰気な口調で認めた。「見えない」

(彼に読心術の心得がなくてよかった) トミーは内心でつぶやいた。声に出しては、自分の優位を主張しつづけた。

「そしてなぜ、ぼくはこれほど自信があるのか？ それは、ある取引を提案できるだけの情報を持っているからだ」

「取引だと？」ひげを生やしたドイツ人の口調は鋭かった。

「そう——取引だ。ぼくの命と自由と引き換えに——」トミーは間を置いた。

「引き換えになんだ？」

一同は身を乗りだした。ピンが落ちる音さえ聞こえそうな静けさだった。

トミーはゆっくりと口を開いた。

「ダンヴァーズが〈ルシタニア〉号でアメリカから運んできた文書」

その発言の効果は絶大だった。全員が立ちあがった。ドイツ人が手を振ってなだめた。彼は興奮で顔を赤くしてトミーの上にかがみこんだ。

「驚いた《ヒメル》！ じゃあ、おまえが持っているのか？」

冷静そのものの顔で、トミーはかぶりを振った。

「どこにあるか知っているのか？」ドイツ人はなおも尋ねた。

ふたたびトミーはかぶりを振った。「いや、まったく」

「だったら──だったら──」怒りと困惑で、ドイツ人は口ごもった。

トミーは周囲に目をやった。どの顔にも怒りととまどいが浮かんでいたが、自分の確信に満ちた落ち着きが影響を及ぼしていた──トミーの言葉の裏になにかがあることを、もうだれも疑っていない。

「文書のありかは知らない──だが、かならず見つけられる。考えがあるんだ──」

「ふん！」

トミーは片手を上げてうんざりした抗議の叫びを抑えこんだ。「考えがあると言ったが──それはかなり確かな事実なんだ──ぼくしか知らない事実だ。どのみち、あんたたちはなにを失うというんだ？ もしぼくが文書を差しだすことができたら──あんたたちはその見返りにぼくの命と自由を保証する。いい取引だろう？」

「われわれが拒んだら？」ドイツ人は低い声で聞いた。

トミーはソファに寄りかかった。「二十九日まで、あと二週間くらいか──」

一瞬、ドイツ人はたじろいだ。そのあとコンラッドに合図した。

「彼を別の部屋へ連れていけ」

五分間、トミーは隣のみすぼらしい部屋のベッドにすわっていた。心臓は早鐘のように打っていた。すべてを賭けて勝負に出たのだ。彼らはどういう結論を出すだろう？ 待っているあいだずっと、この悩ましい疑問に内心では苦しみながらも、ひねくれた玄関番が殺意を抱くほど、トミーはコンラッドに軽薄な口調でしゃべりかけた。

　とうとうドアが開き、ドイツ人がコンラッドに戻ってこいと横柄に告げた。

「判事が黒い帽子をかぶっていないように祈ろうじゃないか（黒い帽子をかぶるのは死刑判決を言い渡すとき）」トミーは浮ついた口調で言った。「そうだ、コンラッド、ぼくを引きたてていけ。囚人が出廷しましたよ、諸君」

　ドイツ人はテーブルの前にすわっていた。彼はトミーに反対側の席につくように促した。

「条件付きで受けいれよう。文書は、おまえを解放する前にわれわれのもとへ届けられなければならない」

「ばかな！」トミーは快活に言いかえした。「ここでぼくが拘束されていたら、どうやって文書を探せると思う？」

「だったら、なにを期待しているというんだ？」

「ぼくのやりかたで捜索を進める自由が必要だ」

　ドイツ人は笑った。

「口約束ばかりの楽しいお話だけでおまえを出ていかせるなんて、われわれをガキだとでも思っているのか？」

「いや」トミーは考えながら答えた。「ぼくにとってはそのほうがはるかに簡単なんだが、さっきのプランにあんたたちが賛成すると信じてはいなかった。いいとも、妥協案を話しあおうじゃないか。このコンラッドくんをぼくに付き添わせるのはどうだ？　忠実な男だし、いつでもこぶしを振るう気満々だ」

「われわれとしてはおまえをここに留めておきたい。メンバーの一人がおまえの指示どおりに行動する。こみいった事態になったら、彼が報告しに戻ってくるからおまえが追加の指示を出せばいい」ドイツ人は冷ややかに言った。

「それじゃぼくは動きがとれない」トミーは不平を鳴らした。「きわめてデリケートな事柄なんだ、十中八九、おたくのメンバーは失敗するよ。そうしたら、ぼくはどうしたらいい？　あんたたちのだれかが、わずかなりとも機転がきくとは思えないんだが」

ドイツ人はテーブルをトントンとたたいた。

「それがわれわれの条件だ。呑めないのなら、殺す！」

トミーはうんざりしたように椅子の背に寄りかかった。「あんたの口のききようは好きだよ。愛想はないが、人を引きつける。だったらやりたいようにやればいい。だが、一つだけ外せない条件がある。その娘に会わないと」

「娘？」

「ジェイン・フィンだよ、もちろん」

ドイツ人はしばらく奇妙な目つきでトミーを見ていたが、やがて言葉を選びながらゆっくりと口を開いた。「彼女がなにも話せないのを知らないのか？」

トミーの鼓動が少し速くなった。探している娘と顔を合わせられるのだろうか？

「なにか話すように頼むつもりはない」トミーは静かに答えた。「つまり、あれこれ聞く気はない」

「だったらなぜ会いたい？」

トミーは間を置いた。

「ぼくがある質問をしたときの彼女の表情を見たい」ようやくこう答えた。

ドイツ人は、ふたたびトミーにはよくわからないあの奇妙な目つきで彼を観察した。

「彼女はおまえの質問に答えられないだろう」

「それはどうでもいい。質問に対する表情を見るだけだ」

「その結果なにかがわかると考えているのか？」ドイツ人は不愉快な笑いをもらした。トミーはさらに強く、自分の理解していない要素がなにかあると感じた。ドイツ人は探るように彼の顔をうかがった。「結局、おまえはわれわれが考えているほどわかっていないんじゃないか？」低い声で質《ただ》した。

トミーはさっきほど自信がなくなってきた。確かな手応えが若干失われている。だが、とまどいもあった。なにかまずいことを言っただろうか？　そして衝動的に答えた。

「ぼくが知らなくてあんたが知っていることはあるかもしれない。あんたたちの計画のすべてを知っているようなふりをしたつもりはない。しかし、あんたたちが知らないなにかをぼくは隠しているわけだから、おあいこだね。そして、それこそぼくが優位に立てる点なんだ。ダンヴァーズはいまいましいほど頭の切れるやつだった——」しゃべりすぎたかのようにトミーは口を閉じた。

だが、ドイツ人の顔が少し明るくなった。

「ダンヴァーズか、なるほど――」少し黙っていたあと、コンラッドを手招きした。「彼を連れていけ。上の階だ――わかっているな」

「ちょっと待て。娘の件はどうなった？」トミーは尋ねた。

「たぶん手配できるだろう」

「かならずだぞ」

「まあ待て。それを決められるのは一人だけだ」

「だれだ？」トミーは聞いたが、答えはわかっていた。

「ミスター・ブラウン――」

「彼に会えるのか？」

「もしかしたらな」

「来い」コンラッドが乱暴な口調で命じた。

トミーはおとなしく立ちあがった。ドアから出ると、彼の看守が階段を上れと合図した。コンラッド自身はすぐ後ろから来た。上階に着くと、コンラッドはドアを開け、トミーは狭い部屋に入った。コンラッドはガス灯をつけてから出ていった。鍵をかける音をトミーは聞いた。

さっそく牢獄を調べにかかった。下の階の部屋よりも狭く、独特の閉塞感がある。窓が一つもないのだ、と気づいた。彼は室内を歩きまわった。壁はほこりだらけでよごれ、ほかのいたるところもそうだった。壁には四枚の絵がななめに傾いて掛かり、それぞれが『ファウスト』のある場面を表していた。宝石箱を持ったマルグリート、教会の場面、花を持ったジーベル、ファウストと悪魔メフィストフェレス。メフィストフェレスを見て、トミーはまたミスター・ブラウンのことを思った。頑丈なドアがぴったりと閉まったこの密室で、彼は世界から切り離され、悪党どもの首領の不吉な力はよりいっそう現実のものに感じられた。叫んでも、声はだれにも聞こえないだろう。ここは生きながらの墓場だ……

けんめいに、トミーは気力をかき集めた。ベッドに腰を下ろし、思いにふけった。頭がひどくずきずきする。それに、腹も減っている。この場所の静寂には意気消沈させられた。

「とにかく」トミーはみずからを奮《ふる》いたたせようとした。「首領――あの謎のミスター・ブラウン――に会えるわけだ。そして運がよくはったりが効けば謎のジェイン・フィンにも。そのあと――」

そのあとはお先真っ暗であることを、トミーも認めざるをえなかった。

17　アネット

しかしながら、将来の悩みは直近の悩みの前ではすぐに色褪《いろあ》せた。その中でも、もっとも切実な悩みは空腹だった。トミーは元来、食欲旺盛なのだ。昼食に食べたステーキとフライドポテトはもう十年以上前のことに思える。残念ながら、自分がハンガーストライキをしても成功できないという事実は、認めないわけにはいかなかった。

あてもなく室内を歩きまわった。一、二度は尊厳をかなぐり捨てて、ドアをたたいてみた。だが、だれも来てはくれなかった。

「くそ！」トミーは憤懣《ふんまん》やるかたなく叫んだ。「あいつら、ぼくを餓死させるつもりじゃないだろうな」もしかしたらこれが、ボリスの〝口を割らせる方法〟の一つなんじゃないかという新たな恐怖が脳裏をよぎった。だが、考えてみてそれはないと判断した。

「あの不機嫌な人でなしのコンラッドのやり口にちがいない。近々決着をつけないとな。これはあいつの意趣返しだ。間違いない」

さらに考えていると、コンラッドの卵形の頭をなにかで一撃したらさぞかし愉快だろうと思えてきた。トミーは頭をそっとなで、想像の愉楽に浸った。そしてついに、すばらしいアイディアが浮かんだ。想像を現実にしたらいいじゃないか！　コンラッドがこの家に住んでいるのはまず確かだ。ひげを生やしたドイツ人は違うかもしれないが、ほかの男たちはここをただの集会所として使っているだけだ。そうであれば、ドアの裏に隠れてコンラッドを待ち伏せ、彼が入ってきたら、椅子か古びた額縁の絵を、すばやく頭に打ちおろしてやればいい。もちろん、あまり強く殴らないように気をつけて。そのあと――そのあとはさっさと出ていくのだ！　途中でだれかに会ったら、そうだ――こぶしで対決しよう、こう思ってトミーは勢いづいた。その手のことなら、今日の午後の言葉での応酬よりもはるかに得意分野だ。この計画に没頭して、トミーは宝石箱を持ったマルグリートの絵をはずし、ドアの後ろの位置に立った。望みは大いにある。単純だがいい計画だ。

だが時間がたっても、コンラッドは現れなかった。夜も昼もこの牢獄では同じだったが、トミーのかなり正確な腕時計によれば夜の九時だ。いま夕食が届けられなければ、朝食まで待つことになるな、とトミーは憂鬱《ゆううつ》な気分で思った。十時には希望を失い、ベッドに身を投げだして眠りに慰《なぐさ》めを求めた。五分後には、悩みは忘れられていた。

まどろんでいたトミーは、鍵をまわす音を聞いて目をさました。起きてすぐ全力で闘えるタイプのヒーローではないので、天井に向かってまばたきし、ここはどこだろうとぼんやり考えた。それからはっとして、腕時計を見ると八時だった。

「早めのモーニングティーか朝食だろう。あとのほうだといいな！」若者は願った。

ドアがさっと開いた。トミーは感じの悪いコンラッドをやっつける計画を思い出したが、遅すぎた。そして一瞬後、忘れていてよかったと思った。というのも、入ってきたのはコンラッドではなく若い娘だったからだ。彼女は運んできた盆をテーブルの上に置いた。

ガス灯の弱い光の中で、トミーは彼女を見て驚いた。瞬時に、これまで会った中でもっとも美しい女性の一人と断じた。髪はつややかな濃い茶色で、閉じこめられた陽光が深みにはまってもがいているかのように、ところどころ金色の筋《すじ》が輝いている。顔は野バラを思わせる愛らしさだ。間隔の空いた目はハシバミ色で、やはり陽光に似た金色に近い茶色だ。

とっぴな考えがトミーの頭に閃《ひらめ》いた。

「あなたはジェイン・フィン？」彼は息せききって尋ねた。

娘は不思議そうな顔でかぶりを振った。

「わたしはアネットです、ムッシュー」

やわらかな訛《なま》りのある英語だった。

「ああ！」トミーは驚いた。「フランス人《フランセーズ》？」思い切って聞いた。

「ウィ、ムッシュー。フランス語を話しますか《ムッシュー・パルル・フランセ》？」

「少しも話せないんだ。それはなに？ 朝食？」

娘はうなずいた。トミーはベッドから下りて近づき、盆の上を見た。パン、マーガリン、コーヒー。

「〈リッツ〉並みとはいかないね」彼はため息をついた。「だが、ようやくいただける食べものに対して、神さまに心から感謝する。アーメン」

彼が椅子を引くと、娘は出ていこうとした。

「ちょっと待って」トミーは声をかけた。「尋ねたいことがたくさんあるんだ、アネット。この家でなにをしているの？　コンラッドの姪《めい》だとか娘だとか言わないでくれよ、信じられないから」

「わたしは召使いです、ムッシュー。だれの縁者でもありません」

「そうか。さっきぼくが聞いたこと、わかるね。あの名前に覚えはある？」

「みんながジェイン・フィンのことを話しているのを聞いたことはあると思います」

「彼女がどこにいるか知らない？」

アネットはかぶりを振った。

「この家にいたりしない？」

「ああ、いいえ、ムッシュー。もう行かないと――あの人たちが待っていますから」

彼女は急いで出ていった。鍵がかけられた。

（〝あの人たち〟ってだれだろう？）パンをかじりながら、トミーは考えた。（運がよければ、あの娘はここから出る手助けをしてくれるかもしれない。悪党どもの一味には見えなかった）

アネットは一時にふたたび食事の盆を持って現れたが、こんどはコンラッドも一緒だった。

「おはよう」トミーは親しげに呼びかけた。「あんたはどうやら高級石鹸《せっけん》を使ってご入浴されていないようだな」

コンラッドは険悪なうなり声で応じた。

「軽妙なやりとりは苦手か？　まあまあ、美と同じくだれもが頭脳を持てるわけじゃないからね。昼食はなに？　シチュー？　どうしてわかったのかって？　初歩的なことだよ、ワトソンくん――タマネギの匂いは間違えようがない」

「ほざいてろ」コンラッドは言った。「しゃべる時間はもうあまり残されていないだろうからな」

そのほのめかしは不快だったが、トミーは無視してテーブルについた。

「下がっておれ、従僕よ」手を振ってみせた。「目上の者に向かってぺらぺらしゃべるでない」

その晩、トミーはベッドにすわってじっくりと考えた。コンラッドはまたあの娘についてくるだろうか？　もしあの男がいなければ、彼女を味方に引き入れようとしてみるべきだろうか？　とにかく手を尽くすしかない、とトミーは決心した。いまのままでは状況は絶望的なのだ。

八時に鍵を開ける例の音がして、彼はさっと立ちあがった。娘は一人だった。

「ドアを閉めて。話があるんだ」

彼女は言われたとおりにした。

「なあ、アネット、ぼくが逃げる手助けをしてほしいんだ」

娘はかぶりを振った。

「むりです。下の階に三人います」

「そうか！」この情報にトミーはひそかに感謝した。「でも、可能なら手を貸してくれる？」

「だめです、ムッシュー」

「どうして?」

彼女はためらった。

「あの人たちはわたしの仲間だと思います。あなたはスパイなんでしょう。ここに閉じこめておくのは当然のことだわ」

「彼らは悪人なんだ、アネット。ぼくを助けてくれれば、きみをあいつらのもとから連れだしてあげる。それに、たぶん大金ももらえるよ」

だが、娘は首を振るばかりだった。

「できません、ムッシュー。あの人たちが怖いの」

アネットは出ていこうとした。

「別の娘さんを助けるためにでも?」トミーは叫んだ。「きみと同じくらいの年なんだ。やつらの手から彼女を救ってくれないか?」

「ジェイン・フィンのこと?」

「そうだ」

「あなたがここへ探しにきたのは彼女? そうなの?」

「ああ」

娘は彼を見つめてから、額《ひたい》に手をあてた。

「ジェイン・フィン。しょっちゅうその名前を耳にします。聞き覚えがある」

トミーは勢いづいて彼女に近づいた。

「ジェイン・フィンのこと、なにか知っているんだね？」

だが、娘は唐突に背を向けた。

「なにも知らない――名前だけ」彼女はドアのほうへ歩きだし、突然叫び声を上げた。トミーはぎょっとした。アネットは、昨晩彼が壁に立てかけておいた絵を見ていた。一瞬、彼女の目に恐怖がよぎった。どういうわけか、恐怖は安堵に変わった。そして娘はやにわに部屋から出ていった。トミーにはどうしようもなかった。あの絵で彼が自分を襲うとでも思ったのだろうか？　まさか。考えこみながら、トミーは絵を掛けなおした。

なにごともない陰鬱《いんうつ》な日が三日続いた。トミーは心身の疲労がこたえているのを感じた。コンラッドとアネット以外だれも目にせず、娘はひとことも話さなくなった。はいといいえしか口にしない。彼女の目には暗い疑いが宿っていた。孤独な監禁がさらに長く続いたら、自分は頭がおかしくなる、とトミーは感じた。コンラッドの話から、彼らは〝ミスター・ブラウン〟の命令を待っているのだとわかった。おそらく、首領は外国にいるか出かけていて、彼らは戻りを待つしかないのだろう。

だが、その三日目の夜、事態は急転した。

七時ちょっと前、トミーは外の廊下をどかどかと歩く足音を聞いた。その直後にドアが大きく開けられた。コンラッドが入ってきた。その横には人相の悪いナンバー14がいた。それを見て、トミーは落胆した。

「こんばんは、だんな」ナンバー14はおどけて言った。「ロープは持っているな、相棒？」

コンラッドは無言で細いロープをとりだした。すると、コンラッドが押さえつけているあいだに、ナンバー14は恐ろしく巧みにトミーの四肢をロープで縛りはじめた。

「なんのまね――」トミーは口を開いた。

しかし、沈黙しているコンラッドのにやにや笑いを見て、言葉は唇《くちびる》で凍りついてしまった。ナンバー14は手際よく仕事を続けた。すぐにトミーは手も足も出ないただの荷物となった。

とうとうコンラッドが言った。

「おれたちをだましおおせたと思っていたんだろう？　知っているだの、知らないだの言いたてて。おれたちと取引しようとした！　それはみんなはったりだったんだ！　おまえはなにも知らない。だが、もうおしまいだ、この――ブタ野郎」

トミーは黙って横たわっていた。言うことはなにもなかった。自分はへまをした。どうやってか、全能のミスター・ブラウンはこちらのはったりを見抜いていた。突然、ある考えが浮かんだ。

「みごとな演説だったよ、コンラッド」トミーはほめた。「しかし、この手かせ足かせはどうしたことだ？　なぜこちらの紳士にさっさとぼくののどを掻っ切らせないんだ？」

「ふざけるな」思いがけずナンバー14が答えた。「おまえをここで始末して警察に嗅ぎまわらせるほど、われわれが愚かだとでも思うのか？　まさか！　明日の朝、閣下のために馬車をご用意させていただいたよ。ただ当面、ゆめゆめ油断はしないというわけだ、わかったか！」

「これほど率直《ブレーン》なお言葉もないね――あんたの不器量《ブレーン》なお顔は別として」

「黙れ」ナンバー14は命じた。

「喜んで」トミーは答えた。「あんたたちは残念なあやまちをおかしている──だが、損をするのはそっちだからな」

「その手はもう効かないぞ」ナンバー14は言った。「まるでまだ〈リッツ〉で優雅にやっているような口をきくじゃないか？」

トミーは返事をしなかった。どうやってミスター・ブラウンが自分の正体を見破ったのか、考えていた。タペンスが心配のあまり警察へ行き、彼の失踪がおおやけになったために、悪党どもは勘づいたのかもしれない。

二人の男は出ていき、ドアが乱暴に閉められた。残されたトミーは思いに沈んだ。楽しい思いではなかった。すでに手足はこわばって痙攣《けいれん》を起こしそうだ。彼はまったく無力で、希望はどこにも見えない。

一時間ほどたったとき、そっと鍵をまわす音がしてドアが開いた。アネットだった。トミーの心臓の鼓動が少し速くなった。娘のことを忘れていた。まさか、助けにきてくれたのだろうか？

突然、コンラッドの声がした。

「出るんだ、アネット。今晩彼に夕食はいらない」

「はい《ウィ》、はい《ウィ》、わかって《ジュ・セ・ビアン》います。でも、もう一つのほうのお盆を下げないと。のっているものがいるんです」

「だったら急げ」コンラッドはがみがみと命じた。

トミーを見ずに、娘はテーブルの前へ行って盆を手にした。そして片手を上げると明かりを消した。

「あほう」コンラッドはドアのそばに来ていた。「なんで消した？」

「いつも消しています。前もって言ってくだされればよかったのに。もう一度つけますか、ムッシュー・コンラッド？」

「いや、出てこい」

「見かけ倒しの若い方《ル・ボー・プチ・ムッシュー》」暗闇の中で、アネットはベッドのそばに佇《たたず》んだ。「しっかり彼を縛りましたね？　まるで料理される前のニワトリみたい！」おもしろがっているような口調にトミーはむっとしたが、そのとき仰天したことに、彼女の手がそっとロープに触れ、小さくて冷たいものが彼のてのひらに押しつけられた。

「さあ、アネット」

「はい、もう出ました《メ・ム・ヴォワラ》」

ドアが閉まった。トミーはコンラッドの声を聞いた。

「閉めて、鍵をよこすんだ」

二人の足音が遠ざかっていった。トミーは驚きで呆然として横たわっていた。アネットがてのひらに押しつけたものは小さなペンナイフで、刃《は》が開かれていた。彼を見ないように気をつけていたことや、明かりを消していったことから、この部屋は見張られているという結論に達した。壁のどこかにのぞき穴があるにちがいない。アネットがつねに態度に注意していたのを思い出し、おそらくいままでずっと監視されていたのだと悟った。自分は正体が露見《ろけん》するようなことを口走っただろうか？　いや、そんなはずはない。逃げたい、ジェイン・フィンを見つけたいとは言ったが、自分の身元を明かす手がかりは与えていない。たしかに、アネットへの質問でジェイン・フィンと直接の知りあいでないのはわかってしまっただろうが、そうだというふりは一度もしなかった。いまの疑問は、アネットがほんとうはもっと知っているのでは？　というとこだ。彼女が助けるのを断わったのは監視されていたからか？　その点は、トミーには判断できかねた。

しかし、なによりも重要な問題がある。こんなふうに拘束されていて、いましめを切れるだろうか？　両手首を縛っているロープにナイフの刃をあてて慎重に上下させてみた。とてもやりにくく、刃が手首にくいこんだときには「うっ」という苦痛のうめきがもれた。だが、ゆっくりと粘り強く、ナイフを動かしつづけた。皮膚を深く切ってしまったが、ついにロープがゆるむのを感じた。両手が自由になれば、あとは簡単だった。五分後、トミーは手足のこわばりのせいで苦労しつつもしっかり立ちあがった。まず最初に、出血している手首を布で縛った。それからベッドの端にすわって考えた。コンラッドはドアの鍵を持ち去ってしまったから、これ以上アネットの助けは期待できない。部屋からの出口はドアだけだから、二人の男が彼を拉《ら》致《ち》しにくるまで待つしかないだろう。だが、二人が来たら……トミーはにやりとした。真っ暗な部屋を慎重を期して動きまわり、悪魔とファウストの絵を見つけて壁からはずした。自分の最初の計画が、結局むだに終わらずにすむのがうれしかった。あとは待つしか、することはない。彼は待った。

夜はのろのろと過ぎていった。トミーにとっては永遠とも感じられる時間だったが、ついに足音が聞こえた。彼は立ちあがって大きく息を吸い、絵を握りしめた。

ドアが開いた。外からかすかな光が流れこんできた。コンラッドがすぐにつけようとガス灯のほうへ向かった。最初に入ってきたのがコンラッドだったのが、トミーは残念でしかたがなかった。こいつに仕返ししてやるのは楽しかっただろうに。ナンバー14があとに続いた。彼が足を踏み入れるやいなや、トミーはその頭めがけて力いっぱい絵を振りおろした。額縁のガラスが派手に割れる音とともに、ナンバー14は倒れた。トミーはすぐさまその横を通ってドアから出た。鍵は穴に差しこまれたままだった。鍵をかけて抜いた瞬間、コンラッドがどなりちらしながら内側からドアに体当たりしてきた。

一瞬、トミーはためらった。階下でだれかが動く音がしたのだ。すると、ドイツ人がどなりながら階段を上ってきた。

「おい、なんだ《ゴット・イム・ヒメル》！　コンラッド、どうした？」

トミーは小さな手が自分の手の中にすべりこむのを感じた。隣にアネットがいた。彼女は屋根裏に続いているらしい倒れそうなはしごを指さした。

「早く――こっち！」アネットはトミーを引きずるようにしてはしごを上った。すぐにがらくただらけのきたない屋根裏に着いた。トミーはあたりを見まわした。

「ここはだめだ。罠にかかったも同然だよ。出口がない」

「シッ！　待って」娘は唇に指をあてた。そして、忍び足ではしごの上へ戻って聞き耳を立てた。

ドアをたたいたり蹴破《けやぶ》ろうとしたりする音が大きく響いている。ドイツ人ともう一人がなんとかドアを開けて入ろうとしているのだ。アネットがささやき声で説明した。

「あなたがまだ中にいると思っている。コンラッドがなにを言っているか、聞きとれないから。あのドアはとても厚いの」

「部屋の中で起きていたことが、きみは聞こえたみたいだね？」

「隣の部屋にのぞき穴がある。勘づいたあなたは賢かったわ。でも、彼らはそれを思いつかない——いまは中に入ることしか頭にないから」

「ああ——だけどここは——」

「わたしに任せて」彼女はかがみこんだ。大きなひび割れた水差しの取っ手に、彼女が長いひもの端を結びつけるのを見てトミーは驚いた。アネットは注意深く仕掛けを終えると、トミーに向きなおった。

「ドアの鍵を持っている？」

「ああ」

「貸して」

彼は渡した。

「わたしは下りる。あなた、途中まで下りて、それから見られないようにはしごの裏側にまわれる？」

トミーはうなずいた。

「はしごの下の暗がりに大きな食器棚があるの。その裏に行って、このひもの端を持って。わたしがほかの人たちをおびきだしたら――引くのよ！」

それ以上彼が質問するひまもなく、アネットは軽々とはしごを下り、大きな叫び声を上げて一団に加わった。

「ああ！《モン・デュー》 なんなの！《モン・デュー》 どうしたこと？《ケス・キリ・ヤ》」

ドイツ人が罵《ののし》りながら彼女に向きなおった。

「来るな。自分の部屋へ戻れ！」

トミーは慎重にはしごの裏側へまわって下りた。彼らが振りむかなければ、うまくいく。彼は食器棚の裏にしゃがんだ。彼らはまだトミーと階段のあいだにいる。

「あっ」なにかにつまずいたらしく、アネットはかがみこんだ。「驚いた《モン・デュー》、ここに鍵が！《ヴォワラ・ラ・クレ》」

ドイツ人が彼女から鍵をひったくり、ドアを開けた。コンラッドが罵声《ばせい》とともにころがるように出てきた。

「あいつはどこだ？ つかまえたか？」

「なにも見ていないぞ」ドイツ人は鋭い口調で答えた。顔は青ざめていた。「だれのことだ？」

コンラッドはまた罵った。

「あいつが逃げた」

「まさか。われわれの横を通らなくちゃならないんだぞ」

そのとき、有頂天のトミーはひもを引いた。上の屋根裏で陶器が割れる音がした。たちまち男たちは押しあいへしあいしながらはしごにとりつき、階上の暗闇へ消えた。

トミーは閃光《せんこう》のようにすばやく隠れ場所から飛びでると、アネットの手をとって階段を駆けおりた。廊下にはだれもいなかった。閂《かんぬき》と鎖を外すのに手間どったが、やっとうまくいって玄関のドアは開いた。振りかえると、アネットの姿がない。

トミーは呆然とした。彼女はまた二階へ戻ったのか？　いったいどういうつもりなんだ！　憤懣やるかたなかったが、彼の意志は固かった。彼女を連れずに逃げるわけにはいかない。

そのとき突然、頭上でどなり声が響いた。ドイツ人が叫んだのだ。そしてアネットの声がはっきりと甲高《かんだか》く聞こえた。

「ほんとうに《マ・フォワ》、彼は逃げたんだわ！　すばやく！　だれがそんなこと考えたかしら？」

トミーは根が生えたかのように立ちつくしていた。あれは行けという自分への合図か？　そうかもしれない。

そのとき、さらに大きな声が聞こえてきた。

「ここは恐ろしい家だわ。マルグリートのところへ戻りたい。マルグリート、マルグリートのところへ！」

トミーは階段の下まで戻っていた。アネットは自分を残して逃げてほしいのか？　だが、どうして？　どんなことをしてでも、彼女を一緒に連れだしたい。そのとき、彼の意気はくじかれた。コンラッドがトミーを認めて狂暴な叫びを発し、階段を駆けおりてきたのだ。そのあとからほかの男たちも来る。

トミーはこぶしでストレートをくらわしてコンラッドの勢いを止めた。パンチはあごに命中し、コンラッドは丸太のように倒れた。二人目の男がコンラッドの体につまずいて倒れた。階段の上のほうで銃口が火を噴き、弾丸がトミーの耳をかすめた。さっさと退散するのが身のためだと彼は悟った。アネットのことはどうしようもない。コンラッドに仕返しができたのがせめてもだ。あの一撃はなかなかのものだった。

玄関のドアへ身をひるがえし、出て乱暴に閉めた。広場はがらんとしていた。家の前にパン屋のヴァンが止まっていた。あきらかに、自分はあれに乗せられてロンドンから連れだされるはずだったのだ。そして、ソーホーの家からは遠く離れた場所で遺体が発見されるというわけだ。ヴァンの運転手が歩道に飛び降りてトミーの行く手をふさごうとした。ふたたびこぶしを繰りだすと、運転手はばったりと倒れた。

トミーはきびすを返して走りだした――遅すぎたくらいだ。玄関のドアが開いて銃弾が追ってきた。さいわい、一発も当たらなかった。彼は広場の角を曲がった。

（一つ確かなのは、連中は撃ちつづけられないってことだ）彼は思った。（そんなことをしたら警察に追われるはめになる。そこまではしないだろう）

背後で追っ手の足音が聞こえ、トミーはペースを上げた。この往来のない道を抜ければ安全なはずだ。きっとどこかに警官がいる――だが、このまま逃げられれば警察の手を借りるつもりはなかった。事情を説明しなければならないし、面倒なことになる。次の瞬間、幸運に行きあたった。横たわっていた男につまずいたのだ。相手は驚きの声を上げて身を起こし、通りを逃げていった。トミーは一軒の家の戸口に身を潜めた。すぐにドイツ人ともう一人が勘違いしてその男を必死で追っていくのを見て、トミーはほっとした。

戸口の階段に腰を下ろし、しばし息をととのえた。それから反対方向へゆっくりと歩きだした。腕時計を一瞥《いちべつ》した。五時半を少しまわっていた。どんどん明るくなっていく。次の角で警官とすれ違った。警官は疑惑のまなざしを向けてきた。トミーはちょっとむっとした。そして、顔を手でこすって笑いだした。何日もひげをそらず、風呂にも入っていないのだ！　どんなふうに見えることだろう。

彼はさっさと一晩中開いているトルコ風浴場へ行った。そして生きかえった気分で頭もすっきりして、ふたたび朝の雑踏に姿を現した。

まずは、ちゃんとした食事だ。きのうの昼からなにも食べていない。チェーン店の〈ＡＢＣショップ〉に入り、卵とベーコンとコーヒーを注文した。食べながら、正面に広げた朝刊に目を通した。そしてはっと体をこわばらせた。クラメーニンについての長い記事が載っていた。ロシアの〝ボルシェヴィキ政権を操る人物〟と書かれており、その彼がちょうどロンドンに到着して、これを非公式の特命全権公使としての渡英と考える者もいる、と。クラメーニンの経歴を簡単に紹介し、ロシア革命を主導したのは名目上の指導者たちではなく彼である、と記事は断言していた。

紙面の中央に彼の写真が掲載されていた。

「では、彼がナンバー1か」卵とベーコンを頬ばりながら、トミーはつぶやいた。「間違いない。急がないと」

朝食代を払って、ホワイトホールへ向かった。そこで名前と、緊急の用件であることを告げた。二、三分後には、ここでの名前は〝ミスター・カーター〟ではない人物の前に立っていた。相手は顔をしかめていた。

「いいか、きみはこんなふうにここへわたしに会いにくるべきではない。その点は明確にしておいたと思うが？」

「はい。しかし、一刻の猶予もない重要事項と判断しました」

そしてできるだけ簡潔にこの数日間の体験を語った。

そのかん、ミスター・カーターは途中で彼をさえぎり、何度か電話をかけて謎めいた指示を出した。もうその顔には不快感のかけらもなかった。トミーが話し終えたとき、彼は精力的にうなずいた。

「きみの言うとおりだ。一刻を争う。ともあれ、手を打つのが遅すぎたのではないかと心配だ。相手は待たない。ただちに脱出しただろう。それでも、手がかりになるものを残していくかもしれない。ナンバー1はクラメーニンだと言ったね？　これは重要な情報だ。内閣が警戒心もなく彼に飛びつくのを阻止する材料がほしかったんだ。ほかの男たちについてはどうだろう？

二人には見覚えがあったと言ったね？　一人は労働党の男だと思ったと？　これらの人物の写真の中に、いるかどうか教えてくれ」

一分後、トミーは一枚の写真を示した。ミスター・カーターは驚いたようだった。

「なんと、ウェストウェイか！　まさか彼だとは思わなかった。中道派を装っていたのでね。もう一人の男については、わたしに心当たりがある」ミスター・カーターは別の写真をトミーに渡し、相手の叫び声に微笑した。「では、思ったとおりだったわけだ。彼は何者か？　アイルランド人なんだ。有名なユニオニスト（英国とアイルランドの連合王国関係の継続を望む人々）の下院議員。もちろん、すべては目くらましだった。われわれは疑ってはいた――しかし、証拠をつかむことができなかったんだよ。そう、きみはたいへんよくやった、お若いの。二十九日が決行日か。ほとんど時間がない――なさすぎる」

「でも――」トミーは言いよどんだ。

ミスター・カーターは彼の考えを見抜いた。

「ゼネストの脅威には対処できると思う。見込みは五分五分――とはいえ、かなりのチャンスはある！　だが、あの条約の内容が表に出たら――われわれは万事休すだ。英国は無政府状態に陥るだろう。ああ、あれは？　車が着いたのかな？　来てくれ、ベレズフォード、行ってその家を見てみようじゃないか」

ソーホーの家の前には警官二人が警備に立っていた。警部が低い声でミスター・カーターに報告をおこなった。ミスター・カーターはトミーに向きなおった。

「鳥どもは飛びたった——思ったとおりだ。中をあらためよう」

無人の家を調べているとき、トミーは悪夢の中に舞い戻ったような気分だった。すべてがもとのままだった。ななめにずれた絵が掛かった監禁部屋、屋根裏の割れた水差し、長いテーブルのある集会室。だが、書類一枚残っていなかった。その種のものは全部破棄されたか、持ち去られていた。そしてアネットの姿はどこにもなかった。

「その娘についての話は不思議だな」ミスター・カーターは言った。「彼女は自分の意思で戻っていったと思うんだね？」

「そう見えました。ぼくがドアを開けているあいだに二階へ駆けのぼったんです」

「ふむ、だったら一味にちがいない。だが、魅力的な若者が殺されるのを見ているのが女として忍びなかったのだろう。とはいえ、あきらかに連中の仲間だ、そうでなければ戻らなかったはずだよ」

「ほんとうに彼らの一員だなんて、信じられません。彼女は——あまりにも違って見えて——」

「器量よしだったんだろうね？」ミスター・カーターは微笑し、トミーは髪の生えぎわまで真っ赤になった。

恥じらいつつ、彼はアネットの美しさを認めた。

ミスター・カーターは話題を変えた。「ところで、ミス・タペンスにはまだ顔を見せていないのか？　彼女は、きみを案じてわたしに手紙で矢の催促をしていたんだよ」

「タペンスが？　彼女がよけいな騒ぎを起こしたんじゃないかと、心配していたんです。警察に行ったんですか？」

ミスター・カーターはかぶりを振った。

「だったら、どうして彼らはぼくの正体に気づいたんだろう？」

ミスター・カーターの尋ねるような視線に、トミーは説明した。相手は考えながらうなずいた。

「そう、たしかにそこは興味深い。〈リッツ〉と口にしたせいで偶然わかったのでなければだが？」

「そうだったかもしれません。しかし、連中はどうやってか突然ぼくの正体を悟ったにちがいないんです」

「なるほど」ミスター・カーターは周囲を見まわした。「ここでできることはもうない。昼食でも一緒にどうかな？」

「ありがとうございます。でも、帰ってタペンスを探したほうがいいと思うので」

「そうだね。よろしく伝えて、こんどからはきみが殺されたなどとすぐに思わないほうがいいと忠告しておくんだ」

トミーはにやりとした。

「ぼくは簡単には殺されませんよ」

「そうだろうね」ミスター・カーターはそっけなく言った。「では、失礼する。きみはもう面《めん》が割れているのを忘れないように。身辺に気をつけたまえよ」

「ありがとうございます」

元気よくタクシーを止めて乗りこみ、トミーは〈リッツ〉へ急いだ。乗っているあいだ、タペンスを驚かせることを思ってにやにやしていた。

（彼女はなにをしていたのかな。きっと〝リタ〟を追いかけていたんだろう。そうだ、アネットがマルグリートと呼んでいたのはリタのことかもしれないな。あのときはわからなかったが）そう思うと少し悲しかった。ミセス・ヴァンデマイヤーとあの娘が親しい関係にある証《あかし》のように思えたからだ。

タクシーが〈リッツ〉に到着し、トミーは勇んで瀟洒《しょうしゃ》なロビーへ飛びこんだ。ところが、はやる気持ちに水を差されてしまった。ミス・カウリーは十五分前に外出したと聞かされたのだ。

18　電　報

ちょっとがっかりして、トミーはレストランに入り、豪勢な昼食を注文した。何日もの監禁生活で、あらためておいしい食事の価値が身に染みたのだ。

吟味して選んだ舌ビラメのジャネット風を口に運んでいたとき、ジュリアスがレストランに入ってくるのが見えた。トミーは快活にメニューを振ってみせ、彼の注意を引いた。トミーに気づいて、ジュリアスは飛びだしそうなほど目を丸くした。大股で近づいてくると、痛いくらいトミーの手を握りしめた。

「なんてこった！」ジュリアスは叫んだ。「ほんとうにきみなんだな？」

「もちろんだ。そうじゃないわけがあるか？」

「そうじゃないわけがあるかって？　おい、きみは死んだものと思われていたのを知らないのか？　二、三日中に粛々と追悼の式がおこなわれていただろうよ」

「ぼくが死んだと、だれが思っていたんだ？」

「タペンスだ」

「いいやつほど早く死ぬっていうことわざでも思い出したんだな。こうして生きのびたからには、ぼくにはそこそこの原罪があったにちがいない。ところでタペンスはどこだ？」

「ここにいないのか?」

「いない、フロントに聞いたら出かけたところだった」

「買物じゃないかな。一時間ほど前に彼女をここへ車で送ったんだ。ところで、その英国人の冷静さを脇に置いて、結局どうなったのか話してくれないか? いったい、いままでどこにいたんだ?」

「ここで食事をするなら、早く注文しろよ。長い話になるから」

ジュリアスは向かい側の椅子を引いてウェイターを呼び、注文を伝えた。そしてトミーに向きなおった。

「さあ、話せよ。冒険譚がいくつもあるんだろうな」

「一つ二つね」トミーはおくゆかしく答え、ここ数日の出来事を語りはじめた。

ジュリアスは夢中になって聴いていた。注文の料理が半分テーブルに並ぶまで、食べるのも忘れていた。最後に、彼はほうっとため息をついた。

「すごいじゃないか。まるで大衆小説だ!」

「それで、銃後のほうはどうだった?」トミーはデザートの桃に手を伸ばした。

「そりゃあ、まあねえ」ジュリアスはわざと間延びした口調で答えた。「こっちにも冒険譚がいくつかあったのを認めるにやぶさかでないよ」

こんどはジュリアスが話し手にまわった。ボーンマスでの不首尾に終わった偵察から始め、ロンドンへの帰還、新車の購入、タペンスのつのる不安、サー・ジェイムズ訪問、昨夜の恐ろしい事件と話を続けた。

「だが、だれが彼女を殺したんだ？」トミーは聞いた。「わからないな」

「医師は、彼女が自分で薬を飲みすぎたと都合よく解釈していた」ジュリアスはたんたんと答えた。

「サー・ジェイムズは？　彼はどう考えていたんだ？」

「法曹界の有名人だけあって、貝のように口を閉ざしていたよ。〝判断を差し控えた〟というところかな」ジュリアスはけさのドクター・ホールとの面談の詳細を語った。

「ジェインは記憶をなくしていた？」トミーは興味を引かれた。「そうなのか、だからぼくが彼女に質問すると言ったとき、連中はあんな妙な目で見たわけか。ちょいとしくじったな。しかし記憶喪失とは、ふつうは思いつかないよ」

「ジェインがどこにいるか、そいつらはなんのヒントも口にしなかったのか？」

「ひとことも。知ってのとおり、ぼくは少々鈍《にぶ》いところがある。なんとかして連中からもっと情報を引きだすべきだった」

「無事にここにいるだけでも幸運だったよ。きみのはったりはよく出たものだ。そこまでうまい口上を思いつくなんて、わたしの及ぶところじゃない」

「とにかく怖かったから、なにかひねりださないわけにはいかなかったんだ」トミーはあっさり答えた。

少し間を置いてから、トミーはミセス・ヴァンデマイヤーの死の話題へ戻った。

「クロラールが死因だったのは間違いないのか？」

「間違いないと思う。少なくとも、過剰摂取による心臓発作とかなんとか言っていたよ。それはそれでいいんだ。死因審問で煩《わずら》わされたくないからね。だが、タペンスもわたしもインテリのサー・ジェイムズも、殺されたという考えは同じさ」

「犯人はミスター・ブラウンか？」トミーは尋ねた。

「もちろん《シュア・シング》」

トミーはうなずいた。

「とはいえ、ミスター・ブラウンに翼があるわけじゃないぞ。どうやって出入りしたのかわからない」

「高度な思考伝達の離れ業とか？　ミセス・ヴァンデマイヤーがどうしようもない自殺衝動に駆られる、催眠術みたいな影響力が彼にあるとか？」

トミーは尊敬のまなざしをジュリアスに向けた。

「いいぞ、ジュリアス。すごくいい。とくに専門用語を使っているところなんかはな。だけど、その説は買わないね。ぼくが求めてやまないのは生身のミスター・ブラウンなんだ。有能な若き探偵たちは仕事にかかり、出入口を調べ、謎の答えがわかるまで知恵をしぼるべきだと思う。犯行現場へ行ってみよう。タペンスをつかまえられるといいが。〈リッツ〉の連中も楽しい再会の光景を喜んでくれるだろうに」

フロントに聞いてみたが、タペンスはまだ戻っていないとのことだった。

「いちおう、上階を見てみるよ。わたしの居間にいるかもしれない」ジュリアスはそう言って離れていった。

突然、小さなボーイがトミーに話しかけてきた。

「その若いレディは——列車で出かけたと思います」少年ははにかみながら低い声で告げた。

「なに？」トミーはさっと向きなおった。

少年はさらに顔を赤らめた。

「タクシーです。レディが運転手に、チャリングクロス駅へ急いでと言うのを聞きました」

トミーは驚きで目を見張って少年を凝視《ぎょうし》した。大胆になったボーイは続けた。「だからそう思ったんです。ブラッドショーとＡＢＣの全国鉄道時刻表を持ってくるように言われていましたし」

トミーは尋ねた。「時刻表を持ってくるように言われたのはいつ？」

「ぼくが電報をお持ちしたときです」

「電報？」

「はい」

「いつだ？」

「十二時半ごろです」

「そのときのことをくわしく話してくれ」

ボーイは大きく息を吸った。

「八九一号室へ持っていって——レディと会いました。電報を開いてあえぎ声をもらし、とても上機嫌で『ブラッドショーとABCの鉄道時刻表を持ってきて、急いでね、ヘンリー』って。ぼくの名前はヘンリーじゃありませんが——」

「きみの名前はどうでもいい」トミーはいらだった。「それで」

「はい、時刻表を持っていったら、レディは待つように言ってなにか調べていました。それから時計を見て、『急いでタクシーを呼んでもらって』と頼み、鏡の前で帽子をかぶると、ぼくと同じくらい早足で一階へ、そして正面の階段を下りてタクシーに乗りこんだんです。そのとき、さっき話したことを運転手に言っているのを聞きました」

ボーイは話しおえて息をととのえた。トミーはまだ彼を見つめていた。そのときジュリアスが戻ってきた。開封した手紙を持っていた。

「どうやら、ハーシャイマー」トミーはジュリアスのほうを向いた。「タペンスは一人で調査に出かけたらしい」

「まさか!」

「そうなんだ。電報を受けとったあと、急いでタクシーに乗ってチャリングクロス駅へ行った」トミーはジュリアスが持っている手紙に目を落とした。「ああ、きみに書置きを残していったんだな。よかった。彼女はどこへ向かったんだ?」

ほとんど無意識にトミーは手紙に手を伸ばしたが、ジュリアスはそれをたたんでポケットにしまった。彼はいささか当惑しているようだった。

「これはそれとは関係ないと思う。別件だ――わたしが彼女に聞いたことについての返事だよ」

「ほう！」トミーはきょとんとして、さらなる説明を待った。

「じつはね」ジュリアスは唐突に話しだした。「知らせておいたほうがいいだろう。けさ、わたしはミス・タペンスに結婚を申し込んだんだ」

「なに！」トミーは思わず叫んだ。めまいがした。ジュリアスの言葉は青天の霹靂《へきれき》だった。しばし、頭が真っ白になった。

「言っておきたいんだが」ジュリアスは続けた。「こういうことをミス・タペンスに伝える前に、彼女ときみのあいだを邪魔するつもりはないとはっきりさせた――」

トミーは気をとりなおした。

「いいんだ」すばやく答えた。「タペンスとぼくは長年の友だちだ。それ以上の関係じゃない」かすかに震える手でタバコに火をつけた。「ほんとうにいいんだよ。タペンスはいつも言っていた、自分が求めているのは――」

トミーはふいに顔を真っ赤にして黙りこんだが、ジュリアスは平静そのものだった。

「ああ、大事なのは金だと思うよ。ミス・タペンスはすぐにそう言った。彼女に嘘いつわりはない。わたしたちはとてもうまくやっていけるはずだ」

トミーはまじまじと彼を見て口を開きかけたが、気が変わった。タペンスとジュリアス！そう、いけないわけがあるか？　金持ちに知りあいがいないと、彼女は嘆いていたじゃないか？　チャンスさえあれば金のために結婚すると、公言していたじゃないか？　若いアメリカ人の富豪との出会いはチャンスだった――さっさとそれに乗じないのは彼女らしくない。タペンスは金がほしかったのだ。いつだってそう言っていた。信条に従ったからといって、責める理由はないだろう?

それでも、トミーは彼女を責めた。激しい、まったく筋が通らない怒りで、胸がいっぱいだった。そういうことを口にするのはいい――だが、まともな娘は決して金のために結婚しない。タペンスは冷血そのもの、このうえなく利己的だ。二度と彼女に会えなければ喜ばしいというものだ! ああ、まったくいやな世の中だ!

ジュリアスの声が彼の思いを中断させた。

「そう、わたしたちは最高にうまくいくはずなんだ。若い娘はかならず一度は拒絶するものだと聞いている――一種のしきたりだな」

トミーは彼の腕をつかんだ。

「拒絶? 拒絶と言ったのか?」

「ああ。そう言わなかったか? なんの理由もつけずに、彼女は『ノー』と伝えてきた。〝永遠に女性的なるもの〟だな、ドイツ人がそう呼ぶと聞いたことがあるよ。だが、彼女はそのうち正気に戻るさ。おそらく、わたしは返事を急がせすぎたんだ――」

しかし、トミーは礼儀を無視してさえぎった。

「書置きにはなんて書いてある?」強い口調で問いただした。

ジュリアスは素直に手紙を渡した。

「彼女の行き先については全然手がかりはない」ジュリアスは請けあった。「でも信じられないなら、自分の目で見ろよ」
タペンスの見慣れた子どもっぽい筆跡で、こう書かれていた。

ジュリアスへ
はっきりさせておくほうがいいと思います。
トミーが見つかるまでは、結婚のことなど考えられません。それまで保留にしておきましょう。

親愛の情をこめて
Tuppence《タペンス》

トミーは目を輝かせて手紙を返した。彼の気持ちは激しく揺れた。タペンスは高潔で公平無私そのものだと、いまは感じられた。彼女はためらわずジュリアスの申込みを断わったのだろうか？ たしかに、伝言には多少の優柔不断がのぞいているが、彼は大目に見ることができた。トミーを探せとジュリアスにはっぱをかけるため、ニンジンをぶらさげているようにも読める。だが、タペンスにそんな魂胆はなかったはずだ。愛しいタペンス、この世にきみに及ぶ女性なんかいない！ こんど会ったら――トミーの頭に突然ある考えが浮かんだ。
「きみが言ったように、行き先についてのヒントはここにはない」トミーは気持ちを引き締めた。「おい、ヘンリー！」

少年は従順にやってきた。トミーは五シリングをとりだした。

「もう一つだけ。若いレディがその電報をどうしたか覚えている？」

ボーイはごくりとつばを呑んだ。

「電報を丸めて暖炉に投げこみ、『ああ、よかった』みたいなことをおっしゃいました」

「よく見ていたね、ヘンリー。この五シリングはきみのものだ。行こう、ジュリアス。電報を探さないと」

二人は急いで階段を上った。タペンスはドアに鍵を差しっぱなしだった。部屋は出ていったときのままだった。暖炉にはオレンジ色と白の丸められた紙があった。トミーは電報を広げてしわを伸ばした。


ヨークシャー州イーバリーのモートハウスへすぐ来られたし。大きな進展あり。

――TOMMY《トミー》

二人は仰天して顔を見合わせた。ジュリアスがまず口を開いた。

「きみは電報を打っていないよな？」

「もちろんだ。どういう意味だろう？」

「最悪の意味だよ」ジュリアスは低い声で言った。「やつら、彼女をつかまえたんだ」

「なんだって?」

「間違いない! やつらはきみの名前を使い、タペンスは子羊みたいに罠に飛びこんだ」

「ちくしょう! どうする?」

「急いであとを追うんだ! すぐに! ぐずぐずしている余裕はないぞ。タペンスが電報を持っていかなかったのは、もっけのさいわいだった。そうでなかったら、おそらく追跡は不可能だったよ。だが、とにかく急がないと。その時刻表はどこにある?」

ジュリアスの意気込みは伝染した。一人だったら、トミーは行動計画を決めるまでに三十分はすわりこんでいたにちがいない。しかしジュリアス・ハーシャイマーがそばにいると、精力的に動かないわけにはいかない。

低くぶつぶつ言ったあと、ジュリアスは難解なブラッドショーの時刻表をトミーに渡した。英国の鉄道時刻表の神秘については、トミーのほうが精通している。トミーはブラッドショーではなくABCのほうを選んだ。

「これだ。イーバリー、ヨークシャー州。キングズクロス駅かセントパンクラス駅だ。ボーイは聞き間違えたんだな、チャリングクロスじゃなくてキングズクロスだ。十二時十分発、彼女はこれに乗ったんだろう。二時十分発はもう出てしまっているから、次は三時二十分——どうしようもなくのろい鈍行だが」

「車で行くのはどうだ?」

トミーはかぶりを振った。

「向こうに送っておきたいならそうしろよ、だが行くのは列車のほうがいい。大事なのは目立たないことだ」

ジュリアスはうなった。

「そうだな。だが、あの無邪気な娘が危険な目に遭っていると思うと頭にくる！」

トミーは心ここにあらずでうなずいた。考えていたのだ。

「なあ、ジュリアス、連中はそもそもなぜ彼女をおびき寄せたんだろう？」

「え？　どういうことだ？」

「ぼくが言いたいのは、相手にはタペンスに危害を加える気はないはずだってことだ」眉《まゆ》をひそめて考えをめぐらせながら、トミーは説明した。「彼女は人質なんだよ。身に危険が迫っているわけじゃない。ぼくたちがなにかを突きとめた場合、役に立つからだ。彼らがタペンスを捕えているかぎり、こっちはうかつに手を出せない、そうだろう？」

「たしかに《シュア・シング》」ジュリアスも考えながら答えた。「なるほどな」

「それに、ぼくはタペンスには絶大な信頼を置いているんだ」トミーはつけたした。

列車の旅は退屈で、たくさんの駅に停車し、車内は混んでいた。二回乗り換えが必要で、一回はドンカスター、もう一回は小さな連絡駅だった。イーバリーはがらんとした駅で、一人しかいないポーターにトミーは声をかけた。

「モートハウスへはどう行ったらいいのかな？」

「モートハウスですか？　ここからだとだいぶありますよ。海のそばの大きな家でしょう？」

トミーは平然とうなずいた。ポーターの細かいが要領を得ない説明を聞いたあと、二人は駅を出た。雨が降りはじめていたので、コートのえりを立て、ぬかるんだ道を歩いていった。突然トミーは立ち止まった。

「ちょっと待て」彼は駅へ駆け戻って、あらためてポーターに尋ねた。

「なあ、十二時十分ロンドン発の早い列車で着いた若い女性を覚えていないか？　たぶん彼女もモートハウスへの行きかたを聞いたはずなんだ」

できるだけくわしくタペンスの特徴を話したが、ポーターは首を横に振った。当の列車では五、六人の乗客が到着し、若い女性がいたという記憶はとくにない、とのことだった。とにかく、だれもモートハウスへの行きかたは尋ねなかったという。

トミーはジュリアスのところへ戻り、いまの話をした。鉛《なまり》の重しのような憂鬱が、じわじわとトミーの心に押し寄せてきた。二人の探索行は間違いなく失敗に終わると感じた。敵は三時間も先行している。三時間あれば、ミスター・ブラウンにとってはじゅうぶんすぎるほどだ。電報が発見される可能性も見越していただろう。

道は果てしなく続くように思えた。二人は一度違う角を曲がり、見当はずれの方向へ半マイル近く進んでしまった。通りかかった男の子がモートハウスは次の角を曲がってすぐだと教えてくれたときには、七時をまわっていた。

蝶番《ちょうつがい》のついた錆《さ》びた鉄の門は、陰気な音を立ててきしんだ。雑草がはびこった私道には落葉が厚く積もっていた。ここには、トミーたちの胸をひやりとさせるなにかがあった。彼らは無人の私道を進んだ。落葉が足音を消してくれた。あたりは闇に包まれようとしている。まるで亡霊の世界を歩いているようだ。頭上では木の枝が悲しげな音をたてて揺れている。ときおりびしょ濡れの葉が一枚、静かに落ちてきて頬をなで、その冷たさで二人をぎょっとさせた。

私道のカーブを曲がると家が見えてきた。そこもまた、無人でがらんとしているようだ。よろい戸は閉ざされ、玄関への階段は苔《こけ》むしている。この荒れはてた家へ、ほんとうにタペンスはおびき寄せられたのだろうか？　何ヵ月もだれも訪れていないように見える。

ジュリアスが錆びついた呼び鈴を鳴らした。ジャランジャランという大きく耳ざわりな音が響き、空虚な家の内部でこだました。だれも出てこない。二人は何度も呼び鈴を鳴らした――だが、人気《ひとけ》はまったくない。彼らは家の周囲をぐるっとまわってみた。あるのは静寂と、よろい戸が閉まった窓だけだ。見たかぎりでは、この家にはだれもいない。

「どうしようもないな」ジュリアスはつぶやいた。

二人はのろのろと階段を下りて門へ向かった。

「きっと近くに村がある」ジュリアスは言った。「そこで聞いてみるほうがいい。この家のことをなにか知っているだろう、それに、最近来た者がいるかどうかも」

「そうだな、悪くない考えだ」

歩きつづけると、ほどなく小さな村のはずれに出た。そこで、道具箱をぶらさげた労働者と出会い、トミーは呼びとめて質問した。

「モートハウス？　あそこは空っぽだよ。何年もずっとだれもいない。調べたいなら、ミセス・スウィーニーが鍵を持ってる――郵便局の隣の家だ」

　トミーは礼を言った。すぐに見つかった郵便局は菓子屋と雑貨屋を兼ねており、二人は隣のコテージのドアをノックした。こざっぱりとした元気そうな女性がドアを開け、すぐにモートハウスの鍵を出してくれた。

「あなたがたのような紳士向きの家じゃないと思いますけどね。あちこち修繕が必要なんです。雨漏りはするし。ちゃんと直すにはそうとうお金がかかりますよ」

「ありがとう」トミーは快活に答えた。「はずれだろうけど、昨今、空き家は貴重だからね」

「ほんとうに」女性は実感をこめて答えた。「うちの娘夫婦が、もう覚えていないほど前から適当なコテージはないか探しているんですよ。すべて戦争のせいです。なにもかもめちゃくちゃになりましたものね。あら、失礼を。でも、あの家をご覧になるには暗すぎるんじゃないかしら？　明日まで待ったほうがよくありませんか？」

「大丈夫です。どうしても今晩ざっと見ておきたいんですよ。道に迷わなければ、もっと早く着いていたんだが。ところで、このあたりで泊まるならどこがいちばんいいでしょうね？」

　ミセス・スウィーニーは首をかしげた。

「〈ヨークシャー・アームズ〉というパブがあるけれど、あなたがたのような紳士が泊まる立派なところじゃありませんよ」

「ああ、かまいません。ありがとう。ところで、今日若い女性がこの鍵をとりにきませんでしたか？」

ミセス・スウィーニーはかぶりを振った。

「もう長いこと、だれもあの家には行っていません」

「どうもありがとう」

二人はコテージの階段を下りてモートハウスへ引きかえした。蝶番がきしんで玄関のドアが開くと、ジュリアスがマッチの火をつけて用心深く中をのぞいた。それから彼は首を振った。

「ここからはぜったいにだれも入っていないよ。ほこりを見てくれ。すごいだろう。足跡は一つもない」

二人は無人の家を歩きまわった。どこもかしこも同じだった。厚く積もったほこりの上を、人が歩いた形跡はまったくない。

「残念だが、タペンスがこの家にいたとは思えないよ」ジュリアスは言った。

「いたにちがいないんだ」

ジュリアスは答えずにかぶりを振った。

「明日、もう一度調べよう」トミーは言った。「昼間の光があれば、なにか見つかるかもしれない」

翌日、彼らはふたたびモートハウスを訪れたが、かなりのあいだこの家に入った者はいないという結論を下さざるをえなかった。トミーが幸運な発見をしなかったら、二人は村をあとにしていたことだろう。階段を下りて門へ戻ろうとしていたとき、トミーは突然声を上げてかがみこみ、枯葉の中からなにかを拾いあげるとジュリアスに差しだした。それは小さな金のブローチだった。

「タペンスのだ！」

「ほんとうか？」

「間違いない。彼女がつけているのを何度も見たことがある」

ジュリアスは大きく息を吸った。

「これは決定的だな。タペンスはとにかくここまでは来たんだ。あのパブを作戦基地にして、このあたりを徹底的に探そう。だれかがかならず彼女を見ているはずだよ」

ただちに作戦が開始された。トミーとジュリアスはあるときは個別に、あるときは一緒に動いたが、結果はかんばしくなかった。近隣でタペンスに似た女性の目撃情報は得られず、二人は途方に暮れたが、あきらめはしなかった。ついに、戦術を変更することにした。タペンスはモートハウスの近くに長くは留まらなかったのだ。つまり、きっと襲われて車で連れ去られたのだろう。二人は質問を変えた。当日、モートハウスの近くで車を見かけなかったか？　だが、またもや情報は皆無だった。

ジュリアスはロンドンに電報を打って自分の車を持ってこさせ、二人はたゆまぬ熱意で近隣を走って調べまわった。これはと思った灰色のリムジンの目撃情報でハロゲートまで行ったが、尊敬を集める独身のレディの車とわかった。

毎日、彼らは新たな探索へと向かった。ジュリアスはひもを引っぱる猟犬のようだった。彼はどんなか細い手がかりも追及し、当日村を通ったすべての車の持ち主をたどった。田園の屋敷に踏みこみ、車の持ち主を慎重に調べた。その手法と同じく彼の謝罪は徹底していたので、相手の怒りもたいていはおさまった。だが、何日たってもタペンスの所在発見には至らなかった。拉致があまりにも巧みにおこなわれたので、タペンスは文字どおり空中に消えてしまったかのようだった。

そして、別の重大な関心がトミーの心にのしかかってきた。

「ここに来てどのくらいになると思う？」ある朝、食事の席でジュリアスと向かいあったときトミーは言った。「一週間だぞ！　タペンスはまったく見つからないし、こんどの日曜は二十九日だ！」

「なんとね！」ジュリアスは考えこんだ。「二十九日の件は忘れかけていたよ。タペンスのこと以外頭になかった」

「ぼくもだよ。二十九日の件を忘れていたわけじゃないが、タペンスを見つけることに比べたらなんでもない。でも、今日は二十三日で、時は迫っている。彼女をとりかえすなら、二十九日より前でないとだめだ――それを過ぎたら、もう一時間でも彼女を生かしておく意味がなくなる。人質ゲームはそのときに終わるだろう。この捜索にとりかかった時点で、ぼくたちは大きなあやまちを犯したという気がしてきた。時間をむだにして、まったく先に進んでいない」

「わたしもそう思う。二人ともばかだった、能力以上のことをやろうとしすぎたんだ。すぐに愚かなまねはやめる！」

「どういう意味だ？」

「いいか。一週間前にやっていいてしかるべきことをやるんだ。わたしはすぐロンドンへ戻って英国の警察にこの件をゆだねる。われわれは探偵きどりだった。探偵！　まったく手の付けられないあほうだったよ。終わりだ！　もうたくさんだ。いま必要なのはロンドン警視庁だよ！」

「きみの言うとおりだ」トミーはゆっくりと答えた。「すぐに警察へ行っていればなあ」

「このまま行かないよりはましさ。われわれは、輪になって堂々めぐりしている無邪気な子ども同然だった。よし、ただちにロンドン警視庁へ行って、手をとって教えてほしいと頼むんだ。結局、アマチュアはプロにはかなわないんだよ。きみも一緒に来るか？」

トミーはかぶりを振った。

「それでどうなる？　一人でじゅうぶんだ。ぼくはここに残ってもう少し嗅ぎまわってみるよ。なにか出てくるかもしれない。いいかい、万が一ってことだってある」

「そうだな。じゃあ、また。じきに警部たちを連れて戻ってくるから。最高の腕ききを選んでくれと頼むよ」

ところが、ものごとはジュリアスが思い描いたようには進まなかった。その日の午後、トミーは電報を受けとった。

〈マンチェスター・ミッドランド・ホテル〉へ来られたし。重大ニュースあり。

——JULIUS《ジュリアス》

その晩の七時半に、トミーは鈍行列車から降りた。ジュリアスはホームで待っていた。

「わたしの電報が届いたときに出かけていなければ、きみはこの列車で来ると思ったんだ」

トミーは彼の腕をつかんだ。

「なにがあった？　タペンスが見つかったのか？」

ジュリアスは首を横に振った。

「いや。だが、ロンドンに帰ったらこれが待っていたんだ。届いたばかりだった」

彼は電報をトミーに渡した。トミーは目を丸くして読んだ。


ジェイン・フィン発見。ただちに〈マンチェスター・ミッドランド・ホテル〉へ来られたし。

――PEEL EDGERTON《ピール・エジャートン》

ジュリアスは返された電報を折りたたんだ。

「妙だろう」彼は思案げな顔で言った。「あの弁護士はこの件から降りたと思っていたんだが」

19　ジェイン・フィン

「わたしの列車も三十分前に着いたんだ」ジュリアスは先に立って駅を出ながら説明した。「ロンドンを発《た》つ前に、きみがこの列車に乗るだろうと思って、サー・ジェイムズに電報を打っておいた。彼はわれわれのために部屋を予約してくれて、八時に夕食の席で会うことになっている」

「きみはなぜ彼が事件に興味をなくしたと思ったんだ？」トミーは好奇心を感じて尋ねた。

「サー・ジェイムズの態度だよ」ジュリアスはそっけなく答えた。「あの用心深いおっさんはカキみたいに口が堅い。ほかの同業者どもと同じく、成功を確信するまでは立場を明らかにしないと決めたふうでね」

「どうなんだろう」トミーが考えながらつぶやいた。

ジュリアスは彼のほうを向いた。

「なにがどうなんだ？」

「それがサー・ジェイムズのほんとうの理由だろうか」

「もちろんさ。決まっているよ」

トミーは納得がいかずにかぶりを振った。

サー・ジェイムズは八時きっかりに現れ、ジュリアスがトミーを紹介した。サー・ジェイムズは心のこもった握手をした。

「お会いできてうれしい、ミスター・ベレズフォード。ミス・タペンスからきみのことはさんざん聞かされていますよ」彼はほほえんだ。「だからもう、前からよく知っているような気がする」

「ありがとうございます」トミーは明るい笑みを浮かべた。そして高名な弁護士をじっと見つめた。タペンスと同じく、トミーはこの人物が発する磁力を感じ、ミスター・カーターを思い出した。容姿はまったく違うが、二人の男は周囲に対して似た効果を及ぼす。ミスター・カーターの疲れたような物腰と、サー・ジェイムズの法律家らしい自己抑制の裏には、同じ精神が隠れている。細身の小剣のように鋭く研《と》がれた精神が。

そのかん、トミーはサー・ジェイムズもこちらをじっと観察しているのを意識した。弁護士が視線を下げたときに、トミーは開《ひら》いた本のごとく自分の考えをすべて読まれた感じがした。最終的にどう判断されたのかは想像するしかないが、それを知る機会はないだろう。サー・ジェイムズはなにもかも見てとる一方で、表に出すのは自分が選んだものだけだ。そのことは続くやりとりで証明された。

最初のあいさつがすむとすぐに、ジュリアスは熱心な質問を矢のように繰りだした。サー・ジェイムズはジェイン・フィンの行方をつかんだのか？　まだ事件を調べていることをどうして教えてくれなかったのか？　などなど。

サー・ジェイムズはあごをさすって微笑した。そしてようやく答えた。

「まあまあ、落ち着いて。そう、彼女は見つかった。すばらしいじゃないですか？　じつに！　まことにすばらしい」

「もちろんです。でも、どうやって彼女を探しだしたんです？　ミス・タペンスもわたしも、あなたはこの件から完全に手を引いたと思っていた」

「おや！」弁護士はすばやい視線をジュリアスに送り、またあごをさすった。「きみはそう思っていたんですね？　本気で？　ふむ、やれやれ」

「しかし、どうやらわたしたちが間違っていたようですね」ジュリアスは追及した。

「うむ、そこまで言っていいものかどうかわからないが。なにはともあれ、あの若いレディを見つけられたのは全員にとって朗報ですよ」

「でも、彼女はどこにいるんです？」ジュリアスは尋ねた。彼はもう次のことを考えていた。

「わたしはあなたが一緒に連れてくるものとばかり思っていた」

「それはむりでしょう」サー・ジェイムズは重々しく答えた。

「なぜです？」

「ジェインは事故に遭って、頭に軽いけがを負ったからです。病院に運ばれて、意識をとりもどすと自分の名前はジェイン・フィンだと言った。なんと！　それを聞いたわたしは彼女を友人の医師の家へ移すように手配して、すぐきみに電報を打ったんですよ。彼女はまた気を失って、それ以来口をきいていません」

「けがはひどくないんですね？」

「ああ、医学的見地からすれば、あざと切り傷が一つ二つくらいで、ごく軽傷だから気を失うはずはないんだが。おそらく、記憶をとりもどした精神的ショックによるものでしょう」

「記憶が戻ったんですね？」ジュリアスは興奮して叫んだ。

サー・ジェイムズは少しいらいらした様子でテーブルをたたいた。

「間違いありません、ミスター・ハーシャイマー、彼女は本名を名乗ったのだから。そこは理解されたと思ったが」

「あなたはたまたま現場にいらしたわけですか」トミーは言った。「きわめてありそうもない話ですね？」

しかし、サー・ジェイムズは油断なくそこにはとりあわなかった。

「偶然というのはおかしなものでね」彼はさりげなく答えた。

だが、トミーはそうではないかと考えていたことを確信した。マンチェスターにサー・ジェイムズがいたのは偶然ではない。ジュリアスが思っていたように事件から手を引くどころか、この弁護士には行方不明の娘を探しだす独自の手段があったのだ。ただ一つトミーをとまどわせたのは、これほど秘密主義にする理由だった。まあ、法律家の思考とはこんなものなのだろう。

「夕食のあと、すぐに行ってジェインと会います」ジュリアスは宣言した。

「残念だが、それはむりだ」サー・ジェイムズは首を振った。「夜のこんな時間に、医者が面会を許可するわけがない。明日の十時ごろ行きましょう」

ジュリアスの顔が紅潮した。サー・ジェイムズは、つねに彼に反感を抱かせる。支配者としてふるまうのに慣れている二人は、なにかとぶつかってしまうのだ。

「それでも、わたしは今晩行ってみて、ばかばかしい規則を曲げてくれるように説得するつもりです」

「むだというものですよ、ミスター・ハーシャイマー」

銃撃戦のような言葉の応酬に、トミーはびくっとして顔を上げた。ジュリアスは神経質になって興奮している。グラスを口もとへ運ぶ手はかすかに震えていたが、目は挑むようにサー・ジェイムズをにらんでいた。一瞬、二人のあいだの敵意は炎となって爆発しそうになったが、しまいにジュリアスは力負けして視線を落とした。

「いまのところは、あなたがボスだ」

「ありがとう」サー・ジェイムズは言った。「では、十時ということでよろしいですね?」申し分のないくつろいだ態度で、彼はトミーのほうを向いた。「正直なところ、ミスター・ベレズフォード、今晩ここでお会いしたのは驚きでしたよ。あなたについて最後に聞いたときには、友人たちはあなたのことをひじょうに心配していましたからね。何日も連絡がなく、ミス・タペンスはあなたが災難に巻きこまれたのではと考えていた」

「巻きこまれていたんです」トミーは思い出し笑いをした。「あれほどあぶない目に遭ったのは生まれて初めてで」

サー・ジェイムズの質問をきっかけに、トミーは冒険の一部始終を簡潔に語った。話が終わると、弁護士は新たな関心を持ってトミーを見た。

「きみは窮地からみごとに脱した」サー・ジェイムズはおごそかに言った。「おめでとう。大いに巧妙さを発揮して、自分の役割をやりおおせましたね」

この賞賛にトミーは赤面し、顔をエビのように染めた。

「あの若い娘さんがいなければ、ぼくは逃げられませんでしたよ」

「そうですね」サー・ジェイムズはちらりと微笑した。「彼女が――そう――きみに好意を抱いたのは幸運だった」トミーは反論しようとしたが、サー・ジェイムズは続けた。「その娘が一味の仲間だったのは疑いないのですね？」

「ええ、残念ながら。きっとむりやりあそこに閉じこめられているんだと思ったんですが、彼女の行動とは矛盾します。だって、逃げられたのに一味のもとへ戻ったんですから」

サー・ジェイムズは思案にふける様子でうなずいた。

「彼女はなんと言ったって？　マルグリートのところへ戻りたい？」

「はい。ぼくはミセス・ヴァンデマイヤーのことだと思います」

「彼女はいつもリタ・ヴァンデマイヤーと署名していましたよ。友人はみなリタと呼んでいた。とはいえ、その娘はリタではなくフルネームで呼ぶ習慣だったのかもしれない。しかし、彼女がマルグリートの名を叫んでいたとき、ミセス・ヴァンデマイヤーは死んでいたか、死にかけていた。奇妙ですね！　引っかかる点が一つ二つある――たとえば、きみに対する彼らの態度の突然の変化とか。ところで家は捜索されたんでしょうね?」

「はい、しかし連中は逃げたあとでした」

「当然だ」サー・ジェイムズはそっけなく言った。

「手がかり一つ残っていませんでした」

「どうだろう――」弁護士は考えをめぐらしながらテーブルをたたいた。

彼の口調にトミーは顔を上げた。この男の目には、自分たちに見えていなかったものが見えたのだろうか? トミーは思わず言った。

「家を調べたとき、あなたもあの場にいらっしゃったらよかった」

「わたしもそう思います」サー・ジェイムズは静かに答え、しばし無言でいたあと口を開いた。

「で、その後は? あなたがたはなにをしていたんです?」

トミーは彼を見つめた。そして、もちろん弁護士は知らないのだと思いあたった。

「あなたがタペンスのことをご存じないのを忘れていました」トミーはのろのろと言った。ついにジェイン・フィンが見つかったことの興奮で、一瞬忘れかけていた重苦しい不安がどっとよみがえってきた。

弁護士は大きな音をたててナイフとフォークを置いた。

「ミス・タペンスになにかあったのですか?」鋭い声で尋ねた。

「失踪したんです」ジュリアスが答えた。

「いつ?」

「一週間前に」

「どういう状況で？」

サー・ジェイムズは次々と質問を浴びせた。トミーとジュリアスはかわるがわるこの一週間の出来事と不毛な捜索について語った。

サー・ジェイムズはすぐにことの核心を突いた。

「きみの名前で打たれた電報？　犯人はきみとミス・タペンスのことをよく知っていたんだな。あの家できみにどの程度の情報を握られたか、一味はよくわからなかった。だからミス・タペンスの誘拐は、きみの脱走に対する対抗手段ですよ。必要なら、彼女の身に危険が及ぶと脅《おど》してきみの口を封じられる」

トミーはうなずいた。

「ぼくもそう思っていました」

サー・ジェイムズは鋭い目で彼を見た。「きみもそう思っていた？　悪くない――なかなかのものです。奇妙なのは、最初にきみを監禁したとき、一味はきみについてなにも知らなかったにちがいないという点だ。自分の正体を明かすようなことはしなかったと、自信があるんですね？」

トミーはあると答えた。

ジュリアスがうなずいた。「だから、だれかが一味に教えたんですよ――日曜日の午後以降にね」

「ああ、でもだれが?」

「もちろん、あの全知のミスター・ブラウンが!」

そう言ったジュリアスの口ぶりにはかすかな嘲笑《ちょうしょう》があり、サー・ジェイムズは注意深い視線を彼に向けた。

「ミスター・ブラウンを信じていないのですか、ミスター・ハーシャイマー?」

「ええ、信じていません」若いアメリカ人は強い口調で答えた。「みんなが言うような意味では、ということです。彼はただの表看板で——子どもだましのお化けみたいな一つの名前にすぎないと思う。この件のほんとうのリーダーはあのクラメーニンというロシア人ですよ。その気になれば、彼は三つの国で同時に革命を起こすこともできると思う! ウィッティントンという男がたぶん英国支部のトップでしょう」

「わたしはきみの意見には賛成できません」サー・ジェイムズはぶっきらぼうに言った。「ミスター・ブラウンは存在する」彼はトミーに向きなおった。「電報が打たれたのはどこか、わかりませんでしたか?」

「いいえ、残念ですが」

「ふむ。いま持っていますか?」

「上の部屋の荷物の中にあります」

「見てみたいですね。急ぎませんが。あなたがたはすでに一週間をむだにした」——トミーはうなだれた——「いまさら一日やそこいらはどうということはない。まずは、ジェイン・フィンのほうです。そのあと、ミス・タペンスの救出にとりかかりましょう。いま彼女に危険が迫っているとは思えない。われわれがジェイン・フィンを発見したこと、記憶が戻ったことを、犯人たちが知らないかぎりは。そのことはどうあっても、秘密にしておかなければなりません。いいですね？」

二人の青年はうなずき、明日の待ち合わせの約束をしたあと、高名な弁護士は退席した。

翌日の十時に、トミーとジュリアスは指定された家に行った。サー・ジェイムズは戸口で二人を迎えた。冷静な様子なのは彼だけだった。サー・ジェイムズは二人を医師に紹介した。

「ミスター・ハーシャイマー——ミスター・ベレズフォード——ドクター・ロイランスです。患者さんの様子は？」

「順調です。時間の経過についてはあきらかにわかっていない。けさ、〈ルシタニア〉号で救助されたのは何人かと聞かれました。まだ新聞に載っていないのか？ともね。それは当然ながら予想されたことです。だが、彼女はなにか心配しているようだ」

「われわれがその心配をとりのぞいてあげられるでしょう。上へ行ってかまいませんか？」

「どうぞ」

医師について二階へ上がるトミーの心臓の鼓動は速まった。とうとうジェイン・フィンに会える！　長いあいだ探しても、杳《よう》として行方がわからなかった謎のジェイン・フィン！　もう見つかることはありそうもないと思っていた！　だが、この家の中に、英国の未来をその手に握る娘が奇跡的に記憶をほぼ回復して横たわっているのだ。トミーの口からうめきに近い声がもれた。タペンスが隣にいて、二人の合弁事業の勝利の瞬間を分かちあえたなら！　だが、彼はタペンスへの思いをきっぱりと脇に押しやった。トミーのサー・ジェイムズへの信頼は深まっていた。かならずタペンスの所在を突きとめてくれる男がいるのだ。いまはジェイン・フィンだ！　そのとき、突然恐怖に胸ぐらをつかまれた。楽観的すぎないだろうか……もしタペンスを見つけても死んでいたら……ミスター・ブラウンの手にかかって？

だがすぐに、彼はこんなメロドラマ的な空想を笑い飛ばした。医師が病室のドアを開け、三人は中に入った。白いベッドの上に、頭に包帯を巻かれた娘が横たわっていた。なぜか、すべての光景が非現実的に感じられた。あまりにも想像どおりだったので、美しくととのえられた舞台のような印象だった。

大きな探るような目で、娘は一人一人を順番に見た。サー・ジェイムズが最初に口を開いた。

「ミス・フィン、こちらはあなたの従兄《いとこ》にあたるミスター・ジュリアス・P・ハーシャイマーです」

娘の顔がかすかに紅潮し、ジュリアスは進み出て彼女の手を握った。

「はじめまして、ジェイン」ジュリアスは穏やかに話しかけた。

だが、トミーは彼の声が震えているのに気づいた。

「あなたがほんとにハイラム伯父さまの息子さん？」彼女は驚いたようだった。

少し西部訛りのあるジェインの声には、どこかぞくっとさせるものがあった。トミーはぼんやりと聞き覚えがあるような気がしたが、ありえないとその考えを押しのけた。

「そうですとも」

「ハイラム伯父《シュア・シング》さまのことは以前新聞で読んでいました」娘は柔らかな口調で続けた。「でも、あなたにお目にかかるときが来るとは夢にも思わなかったわ。ハイラム伯父さまは、自分に腹をたてたことを一生忘れられないだろうと、母は考えていたから」

「おやじはそんな感じでしたよ」ジュリアスは認めた。「だが、きっと新しい世代は違うと思う。家族の不和にこだわっていてもなんの益もない。戦争が終わってまずわたしが考えたのは、こちらへ来てあなたを探すことでした」

娘の顔が翳《かげ》った。

「記憶喪失だとか、すっかり忘れてしまっている数年間――人生から失われた数年間――があるとか、恐ろしいことを聞かされました」

「自分ではわからないんですか？」

娘は大きく目を見開いた。

「ええ、そうなんです。救命ボートに乗せられてからまったく時間がたっていないみたい。いまも目に浮かぶわ！」彼女は震えるまぶたを閉じた。

ジュリアスが向かい側のサー・ジェイムズを見ると、弁護士はうなずいた。

「心配しないで。しても意味がないから。いいですか、じつはジェイン、わたしたちには知りたいことがあるんです。あの船にはたいへん重要な文書を持った男が乗っていて、この国のお偉方は、彼があなたにその文書を託したと考えている。そうなんですか？」

娘はためらって、視線をほかの二人に向けた。ジュリアスはその意味を悟った。

「ミスター・ベレズフォードはその文書をとりもどす任務を英国政府から託されている。サー・ジェイムズ・ピール・エジャートンは英国下院議員で、望めば入閣もかなう人物だ。わたしたちがようやくあなたを見つけられたのは、サー・ジェイムズのおかげなんです。だから安心してすべて話してください。ダンヴァーズから文書を預かりましたか？」

「ええ。あなたのほうがチャンスがある、女性と子ども優先だから、と彼に言われました」

「われわれが思ったとおりだ」サー・ジェイムズはうなずいた。

「とても重要なもので——連合国に大きな影響を及ぼす、とのことでした。でも、それから何年もたっていて戦争も終わっているのなら、いまはどういう意味があるんでしょう？」

「歴史はくりかえすんだと思いますよ、ジェイン。最初にその文書をめぐって大騒ぎになったが、そのあと鎮静化した。ところが、なにもかもまた始まったんです——前とは別の理由でね。では、その文書をすぐ渡してもらえますか？」

「お渡しできないんです」

「え？」

「持っていないの」

「あなたは——持って——いない？」ジュリアスは言葉を区切るように尋ねた。

「持っていません——隠したの」

「隠した？」

「ええ。わたし、不安になったんです。みんながわたしをじっと見ているような気がして。ひどく――怖くなりました」彼女は頭に手をあてた。「病院で気がつく前の出来事で覚えているのは、ほぼそのことが最後なんです……」

「続けて」サー・ジェイムズが静かだがきびしい声で促した。「なにを覚えています？」

彼女は従順にサー・ジェイムズのほうを向いた。

「ホリーヘッド。わたしはそこにいて――どうしてなのか思い出せなくて――」

「それはいいんです。続けて」

「波止場の混乱にまぎれて逃げだしました。だれにも見られなかった。タクシーに乗って、町から出るように運転手に言いました。広い道路に出たときに周囲を見て、つけてくる車がないのを確認しました。道路の横に小道があったので、運転手に待っているように頼みました」

彼女は間を置いてまた話しだした。「小道は崖に続いていて海岸へ下っていた、大きな黄色いハリエニシダの茂みのあいだを――まるで金色の炎みたいでした。わたしはまわりを眺めました。人っ子一人いませんでした。でも、岩のわたしの頭と同じ高さに、穴があったの。とても小さくて――やっと手が入るぐらいだったけれど、奥まで続いていました。首にかけていた防水布の包みを出して、できるだけ奥へ押しこみました。それからハリエニシダを少し折って――棘《とげ》があって痛かった――外からわからないようにそれで穴をおおったんです。そして、また見つけられるように注意して場所を覚えました。そこの小道には変わった形の大きな岩があって――まるで後ろ足で立っておねだりしている犬みたいな形の。そのあと道路へ引きかえしました。タクシーは待っていてくれて、わたしは町へ戻って列車に乗りました。空想をたくましくしていた自分が少し恥ずかしかったけれど、やがて反対側にすわっていた男がわたしの隣の女に目配せしたのに気づいたんです。また怖くなって、文書を安全な場所に残してきてよかったと思ったわ。それから新鮮な空気を吸いに通路へ出ました。別の車両に移るつもりで。でも女が呼びとめて、わたしがなにかを落としたって。そしてわたしが見ようとしてかがんだとき、なにかで殴られて――ここを」彼女は後頭部に手をあてた。「そのあと病院で気がつくまでのあいだのことはなにも覚えていないんです」

しばし沈黙が漂った。

「ありがとう、ミス・フィン」サー・ジェイムズがねぎらった。「疲れたのでは?」

「ああ、大丈夫です。ちょっと頭が痛いだけで、なんでもないわ」

ジュリアスが進み出て、また彼女の手を握った。

「それじゃ、ジェイン。その文書を探すのでわたしは忙しくなるけれど、すぐに戻ってきますよ。そしてあなたをロンドンへ連れていって、アメリカへ帰る前に若いあなたが楽しめる時間を作りましょう。ほんとうです――だから早くよくなってください」

20　遅すぎた

通りに出ると、三人は作戦会議をした。サー・ジェイムズはポケットから懐中時計をとりだした。

「ホリーヘッド行きの船便連絡列車は十二時十四分にチェスターに停車する。すぐに出れば、間に合いますよ」

トミーはとまどって顔を上げた。

「急ぐ必要がありますか？　今日はまだ二十四日です」

「早起きはつねに得策だと思うんだ」弁護士が答える前に、ジュリアスは言った。「ただちに隠し場所を探しにいこう」

サー・ジェイムズはかすかに眉をひそめた。

「わたしも同行できればいいんですが。二時からの会合で話をすることになっている。間が悪かった」

サー・ジェイムズが残念がっているのは口調からあきらかだった。だが、ジュリアスは弁護士が一緒に来ないのをあからさまに喜んでいた。

「この件でむずかしいことはなにもないでしょう」ジュリアスは言った。「かくれんぼ遊びみたいなものですよ」

「だといいが」サー・ジェイムズは言った。

「そうに決まっている。そうじゃないわけがありますか？」

「きみはまだ若い、ミスター・ハーシャイマー。わたしぐらいの年になれば、ある教訓を学ぶはずですよ。〝決して敵をあなどるな〟」

弁護士の厳粛な口調にトミーははっとしたが、ジュリアスには馬耳東風《ばじとうふう》だった。

「ミスター・ブラウンが現れてなにかやるんじゃないかと思うんでしょう！ そうだとしても、こっちは準備万端だ」ジュリアスはポケットをたたいた。「拳銃を持っています。どこに行くときにも、こいつをお供させるんだ」彼はいかにも恐ろしげなリボルバーをとりだし、愛情をこめてたたいてからしまった。「だが、今回の旅にはたぶん必要ない。ミスター・ブラウンに告げ口する者はだれもいませんからね」

弁護士は肩をすくめた。

「ミセス・ヴァンデマイヤーが裏切るつもりだとミスター・ブラウンに告げ口した者はだれもいなかった。それにもかかわらず、ミセス・ヴァンデマイヤーはひとこともしゃべることなく死んだ」

ジュリアスもさすがに黙り、サー・ジェイムズは軽い調子でつけくわえた。

「警戒を怠《おこた》らないようにと言いたかっただけです。では、幸運を。文書が手に入ったら、よけいな危険はおかさないように。尾行されていると感じたら、すぐに文書を破棄するのです。お二人の幸運を祈っていますよ。勝敗はもはやあなたがたの手にゆだねられている」サー・ジェイムズは二人と握手した。

十分後、トミーとジュリアスは一等車に乗って乗換駅のチェスターへ向かっていた。長いあいだ、二人とも無言ですわっていた。とうとうジュリアスが沈黙を破ったが、その発言はまったく予期しないものだった。

「なあ、きみは女の子の顔を見てぼうっとなったことはある？」彼は考えこむように尋ねた。

一瞬虚《きょ》を突かれたものの、トミーは自分を顧《かえり》みた。

「あるとは言えないな」ようやく答えた。「思い出すかぎりではない。なぜだ？」

「なぜなら、この二ヵ月、わたしはジェインに関してセンチメンタルな愚か者だったからだ。彼女の写真を一目見て以来、小説で読むようなばかばかしい思いをこの胸に抱いてきたんだ。認めるのは恥ずかしいが、わたしはジェインを見つけてすべてをとりはからい、彼女をミセス・ジュリアス・P・ハーシャイマーとして連れて帰る決心でいたんだよ」

「え！」トミーは驚いた。

ジュリアスは組んでいた足を乱暴にほどいて続けた。

「男がどれほど愚かになれるかのいい見本だな！　現実の彼女を一目見て、われに返ったよ！」

さっきよりも口がきけなくなって、トミーはまた「え！」とくりかえした。

「ジェインに失望したわけじゃないんだ。ほんとうにいい娘だよ。たちまち恋に落ちる男もいるにちがいない」

「とても器量よしだとぼくは思ったよ」トミーはようやくものが言えるようになった。「もちろんだ。だが、写真とはまったく違っていた。まあ少しは似ていたよ——そのはずだ——だって、すぐ彼女だと思ったから。人込みで見かけたら、ためらわずに『あの娘の顔には見覚えがある』と言うはずだ。だが、写真にはなにかがあったんだ」ジュリアスはかぶりを振ってため息をついた。「ロマンスというのは、じつにおかしなものだよ！」

「そうだね」トミーは冷ややかに言った。「一人の娘に恋をしてこの国へやってきて、二週間くらいで別の娘にプロポーズするとは」

ジュリアスは当惑顔になる程度の高潔さは持ちあわせていた。

「うん、なんというか、わたしは疲れて、決してジェインを見つけられないんじゃないかと思いはじめていたんだ——なにもかも完全にばかげた行動だったとね。そのとき——ああそうだ、たとえばフランス人はものごとを見るときはるかに実際的なんだよ。彼らはロマンスと結婚を分けて考える——」

トミーは赤くなった。

「なに、冗談じゃない！　もし——」

ジュリアスはあわててさえぎった。

「いや、早合点しないでくれ。きみが思っているようなことじゃないんだ。アメリカ人はたぶんきみたちよりも道徳観念が発達しているよ。わたしが言いたかったのは、フランス人は結婚生活をビジネスライクに始めるんだ——たがいにふさわしい相手を見つけて、経済的な問題を話しあって、ものごとを実際的かつビジネスライクに考えるってことだ」

「ぼくに言わせれば、昨今はなにもかもビジネスライクすぎるよ。みんないつだって『それは割に合うのか?』と言う。男たちも悪いが、女たちはもっと悪い!」

「落ち着けよ。そんなに熱くなるな」

「熱くもなるさ」トミーは答えた。

ジュリアスは彼を見て、これ以上の発言は控えることにした。

しかし、ホリーヘッドに着くまでにトミーが落ち着く時間はたっぷりとあり、目的地に降り立ったときには彼の顔に陽気な笑みが戻っていた。

頭を突きあわせ、道路地図とも相談した上で、彼らは進むべき方向についておおかた一致し、なんなくタクシーをつかまえてトレアルジル・ベイへ向かう道路に出た。運転手にゆっくり進めと指示し、小道を見落とさないように注意した。町を出てまもなくそれらしい場所に着き、トミーはすぐ車を止めさせて、この小道は海辺へ下っているかとさりげなく尋ねた。そうだと聞くと、運転手に気前よく支払いをした。

一瞬後、タクシーはゆっくりとホリーヘッドへ戻っていった。トミーとジュリアスは車が視界から消えるまで見送り、そのあと小道へと向かった。

「これがその道だろうね?」トミーは自信なげに聞いた。「小道はたくさんあるぞ」

「間違いないよ。ハリエニシダを見たまえ。ジェインが話していただろう?」

トミーは小道の両側の金色の花咲く茂みを眺めて、納得した。

二人はジュリアスを先にして下りていった。トミーは不安になって二回振りかえった。ジュリアスが気づいた。

「どうした?」

「わからない。なんだかドキドキするんだ。だれかにつけられているような感じがしてしかたがない」

「まさか」ジュリアスはきっぱりと言った。「それならこっちが相手を見ているはずだ」

そのとおりだとトミーも認めないわけにはいかなかった。それにもかかわらず、彼の不安は高まった。わけもなく、敵はすべて知りつくしていると思えてきた。

「敵ならいつでも来いって」ジュリアスはそう言ってポケットの拳銃をたたいた。「この相棒は出番がほしくてうずうずしているんだ!」

「きみはいつもそれを——相棒を——持っているのか?」トミーは好奇心をそそられて尋ねた。

「たいていはね。なにが起きるかわからないから」

トミーは敬意をこめて口を閉じた。拳銃の存在をありがたく思った。ミスター・ブラウンの脅威を遠ざけてくれるような気がしたのだ。

小道は海と並行して崖の面《おもて》を続いていた。突然ジュリアスが足を止めたので、トミーは彼の背中にぶつかりかけた。

「どうした?」

「見ろよ。こいつは驚いた!」

トミーは見た。道を半分ふさぐように立っているのは大きな岩で、たしかに後ろ足で立っているテリアを思わせた。

「そうだな」ジュリアスの興奮に染まらないようにしながら、トミーは答えた。「あるのはわかっていただろう?」

ジュリアスは悲しげにトミーを見て首を振った。

「英国人の沈着さときたら! たしかに予想はしていたさ——だがそれでも期待どおりの場所にあるのを見ると、平静さを失うよ!」

トミーの冷静さはいささかむりに装ったもので、彼はいらだって足踏みした。

「進もう。穴はあるかな?」

二人は崖の表面をつぶさに観察した。トミーは思わずつまらないことを口走っていた。

「何年もたっているから、ハリエニシダは穴の上にはないよな」

ジュリアスはまじめに答えた。

「きみの言うとおりだと思う」

トミーはやにわに震える手で指さした。

「あそこの割れ目は?」

ジュリアスは畏怖の念に満ちた声で答えた。

「あそこだ——間違いない」

二人は顔を見合わせた。

「フランスにいたとき」トミーはなつかしむ口調で言った。「ぼくの当番兵は来ないときはかならず、めまいがして気分が悪かったと言い訳したものだ。ぼくは一度だって信じなかった。でも、彼がそうだったかどうかはともかく、そういう気分はたしかにあるね。いまはそういう気分だ！　くらくらする！」

彼は苦しいほどの激情をこめて岩を見つめた。

「くそ！　ありえない！　五年だぞ！　鳥の巣探しにくる少年たち、ピクニックの一行、何千人もここを通ったんだ！　残っているわけがない！　まだある可能性は一パーセントだよ。まともに考えたらあるはずはない！」

じっさい、トミーはありえないと感じていた――あれほど多くのほかの者たちが失敗したのに、自分が成功するなんて信じられない、という気持ちが強かった。あまりにも容易すぎる、だからありえない。穴はからっぽにちがいない。

ジュリアスは大きく笑みくずれてトミーを見た。

「きみも平静ではいられないようだね」うれしそうな口ぶりだった。「さあ、行くぞ！」彼は割れ目に手を突っこんで、かすかに顔をしかめた。「かなりきつい。ジェインの手はわたしのよりずっと小さいからな。なにもない――うん――お、これはなんだ？　ようし、あった！」

派手な仕草で、ジュリアスは小さな変色した包みを振ってみせた。「まさしくこれだよ。防水布の中に縫いこまれている。ペンナイフを出すから持っていてくれ」

信じられないことが起きたのだ。トミーは貴重な包みを両手でそっと受けとった。自分たちは成功した！

「変だな」彼はぼんやりとつぶやいた。「縫い目はもうぼろぼろのはずだ。まるで新しく見えるぞ」

二人は慎重に縫い目を切って防水布をはがした。中には小さくたたまれた紙が入っていた。震える指で、彼らは紙を広げた。なにも書かれていなかった！　二人はぽかんとして顔を見合わせた。

「こいつはダミーだ！」ジュリアスは叫んだ。「ダンヴァーズはただのおとりだったのか？」

トミーはかぶりを振った。その考えには納得できなかった。突然、彼は顔を輝かせた。

「わかった！　あぶり出しインクだ！」

「そう思うか？」

「とにかく試してみる価値はある。たいていは熱を加えると文字が出てくる。枝を集めよう。たき火をするんだ」

ほどなく小枝と葉の小さなたき火がぱちぱちと炎を上げはじめた。トミーは紙をかざした。熱くなった紙は少し丸まった。それ以上のことは起きない。

ふいにジュリアスが彼の腕をつかみ、かすかな茶色の文字が現れた部分を指さした。

「ようし、いいぞ！　やった！　おい、きみのアイディアは最高だよ。わたしは思いつきもしなかった」

熱がじゅうぶんな働きをしたと思えるまで、トミーはさらに紙をあぶった。そして紙を火の上から手もとへ引き寄せた。一瞬後、彼は大声を上げた。きちんとした茶色の活字体が紙の上に出現していた。

ミスター・ブラウンより感謝をこめて贈呈

21　トミーの発見

ショックで呆然として、しばし二人はうつろな表情でお互いを見つめるしかなかった。どういうわけか、ミスター・ブラウンは彼らを出し抜いたのだ。トミーは静かに敗北を受けとめた。ジュリアスはそうはいかなかった。

「いったいぜんたい、どうやってやつは先回りしたんだ？　まったくわからない！」

トミーはかぶりを振り、のろのろと言った。

「だから縫い目が新しかったんだな。気づくべきだった……」

「いまいましい縫い目なんかどうでもいい。やつはなぜ先手を打てたんだ？　こっちはできるかぎり迅速に行動した。ここへ先に来るなんて、ぜったいだれにもできなかったはずだ。それに、そもそもどうしてやつは知っていた？　ジェインの病室に口述録音器《ディクタホン》が仕掛けてあったのか？　きっとそうにちがいない」

だが、分別のあるトミーは異論を唱えた。

「彼女があの家に来るのを事前に知ることのできた者はいない――まして、あの特定の病室に」

「そうだな」ジュリアスは認めた。「だったら、看護婦の一人がやつらの仲間でドアのそばで聴いていた。これはどうだ？」

「そこはどうでもいいんじゃないか」トミーは疲れをおぼえながら答えた。「ミスター・ブラウンは何ヵ月も前に文書を発見して手に入れていたのかもしれない、そして――いや、それじゃまったく筋《すじ》が通らない！　だったらすぐに公開していたはずだから」

「たしかに！　やはりだれかが今日一時間かそこいら、わたしたちより先に着いたんだ。だが、なぜそんなことができたのか考えると、頭がおかしくなりそうだ」

「あのピール・エジャートンが一緒に来てくれていたらな」トミーは思いに沈みながらつぶやいた。

「どうして？　わたしたちが着いたときにはすでにすり替えは終わっていたんだぞ」

「そうだ――」トミーは口ごもった。自分の気持ち――あの高名な弁護士がいてくれたら、なんとかして大失敗を避けられたのではないかという非論理的な思い――を説明できなかった。彼はさっきの考えに立ち戻った。「なぜこんなことができたのかを議論してもしかたがない。ぼくたちは失敗したんだ。でも、やれることが一つだけある」

「なんだ？」

「可及的すみやかにロンドンへ帰って、ミスター・カーターに警告するんだ。嵐が襲いかかってくるのはもう時間の問題だ。とにかく最悪の事態を知らせないと」

気の重い任務だが、トミーは責任逃れをするつもりはなかった。自分の失敗をミスター・カーターに報告しなければならない。それで仕事はおしまいだ。トミーは真夜中の郵便列車でロンドンへ向かった。ジュリアスはホリーヘッドに一晩留まることにした。

ロンドンに着いて三十分後、やつれて青ざめたトミーは指揮官の前に立った。

「報告にまいりました。失敗です——大失敗をしました」

ミスター・カーターは鋭いまなざしで彼を見た。

「つまり条約の文書は——」

「ミスター・ブラウンの手に渡りました」

「ああ！」ミスター・カーターは低い声でうなった。表情は変わらなかったが、その目に失望がよぎるのをトミーは認めた。それで、まさにこの報告によって見込みは絶望的になったのを悟った。

しばらくの沈黙のあと、ミスター・カーターは口を開いた。「がっくりしている場合ではないぞ。はっきりわかったのはよかった。われわれはできることをしなければ」

トミーの脳裏を確信がかすめた。（望みはないのだ、そして彼はそれを知っている！）

ミスター・カーターはトミーを見上げた。

「気に病んではいけないよ」彼はやさしく言った。「きみはベストを尽くした。今世紀最大の頭脳の一人と闘ったんだ。そして成功まであと一歩のところまでいった。それを忘れるな」

「ありがとうございます。お言葉、痛み入ります」

「わたしの責任だよ。この別の知らせを聞いて以来、ずっと自分を責めていたんだ」

相手の口調のなにかに、トミーはびくっとした。新たな恐怖が心臓をわしづかみにした。

「ほかにも——あるのですか？」

「残念ながら」ミスター・カーターは重々しく答えた。そして卓上の一枚の紙を手で示した。

「タペンスですか――?」トミーはたじろいだ。

「自分で読むといい」

タイプされた文章がトミーの眼前で揺らめいた。緑色の縁《ふち》なし帽と、〈PLC〉の刺繍《ししゅう》があるハンカチがポケットに入った上着の記述。苦悶の問いを浮かべた顔で、彼はミスター・カーターを見た。指揮官は答えた。

「ヨークシャーの海岸――イーバリーの近く――に打ちあげられた。深く憂慮している――状況からは殺人と思われる」

「なんてことだ!」トミーはあえいだ。「タ、ペ、ン、ス! あいつらは悪魔だ――報復せずにおくものか! かならずつかまえてやる! かならず――」

ミスター・カーターの憐《あわれ》みの表情に、トミーは口を閉じた。

「きみの気持ちはわかるよ、気の毒に。だが、それに囚われてはだめだ。むだにエネルギーを使うことになる。きびしく聞こえるかもしれないが、わたしの忠告はこうだ。これ以上嘆くな。時間は慈悲深いものだよ。やがて忘れる」

「タペンスを忘れる? ありえません!」

ミスター・カーターは首を振った。

「いまはそう思うだろう。ほんとうに、考えるとたまらない――あの勇敢な若い娘が! なにもかも申し訳ない――なんと謝罪すればいいか」

トミーははっとわれに返った。

「お時間をとってしまいました」彼は気力をふるいおこして言った。「ご自分を責める必要はありません。こんな仕事を引き受けるなんて、ぼくたち二人は愚《おろ》かな若者でした。あなたはちゃんと警告した。だが、殺されたのがぼくだったらよかったのに。失礼します」

〈リッツ〉に戻ったトミーはわずかな手回り品を機械的に荷造りした。思いははるか彼方に飛んでいた。自分の陽気で平凡な生活に悲劇が訪れたことが、まだ受けいれられなかった。なんと楽しいときを一緒に過ごしたことか、自分とタペンスは！　そしていま——ああ、とても信じられない——ほんとうのはずがない！　タペンスが——死んだ！　かわいいタペンス、活力にあふれていたのに！　夢だ、恐ろしい夢だ。きっとすぐにさめる。

手紙が届き、新聞でニュースを知ったサー・ジェイムズ・ピール・エジャートンからで、お悔やみの温かい言葉が簡潔に記されていた（新聞記事には大きな見出しが躍っていた。〈元救急看護奉仕隊員、溺死《できし》か〉）。手紙の結びには、サー・ジェイムズが投資しているアルゼンチンの牧場で仕事をしないかとあった。

「親切なおやじさんだ」手紙を脇に放りだしてトミーはつぶやいた。

ドアが開き、ホリーヘッドから戻ったジュリアスが例によって勢いよく入ってきた。手には開いた新聞を持っていた。

「おい、これはなんなんだ？　タペンスについてばかげた妄想が書いてあるぞ」

「ほんとうのことだ」トミーは静かに言った。

「やつらが彼女を殺害したっていうのか？」

トミーはうなずいた。

「文書を手に入れたとき、彼女は――一味にとって価値がなくなり、そのまま解放するのは危険すぎると思われたんだろう」

「なんだと、ちくしょう！」ジュリアスは叫んだ。「かわいそうなタペンス。最高に勇敢な娘だった――」

しかし、突然トミーの胸の思いが爆発した。彼はさっと立ちあがった。

「ああ、出ていってくれよ！　きみは本心からタペンスを思っているんじゃない、くそ！　きみは計算ずくの腐った魂胆で結婚を申し込んだが、ぼくは彼女を愛していたんだ。彼女を救うためなら自分の魂を差しだしただろう。でもなにも言わず脇に下がって、きみと結婚させるつもりだった。きみならタペンスにふさわしい生活をさせてやれるし、ぼくは無一文のただの情けない男だからな。だがそれは、ぼくが彼女を思っていないからじゃない！」

「なあ、おい」ジュリアスは穏やかに言いはじめた。

「もう、出ていけよ！　きみがここに来て〝かわいそうなタペンス〟についてしゃべるのは我慢できない。行ってきみの従妹《いとこ》の世話でもしろ。タペンスはぼくの恋人だ！　ずっと愛していたんだ、子ども時代に一緒に遊んだころから。大人になっても変わらない。ぼくが入院していたときに、彼女があのおかしな帽子をかぶってエプロンをつけて入ってきたときのことは、一生忘れない！　愛している女が看護婦の格好をして現れるなんて、奇跡みたいだった――」

だが、ジュリアスは彼をさえぎった。

「看護婦の格好！　なんてことだ！　わたしは頭がおかしくなったにちがいない！　誓って、わたしはジェインも看護婦の帽子をかぶっているのを見たんだ。だけど、そんなことあるわけない！　いや、ちくしょう、わかったぞ！　ボーンマスの療養所で、ウィッティントンと話しているのをわたしが見たのはジェインだったんだ。彼女はあそこの患者じゃなかった！　看護婦だった！」

トミーは怒りをこめて答えた。「おそらく彼女は最初から連中の仲間だったんだ。そもそもダンヴァーズから文書を盗んだのだとしても、驚かないよ」

「そんなばかな！」ジュリアスは叫んだ。「彼女はわたしの従妹だぞ、そして最高の愛国心の持ち主だ」

「何者だろうとかまうものか。とにかく出ていってくれ！」トミーも声を張りあげた。

若者二人はいまにも殴りあいを始めかけた。しかしふいに、魔法のような唐突さでジュリアスの怒りは和《やわ》らいだ。

「わかったよ。出ていく。きみが言ったことで責めたりはしない。はっきり言ってくれてほんとうによかった。わたしはまったくどうしようもない愚か者だった。落ち着いてくれ」――トミーはいらだったそぶりを見せた――「すぐに出発するから――ロンドン・アンド・ノースウエスタン鉄道の駅へ行く、きみが知りたいなら」

「どこへ行こうと知ったことか」トミーはどなった。

ジュリアスが出ていってドアが閉まると、彼は荷造りに戻った。

「これで全部だ」そうつぶやき、呼び鈴を鳴らしてボーイを呼んだ。

「荷物を運んでくれ」

「承知しました。お出かけですか？」

「どこへ行こうといいだろう！」ボーイの気持ちも考えず、トミーは叫んだ。

だが、ボーイはうやうやしく答えた。「はい、お客さま。タクシーを呼びましょうか？」

トミーはうなずいた。

どこへ行こう？　彼にはなんの当てもなかった。ミスター・ブラウンに復讐するという固い決意以外、まったく計画はない。サー・ジェイムズの手紙を読みかえし、かぶりを振った。タペンスの報復は果たさなければならない。それでも、あの年長の弁護士は親切なことだ。

「返事をするほうがいいだろうな」彼は書きもの机の前へ行った。ホテル備え付けの文具にありがちな偏《かたよ》りで、封筒は山のようにあり、便箋《びんせん》は一枚もなかった。ボーイを呼んだがだれも来ない。待たされて、トミーは頭にきた。そのとき、ジュリアスの居間にたっぷり備品があったのを思い出した。アメリカ人はすぐに発《た》つと言っていたから、鉢合わせする心配はない。それに、出くわしたっていいじゃないか！　トミーはさっき言ったことがいささか恥ずかしくなっていた。ジュリアスのやつ、よく自分の言葉を受けとめてくれたものだ。彼がいたらあやまろう。

だが、居間にはだれもいなかった。トミーは書きもの机の真ん中の引きだしを開けた。顔を上にして投げやりにしまわれた一枚の写真が、トミーの目を引いた。一瞬、その場で棒立ちになった。それから写真をとりだし、引きだしを閉め、ゆっくりと肘掛《ひじか》け椅子へ歩いていくと、手にした写真を見つめたまま腰を下ろした。

ジュリアス・ハーシャイマーの書きもの机の中に、いったいなぜフランス人の娘アネットの写真があるのだろう?

22　首相官邸で

首相はいらいらして目の前の机を指でたたいた。疲れた悩ましげな顔だった。彼はミスター・カーターとの会話をとぎれたところから始めた。

「わからないな。きみは本気で事態はそれほど絶望的ではないと言うのか？」

「この若者はそう考えているようです」

「彼の手紙をもう一度見てみよう」

ミスター・カーターは手紙を渡した。まとまりのない子どもっぽい筆跡で書かれていた。

拝啓

ミスター・カーター

ある衝撃的なことが判明しました。もちろんばかげた考えにとりつかれている可能性もありますが、じつのところそうは思いません。わたしの結論が正しければ、マンチェスターにいる娘はただのにせものです。偽装された文書を含めて、すべては事前に仕組まれていました。われわれに敗北したと思わせるためです――したがって、われわれはかなりいい線までいっていたのではないでしょうか。

本物のジェイン・フィンがだれなのか、わたしは知っていますし、あの文書のありかについても考えがあります。もちろんありかについては推測にすぎませんが、自分が正しいのではないかという気がします。ともあれ、封印した封筒にそれをしたためたものを入れました。最後の瞬間、つまり二十八日の真夜中まで開けないようにお願いします。なぜかはすぐにご理解いただけるでしょう。じつは、タペンスにかかわる状況もわたしは偽装と考えており、タペンスはわたしと同様死んでなどいません。以下がわたしの推論です。ジェイン・フィンは記憶喪失を装っていて、自由の身になったと思えばすぐに文書の隠し場所へ向かうという期待のもと、一味は最後のチャンスに賭けてジェインを逃がすはずです。当然ながら彼らにとってきわめて危険な賭けです、なぜならジェインは彼らについてすべて知っているのだから——しかし、あの条約の文書を手に入れようと、一味はそうとう必死になっているのです。でも、われわれが文書をとりもどしたと知ったら、ジェインもタペンスも生かしておく価値がなくなります。ジェインが逃げる前に、わたしはタペンスを探しあてなければなりません。

〈リッツ〉のタペンス宛に届いた電報のオリジナルの写しがほしいのです。サー・ジェイムズ・ピール・エジャートンがあなたなら手に入れられると言いました。彼は恐ろしいほど頭が切れます。

最後にもう一つ——ソーホーのあの家を昼夜見張らせてください。

敬具

首相は顔を上げた。

「その封筒は？」

ミスター・カーターは平然と微笑した。

「イングランド銀行の金庫に保管してあります。万全を期して」

「きみは思わないのか」首相はちょっとためらった。「それをいま開けたほうがいいと？　その若者の推測が正しかったとしてだが、われわれは文書をすぐにでも確保しなければならない。開けたことは秘密にしておけるだろう」

「そうでしょうか？　わたしはそこまで自信がありません。われわれのまわりにはスパイがうじゃうじゃいます。知られてしまったら」彼は指を鳴らした。「二人の娘の命を危険にさらすことになる。だめです、その若者はわたしを信じた、裏切るわけにはいきません」

「わかった、わかった、ではそういうことにしよう。いったいどんな若者なんだ？」

「一見したところでは、ごくふつうですらりとした、どちらかというと鈍感な英国の若者です。考えをまとめるのは遅い。一方で、安易な空想で彼に道を誤らせるのはほぼ不可能でしょう。というのも、空想癖は皆無ですから――だから彼をあざむくのはむずかしい。ゆっくりとものごとを進め、なにかをつかんだらぜったいに離さない。ミス・タペンスのほうはかなり違います。もっと直感力に長けている一方、分別に欠ける。二人一緒だといいペアなのです。スピードとスタミナですね」

「彼は自信があるようだ」首相は考えながら言った。

「ええ、だからわたしは希望を感じます。なにか意見を述べる前によほどの確信がないとそうはしない、控えめな若者なのです」

首相はかすかに微笑した。

「そしてこの——若者が希代《きたい》の大犯罪者を打ち負かすというのだね？」

「この——若者がです！　しかし、ときどきわたしはある影をその背後に見るような気がする」

「つまり？」

「サー・ジェイムズ・ピール・エジャートンです」

「ピール・エジャートン？」首相は驚いていた。

「ええ。これにも彼の影響を感じます」ミスター・カーターは開かれた手紙をたたいた。「彼がここにいる——闇の中でひっそりと前に出ずに。ミスター・ブラウンを追いつめるとしたらピール・エジャートンだろうと、以前から思っていました。きっといまこの件にかかっているが、それを知られたくないのです。ところで、先日彼から妙な依頼がありましたよ」

「ほう？」

「アメリカの新聞の切り抜きをわたしに送ってきたんです。三週間ほど前にニューヨークの波止場付近で男の遺体が見つかったという記事です。その事件について、集められるかぎりの情報がほしいと頼んできた」

「それで？」

カーターは肩をすくめた。

「たいして集められませんでした。三十五歳くらいのみすぼらしい服装の男で——顔がひどく損傷していたそうです。身元はわかりませんでした」

「で、きみはそれが今回の事件に関連していると思うのか？」

「なんとなくそんな気がするのです。むろん、間違っているかもしれません」

間を置いて、ミスター・カーターは続けた。

「わたしはピール・エジャートンにここへ来てほしいと頼みました。話したくないことを聞きだすのはむりでしょう。彼の法律家としての職業意識はきわめて強いですから。だが、ベレズフォードの手紙ではあいまいな一、二点について、きっとヒントをくれるでしょう。ああ、彼が着きました！」

二人は立ちあがって新来者を迎えた。首相の脳裏を奇抜な考えがかすめた。（ひょっとするとわたしの後継者だ！）

「ベレズフォード青年から手紙が届いたのです」ミスター・カーターはただちに要点に入った。

「彼にお会いになりましたね？」

「それは違います」弁護士は答えた。

「おや！」ミスター・カーターはいささか困惑した。

サー・ジェイムズ・ピール・エジャートンは微笑してあごをさすった。

「彼は電話してきましたよ」

「お二人がどんな話をしたか、お聞きしてもかまいませんか？」

「もちろん。彼はわたしが送った手紙への感謝を述べて――じつは、仕事を世話したのですよ。そのあと、ミス・カウリーを誘いだしたにせものの電報に関して、わたしがマンチェスターで彼に言ったことを持ちだしてきた。なにか厄介なことでも起きたのかとわたしは聞きました。彼によるとそのとおりで――ミスター・ハーシャイマーのホテルの部屋の引きだしで、ミスター・ベレズフォードは写真を発見したそうです」弁護士は間を置いてから続けた。「その写真にはカリフォルニアの写真屋の名前と住所が記されていなかったかと、わたしは尋ねました。彼は答えた。『あなたはお気づきなんですね。ええ、記されていました』そのあと、わたしが知らなかったことを話してくれた。その写真に写っていたのは、彼の命を救ったフランス人の娘、アネットだったのです」

「なんですと？」

「まさに。わたしは好奇心に駆られて、その写真をどうしたかと聞きました。見つけたところに戻したと彼は答えましたよ」弁護士はまたしばし口を閉じた。「いい処置だった、おわかりでしょう――とてもいい処置でした。ベレズフォード、あの若者は頭を使える。わたしは彼を賞賛しました。写真を発見できたのはラッキーでした。もちろん、マンチェスターにいる娘はにせものだとわかった瞬間から、すべては変わった。わたしが教えなくても、若きベレズフォードは独力でそれを見抜いたのです。だがミス・カウリーについては、彼は自分の判断を信じられないと感じた。彼女は生きていると思うか、と聞かれました。わたしは答えました、証拠をしかるべく検討すれば、彼女の生存に関して有望な手がかりがある、と。そこで、例の電報の件というわけです」

「それで？」

「オリジナルの電報の複写をあなたに手に入れてもらいなさい、と勧めました。ミス・カウリーが電報を暖炉に放ったあと、彼女を探す者たちを間違ったほうに向かわせるために、文面が消されたか書き換えられたにちがいないと、わたしは思ったのです」

ミスター・カーターはうなずいた。ポケットから紙を出して読みあげた。

ケント州ゲートハウスのアストリー・プライアーズへすぐ来られたし。大きな進展あり。

――TOMMY《トミー》

「じつにシンプルだ」サー・ジェイムズは言った。「そして巧妙だ。二、三の言葉を変えただけでこと足りた。そしてある重要な手がかりをベレズフォードたちは見逃していました」

「それはなんです？」

「ミス・カウリーはチャリングクロス駅へタクシーで行ったというボーイの言葉です。彼らは自信満々だったので、当然ボーイが聞き間違えたと思いこんだ」

「では、ベレズフォードはいま？」

「ケント州のゲートハウスです、わたしの考えが間違っていなければ」

ミスター・カーターは弁護士をまじまじと見た。

「あなたも行かなくてよかったのですか、ピール・エジャートン？」

「ああ、わたしはある案件で忙しくしておりまして」

「あなたは休暇中だったのでは？」

「じつは、訴訟を引き受けているわけではないのですよ。ある案件の準備中と言うほうが正しいでしょう。ところで、あのアメリカ人の男について追加の情報はありましたか？」

「いいえ、残念ながら。彼が何者なのか突きとめるのが重要とお考えですか？」

「いや、彼が何者かは知っています」サー・ジェイムズはあっさりと答えた。「まだ証明はできないが――知っています」

ほかの二人は質問しなかった。してもむだだろうと本能的に察していた。

「しかし、わからないのは」首相が唐突に切りだした。「その写真がどうやってミスター・ハーシャイマーの引きだしに入ったかだな」

「最初からずっと入っていたのでしょう」弁護士は穏やかに示唆《しさ》した。

「しかしにせものの警部が持ち去ったのでは？　ブラウン警部が？」

「ああ！」サー・ジェイムズは思慮深げにつぶやいて立ちあがった。「あなたがたのお時間をとらせるわけにはいかない。国事を進めてください。わたしも戻らなければ――件《くだん》の案件に」

二日後、ジュリアス・ハーシャイマーはマンチェスターから帰ってきた。トミーからの手紙がテーブルの上にのっていた。

拝啓

ハーシャイマー

かんしゃくを起こしてすまなかった。もう会えないといけないから、さよならを言っておく。アルゼンチンでの仕事を世話してくれる人がいて、受けることにしようと思う。

敬具

Tommy Beresford《トミー・ベレズフォード》

ジュリアスの顔にしばし奇妙な微笑が浮かんだ。彼は手紙をくずかごに放りこんだ。

「どうしようもないばか者め！」ジュリアスはつぶやいた。

23 時間との闘い

サー・ジェイムズに電話したあと、トミーはサウス・オードリー・マンションズを訪れた。仕事中のアルバートに、トミーはタペンスの友人だと自己紹介した。アルバートはすぐに打ち解けた。

「最近ここは静かなもんですよ」彼は残念そうだった。「お嬢さんは元気でしょうね？」

「それなんだけどね、アルバート。彼女は失踪したんだ」

「悪者につかまったんじゃないですよね？」

「じつはそうなんだよ」

「まさか暗黒街《アンダーワールド》に？」

「まさか、冗談じゃない、この世《デイス・ワールド》にいるよ！」

「ただの言いかたなんで」アルバートは釈明した。「映画じゃや、悪者どもはいつだって暗黒街にレストランを構えてるんですよ。だけど、あなたはやつらがお嬢さんを殺してないと思いますか？」

「そう望むよ。ところで、ひょっとしてきみには伯母さんでも従姉妹《いとこ》でもお祖母《ばあ》さんでも、適当な女性の親戚で近々亡くなりそうな候補はいない？」

アルバートの顔にうれしそうな笑みがゆっくりと広がった。「いますよ。田舎に住んでる気の毒な伯母が長いこと不治の病で、臨終のときぼくにいてほしいって言ってるんだ」

トミーはうなずいた。

「そのことをしかるべき人に連絡して、一時間後にチャリングクロス駅で待ちあわせられるかな?」

「行きますよ。まかしといてください」

トミーが見込んだとおり、忠実なアルバートはかけがえのない仲間だとわかった。二人はケント州ゲートハウスに着き、ある宿屋に部屋をとった。アルバートは情報収集の役目を仰せつかったが、お手のものだった。

アストリー・プライアーズはドクター・アダムズという男の家だった。宿屋の主人の話では、医師としてはもう引退して開業もしていないが、個人的に二、三人の患者を受けいれているという――その話をしたとき、人のいい主人は訳知り顔で額《ひたい》をたたいた――「ここのいかれた連中ですよ! おわかりでしょ!」医師は村では人気があり、地元のさまざまな催しにいつも気前よく寄付をしている――「とても気さくで愛想のいい紳士なんです」長くここにお住まいなのかと聞くと、そう、十年か――もう少し長いかもしれません、と主人は答えた。博学なお方でね、教授なんかがしょっちゅう都会から会いにくるんですよ。とにかくにぎやかな家で、いつもお客が泊まっています。

主人のおしゃべりを聞いているうちに、トミーの心に疑いが芽ばえた。そのにこやかで顔の広い人物が、じつは危険な犯罪者だという可能性はあるだろうか？　医師の暮らしぶりは開けっぴろげで、やましいところはなさそうだ。あやしい行動をしている様子もない。すべてがとんでもない間違いだとしたら？　そう思ってトミーはぞっとした。

そのあと、個人的に診ているという患者たちのことを思い出した――〝いかれた連中〟だ。トミーは、その中にタペンスに似た若い女性がいないか慎重に尋ねてまわった。しかし、患者たちについてはほとんどなにもわからなかった――敷地の外で姿を見かけることはほぼないという。アネットの容姿を警戒しつつ説明してみたが、やはり見たという話は出なかった。

アストリー・プライアーズは居心地のよさそうな赤レンガの館で、樹木に囲まれているので視界は効果的にさえぎられ、道路から館を観察するのはむりだった。

最初の夜、トミーはアルバートと一緒に敷地を探検した。アルバートが言い張ったため、二人は苦労して腹ばいで進み、そのせいで立って歩くよりもはるかに大きな音をたてた。とにかく、この用心はまったく必要なかった。日が暮れたあとのほかの個人宅と同じく、庭はがらんとしていた。獰猛《どうもう》な番犬がいるのではないかとトミーは心配していた。一方アルバートの想像力は、ピューマとか飼いならされたコブラにまで飛躍していた。しかし、二人は煩《わずら》わされることなく家のそばの低木の植込みまで来た。

ダイニングルームの窓のブラインドは上がっていた。テーブルには大勢が集まっていた。ポートワインが手から手へと渡されている。ごくふつうの楽しい集いに見えた。開《ひら》いた窓から会話の断片が夜気の中へもれてきたが、地元のクリケットの試合についての白熱した論議だった！

トミーはふたたびぞくりとする不安を感じた。この人たちが見かけと違う悪人だとはとても思えない。自分はまたもやだまされたのだろうか？　テーブルの上席にすわっている金色のあごひげを生やしてめがねをかけた紳士など、きわめて誠実でまっとうな人物に見えた。

その晩、トミーはよく眠れなかった。翌朝、青果店の少年とすっかり仲良くなった根気強いアルバートは、少年の代理で配達にいき、アストリー・プライアーズの料理人とおしゃべりに興じた。そして帰ってくると、料理人の女は間違いなく〝悪党の一味〟だと断定した。だが、トミーはアルバートの豊かな想像力を信じなかった。質問されると、彼女は変だという自分の意見（「一目見りゃわかりますよ」）のほかに、アルバートはなに一つ証拠を挙げられなかった。

代理の配達は翌日も続き（本物の青果店の少年は働かずしてチップを得られたわけだ）、アルバートは初めて有望な知らせを持って戻ってきた。あの家にはフランス人の若い女性が滞在しているという。トミーは疑いを押しやった。自分の推理を裏付けてくれる情報だ。しかし、刻限が迫っている。今日は二十七日だ。二十九日が問題の〝労働者の日〟で、あらゆるきな臭い噂が飛びかい、新聞の論調も激しくなっている。労働党によるクーデターのセンセーショナルな予兆が大っぴらに報じられているが、政府は沈黙を守っている。承知の上で、待機しているのだ。労働党の指導者のあいだで意見が分かれているという噂がある。一枚岩ではないのだ。指導者たちの中で将来を見通せる者は、自分たちのやろうとしていることが彼らも心底では愛している英国を滅ぼしかねない、とわかっている。ゼネストに突入すれば避けられない飢餓と貧困に彼らは尻込みし、政府と妥協に持ちこむ気はじゅうぶんにある。しかし、彼らの背後で巧妙かつ執拗《しつよう》な勢力が動いており、過去のあやまちを掘りかえし、中途半端な手段を弱腰と非難し、不和をかきたてている。

ミスター・カーターのおかげで、トミーは状況を正確に理解していた。ミスター・ブラウンに命運を左右する文書を握られたら、世論は労働党の過激派と革命論者たちの支持にまわるだろう。そうならなくても、見込みは五分五分だ。王家の軍隊と警察力を持つ政府が勝つかもしれない――だが、多大な犠牲をともなうだろう。しかし、トミーはそれとは違う途方もない夢を抱いていた。ミスター・ブラウンの正体が暴かれて彼がつかまれば、組織全体が面目《めんぼく》を失って瞬時に崩壊する。正しいか間違っているかはわからないが、彼はそう信じていたのだ。いまは目に見えぬ首領の神秘的で浸透性の高い影響力が、組織をまとめている。彼がいなくなれば、たちまちパニックが始まり、誠実な男たちだけが残って土壇場で調停が成立するはずだ。トミーはそう考えていた。

「これはワンマンショーなんだ」トミーは独りごとを言った。「やるべきなのはあの男をつかまえることだ」

ミスター・カーターに密封した封筒を開けないように頼んだのは、この野心的な構想を進めるためでもあった。条約の文書をトミーは餌としている。彼は何度も自分の仮定に怯えた。もっと賢くて頭の切れる者たちが見過ごしてきたことをこの自分が見つけたなどと、どうして思えたのだろう？　それでも、彼はみずからの考えに頑固にこだわった。

その晩、彼とアルバートはアストリー・プライアーズの敷地にまた侵入した。トミーはなんとかして館の中へ入りたいと念じていた。用心深く近づいたとき、トミーはふいに息を呑んだ。三階の窓辺で、だれかが窓と室内の明かりのあいだに立ち、ブラインドのシルエットになった。それは、トミーならどこであっても見分けられるシルエットだった！　タペンスがこの家にいる！

彼はアルバートの肩をつかんだ。

「ここにいろ！　ぼくが歌いはじめたら、あの窓を見ているんだ」

トミーは急いで私道まで下がり、千鳥足を装いながら腹に響く大声で短い単純な歌を歌った。

おれは兵隊

陽気な英国の兵隊

おれの歩きですぐさまわかる……

タペンスが病院勤めのころ、蓄音機でしょっちゅうかかっていた曲だ。彼女はすぐに勘づいて結論を出すはずだと、トミーは疑わなかった。彼に歌の才能はなかったが、肺活量はなかなかのものだった。その声は朗々と響きわたった。

すぐに一分の隙もない執事が同じく一分の隙もない従僕を従えて、玄関から出てきた。執事は従僕とともにトミーをなだめにかかった。トミーは歌いつづけ、親しみをこめて執事に〝おやじさん〟と呼びかけた。従僕がトミーの片腕を、執事がもう片方の腕をつかんだ。二人は彼を連れて私道を進み、門の外へ追いだした。また入ってきたら警察を呼びますよ、と執事は警告した。みごとな対処ぶりだった——冷静で、完璧に礼儀正しかった。だれでも執事は本物で、従僕も本物だと信じるだろう——ところが、じつはこの執事はウィッティントンだった！

トミーは宿屋へ引きあげ、アルバートの帰りを待った。ようやく少年が戻ってきた。

「どうだった？」トミーは勢いこんで尋ねた。

「うまくいきましたよ。連中があなたを追いだしてたとき、窓が開いてなにかが投げられたんです」アルバートはしわくちゃの紙を渡した。「ペーパーウェイトをくるんであった」

紙には三つの言葉が記されていた。〈明日——同じ時間〉

「でかしたぞ！」トミーは叫んだ。「さあ、いよいよだ」

「おれ、紙にメッセージを書いて石をくるんで窓の中に投げたんです」アルバートは息せききって続けた。

トミーはうなった。

「やりすぎると失敗するぞ、アルバート。なんと書いたんだ？」

「おれたちがこの宿屋に泊まってるって。もし逃げられたら、ここへ来てカエルの鳴きまねをしてって」

「彼女は相手がきみだとわかるだろうな」トミーはほっとした。「きみの想像力は極端に走りすぎるよ、アルバート。いいか、カエルの鳴き声が本物かまねか聞き分けられないだろうが」

アルバートはしょんぼりした。

「元気を出せ。なにも悪いことをしたわけじゃない。あの執事はぼくの旧友だったよ——態度に出さなかったが、向こうもぼくだとわかったにちがいない。やつらは疑いを表に出さない作戦なんだ。だからぼくたちは比較的簡単にここまで来られた。ぼくを阻止したくはないのさ。一方で、あまりにやすやすと成功させたくもない。彼らのゲームではぼくはただの駒《こま》、そうなんだよ、アルバート。わかるな、クモがハエをあまりにもあっさりと逃がしたら、ハエは仕組まれた罠なんじゃないかと疑うだろう。ここに、好都合なタイミングでうっかり現れた将来有望な若者、ミスター・T・ベレズフォードの利用価値がある。だがその先は、ミスター・T・ベレズフォードは油断なくいくからな！」

トミーは高揚した気分で寝室へ引きとった。明日の夜の計画を綿密に練りあげていた。アストリー・プライアーズの住人たちは、ある時点までは彼の邪魔をしないはずだ。トミーが彼らを驚かせようとしているのはそのあとだった。

しかし翌日十二時ごろ、彼の静かな時間は打ち破られた。何者かがバーで自分を待っていると知らされたのだ。それは粗野な顔つきの泥だらけの荷馬車屋だった。

「さて、なんのご用かな？」トミーは聞いた。

「こいつはあんた宛ですかね、だんな？」荷馬車屋はたたまれたきたない紙を差しだし、その紙の表側には〈これをアストリー・プライアーズの近くの宿屋にいる紳士に届けて。十シリングもらえるから〉と書かれていた。

筆跡はタペンスのものだった。トミーがこの宿屋に偽名で泊まっていると予想した彼女の頭の回転の速さに感心しつつ、彼はその紙を受けとろうとした。

「ぼく宛で間違いない」

荷馬車屋は手を引っこめた。

「十シリングはどうなるんで？」

トミーは急いで十シリング紙幣を出し、相手は紙を渡した。トミーはすぐに開いた。

トミー

昨夜はあなただとすぐにわかった。今晩は来ないで。彼らは待ち伏せしている。わたしたちは今日の午前中どこかへ移されるの。ウェールズのどこかの地名を聞いた——ホリーヘッドだと思う。チャンスがあったらこの紙を道に投げる。アネットが、どうやってあなたが逃げたか話してくれたわ。元気を出して。

Twopence《タペンス》

彼女らしいメッセージを読みおわらないうちに、トミーは大声でアルバートを呼んだ。

「荷造りを頼む！　出発するぞ！」

「了解です」アルバートは大急ぎで階段を上っていった。

ホリーヘッド？　それはつまり結局——トミーはとまどった。もう一度ゆっくりと読んだ。

上の階でアルバートがどたどたと動きまわっている音がする。

突然トミーは二階へ向かってふたたび叫んだ。

「アルバート！　ぼくは大ばかだ！　荷物をほどけ！」

「了解です」

トミーは考えにふけりながら紙のしわを伸ばした。

「そうだ、大ばかだ」彼はつぶやいた。「だが、大ばかなのはやつも同じだ！　そしてついに、それがだれなのかわかったぞ！」

24　ジュリアスが一枚かむ

〈クラリッジ〉のスイートのソファでくつろぎながら、クラメーニンは歯擦音《しさつおん》の多いロシア語で秘書に口述筆記をさせていた。

秘書のひじの近くで電話が鳴ると、彼は受話器をとって一、二分話し、クラメーニンのほうを向いた。

「下に面会の方が来ています」

「だれだ？」

「ミスター・ジュリアス・P・ハーシャイマーと名乗っているそうで」

「ハーシャイマー」クラメーニンは考えながらくりかえした。「聞いたことのある名前だ」

「父親はアメリカの鉄鋼王でした」なんでも知っているのが仕事の秘書は説明した。「この息子はその五、六倍も金持ちのはずです」

クラメーニンは、ほうというように目を細めた。

「きみが下へ行って会ってきてくれ、イワン。なんの用件か聞くんだ」

秘書は承知し、静かにドアを閉めて出ていった。そして二、三分後に戻ってきた。

「用件を言おうとしません——完全に私的で個人的な事柄なので、どうしてもあなたにお目にかかりたいと」

「大富豪か」クラメーニンはつぶやいた。「ここへ上げてくれるか、イワン」

秘書はまた部屋を出て、ジュリアスを案内してきた。

「ムッシュー・クラメーニン?」ジュリアスはいきなり呼びかけた。

ロシア人は冷たい薄青の目でじっと相手を観察して、会釈した。

「お会いできて光栄です」アメリカ人の青年は言った。「あるたいへん重要な件で、ご相談したいのです。できれば二人だけで」彼はあてつけるようにもう一人を見た。

「秘書のムッシュー・グリーバーには隠しごとをしないことにしている」

「かもしれませんが――わたしはそうではない」ジュリアスはそっけなく言った。「ですから、すぐ出ていくようにあなたからお命じいただけるとありがたい」

ロシア人は低い声で言った。「イワン、悪いが隣の部屋へ引きとってもらえるか――」

「隣の部屋ではだめです」ジュリアスはさえぎった。「こちらは続き部屋ですね――ここ全部を、あなたとわたし以外無人にしていただきたい。秘書の方にピーナツでもなんでも買いにいかせてください」

アメリカ人の奔放で気安いしゃべりかたを多少不快に思ったものの、クラメーニンは好奇心がまさるのを感じた。

「お話は長くかかるのかな?」

「あなたがその意味を理解されれば、一晩かかるかもしれません」

「なるほど。イワン、今晩はもう用はない。劇場でも行ってきたまえ――一晩休みをとりなさい」

「ありがとうございます、閣下」

秘書はおじぎして出ていった。

ジュリアスはドアのそばに立って秘書の退出を見送った。ようやく満足してため息をつくと、彼はドアを閉めて部屋の中央の位置へ戻った。

「さて、ミスター・ハーシャイマー、さっそく要点に入ってもらえるとありがたいのだが」

「それはもうすぐに」ジュリアスはゆっくりと答え、そのあと態度を豹変《ひょうへん》させた。「手を上げろ――さもないと撃つ！」

クラメーニンは一瞬ぽかんとして大きなリボルバーを見つめた。そのあと滑稽《こっけい》なほどあわてて、両手を上げた。そのときジュリアスは相手を見定めた。目の前の男はどうしようもない臆病者だ――あとは簡単にいくだろう。

「これは許しがたい不法行為だ」ロシア人は甲高《かんだか》いヒステリックな声で叫んだ。「不法行為だ！　わたしを殺すつもりか？」

「大声を出さなければ殺さない。呼び鈴に近づこうとするなよ。そう、それでいい」

「なにが望みだ？　手荒なことはやめてくれ。この命はわが祖国にとって最高の価値があるのを忘れるな。わたしは悪く言われているかもしれないが――」

「あんたの正体を明るみに出せば人類への貢献になると思うぞ。だが、心配しなくていいよ。

「今回は殺すつもりはない――あんたが聞き分けよくしてくれればな」

ジュリアスの目にある揺るぎない敵意を前にして、ロシア人はたじろいだ。彼は乾いた唇《くちびる》を舌でなめた。

「なにがほしいんだ？　金か？」

「違う。ほしいのはジェイン・フィンだ」

「ジェイン・フィン？　わたしは――そんな名前は聞いたことがない！」

「このとんでもない嘘つきめ！　だれのことを言っているか、あんたは完全にわかっている」

「そんな女性のことは一度も聞いたことがないんだ」

「いいか、わたしのかわいい相棒は早いとこ発射したくてうずうずしているんだ！」

ロシア人はがっくりと肩を落とした。

「まさかそんな――」

「いや、大喜びで撃ってやる」

クラメーニンはジュリアスの声にこもる決意を認めたのだろう、陰気な口調で言った。

「それで？　仮にわたしがその女性を知っているとして――どうしろというのだ？」

「いますぐ――この場で――彼女がどこにいるか教えろ」

クラメーニンはかぶりを振った。

「むりだ」

「なぜ？」

「むりなんだ。きみは不可能なことを望んでいる」

「怖くなったのか？　だれを？　ミスター・ブラウンか？　はは あ、それで震えあがっているんだな。じゃあ、そういう人物が実在するわけか？　わたしは疑っていたんだ。だが、彼の名前をちょっと出しただけで、あんたは怯えきってしまうんだからな」

「彼と会ったことがある」ロシア人はのろのろと答えた。「顔を合わせて話をした。あとになるまで、そうとは気づかなかったんだ。大勢の中の一人だった。もう一度会ってもわからないだろう。ほんとうは何者なのか？　わたしは知らない。しかしこれは知っている──畏怖すべき男だ」

「彼に知られることは決してない」ジュリアスは言った。

「彼はすべてを知る──そして彼の報復は速い。わたし──クラメーニン！──でさえ免れられない！」

「だったら、求めに応じないつもりだな？」

「きみは不可能なことを求めている」

「それはあんたには残念なことだ」ジュリアスは快活に言った。「だが、世の中にとっては恩恵になるだろう」彼はリボルバーを構えた。

「やめてくれ」クラメーニンは懇願した。「ほんとうに撃つ気じゃないだろう？」

「もちろん撃つ。あんたたち革命家は人の命を安く見積もると前から聞いていたが、自分の命がかかってくると別のようだ。そのけがらわしい首をつなぐチャンスを一回だけやったのに、あんたは断わった！」

「わたしは彼らに殺される！」

「まあ、あんた次第だ」ジュリアスは陽気に応じた。「でも、これだけは言っておこう。この拳銃はぜったい確実な死だ。わたしだったら、ミスター・ブラウンと一か八かの勝負をしたほうがまだましだと思うだろうな」

「わたしを射殺したら絞首刑になるぞ」ロシア人は決めかねる様子でささやいた。

「いいや、そこが外国人のあんたの間違っているところだ。金の力を忘れている。大勢の弁護士たちが大忙しでインテリの医者たちに仕事をさせて、最終的には、わたしの頭がおかしくなったと主張する。わたしは静かなサナトリウムで二、三ヵ月過ごし、精神状態が改善して、正常に戻ったと医者たちは宣言するだろう。すべてはこのジュリアスにとってハッピーエンドで終わるわけだ。あんたをこの世からとりのぞくためなら、二、三ヵ月の入院は我慢しよう。だが、わたしが絞首刑になるなどとは夢にも思わないことだ！」

ロシア人は彼の言葉を信じた。みずからが腐敗しているので、金というものの絶対的な力を信じていたのだ。アメリカの殺人事件の裁判はおおむねジュリアスが話したとおりに進むと、クラメーニンはどこかで読んだことがあった。自分自身、正義を売り買いしてきたのだ。間延びした話しかたのこの精力的なアメリカ人青年の支配下に置かれてしまったのを感じた。

「五つ数える」ジュリアスは続けた。「四つを過ぎたら、もうミスター・ブラウンの心配をしなくていいぞ。きっと葬式に花でも送ってくれるだろうが、あんたがその香りを嗅ぐことはない！　いいか？　始めるぞ。一――二――三――四――」

ロシア人は金切り声でさえぎった。

「撃つな。言うとおりにする」

ジュリアスはリボルバーを下げた。

「あんたはものわかりがいいと思っていたよ。娘はどこだ？」

「ケント州のゲートハウスだ。アストリー・プライアーズと呼ばれている家だ」

「そこに囚われているのか？」

「家から出るのは許されていない――でも安全に保護されている。あのばかな小娘は記憶喪失なんだ、いまいましいことに！」

「あんたやあんたのお友だちにとっては頭が痛いだろうな。もう一人の娘はどうした、あんたたちがおびき寄せた娘は？」

「彼女もそこにいる」クラメーニンはむっつりと答えた。

「よかった。申し分のない展開じゃないか？　それに出かけるにはもってこいの夜だ！」

「出かけるってなんのことだ？」クラメーニンはジュリアスを見つめた。

「ゲートハウスへ行くのさ、もちろん。車に乗るのは好きだろうね？」

「どういう意味だ？　わたしは行かないぞ」

「まあ、かっかしなさんな。あんたをここに残していくほどわたしが青いとは、思っていないだろう。まっさきにお友だちに電話するに決まっている！　はん！」ジュリアスは相手の顔に浮かんだ落胆を見てとった。「ほらね、図星だろう。そうはいかないよ、閣下、あんたはわたしと来るんだ。ここの隣はあんたの寝室だな？　入れ。わたしとこの相棒は後ろからついていく。厚いコートを着ろよ、そうだ。毛皮の裏打ち付き？　それでも社会主義者かよ！　さあ、用意はできた。下へ行って玄関を出れば、わたしのオープンカーが待っている。それから、ずっと狙いをつけているのを忘れるな。上着のポケットからでもちゃんと撃てるんだ。ボーイたちにひとことでも発したら、あるいはちらっとでも目くばせしたら、地獄の住人が一人増えることになるぞ！」

二人は階段を下り、待っている車へ向かった。ロシア人は怒りで震えていた。ホテルの従業員たちがまわりじゅうにいた。唇から叫びをもらしそうになったが、最後の瞬間にクラメーニンは度胸をなくした。このアメリカ人はやると言ったらやる。

車に着くと、ジュリアスは安堵のため息をついた。危険地域は過ぎた。恐怖によって、うまく隣の男の気力を削ぐことができた。

「乗れ」ジュリアスは命じた。そしてクラメーニンが横目でうかがうのに気づいて言った。

「いや、運転手はあんたを助けてくれないよ。彼は海軍にいたんだ。革命が起きたとき、潜水艦に乗ってロシアにいた。兄弟の一人をあんたたちの仲間に殺されている。ジョージ！」

「はい？」運転手は首をまわした。

「こちらの紳士はロシア人のボルシェヴィキだ。撃ち殺したくはないが、必要になるかもしれない。わかったな？」

「はい、完璧に」

「ケント州のゲートハウスへ行く。道はわかるか？」

「はい、一時間半ほどかかるでしょう」

「一時間で行ってくれ。急いでいるんだ」

「最善を尽くします」車は急発進して走りだした。

ジュリアスは囚人の隣でくつろいでいた。上着のポケットに片手を入れたままだったが、態度はじつに悠然としていた。

「アリゾナで撃ち殺した男がいてね――」楽しそうに話しはじめた。

一時間後、不運なクラメーニンは生きた心地がしなくなっていた。アリゾナの男のエピソードに続いて、サンフランシスコのごろつきの話、ロッキー山脈でのエピソードが語られた。ジュリアスの話しかたは、正確無比ではなくてもじつに生き生きとして、目に見えるようだった。

運転手は速度を落とし、ゲートハウスに入るところですと肩ごしに伝えた。ジュリアスは目的地まで案内しろとロシア人に命じた。件《くだん》の家にまっすぐ乗りつけるつもりだった。着いたら、クラメーニンが二人の娘を連れてくるように指図する段取りだ。しくじれば拳銃が容赦なく火を噴くと、ジュリアスは彼に言い渡していた。このころにはロシア人はジュリアスの言いなりだった。これまでの高速ドライブで彼はさらに意気地をなくしていた。カーブを曲がるたびに、こんどこそ死ぬかと怯えていたのだ。

車は私道を進み、ポーチの前で止まった。運転手が振りかえって指示を求めた。

「まずUターンしろ、ジョージ。それから呼び鈴を鳴らして戻ってくるんだ。エンジンをかけたままにして、わたしが言ったらすぐに高速で走りだせるように準備しておけ」

「かしこまりました」

執事のウィッティントンが玄関ドアを開けた。クラメーニンは脇腹にリボルバーの銃口が押しつけられるのを感じた。

「さあ」ジュリアスは低い声でせっついた。「慎重にいけ」

ロシア人はうなずいた。唇は白くなり、声は震えていた。

「わたしだ――クラメーニンだ！　すぐにあの娘を連れてこい。一刻の猶予もならない」

ウィッティントンはポーチの階段を下りてきた。クラメーニンを見て、彼は驚きの叫び声を上げた。

「あなたが！　どうしたんです？　計画はご存じのはず――」

クラメーニンは不要なパニックを存分に引き起こす言葉で彼をさえぎった。

「われわれは裏切られた！　計画は中止だ。こっちの首を守らないとな。あの娘を！　いますぐ！　われわれの唯一のチャンスなんだ」

ウィッティントンはためらったが、ほんの一瞬だった。

「あなたは命令を受けたんですね――彼から？」

「当然だ！　そうでなければここに来るか？　急げ！　ぐずぐずするな。もう一人の愚かな小娘も連れてこい」

ウィッティントンはきびすを返して家の中へ駆け戻った。はらはらする数分間が過ぎた。やがて――急いで外套《がいとう》を着こむ二人の姿が階段に現れ、乱暴に車へ追いたてられた。小柄なほうは抵抗するそぶりを見せ、ウィッティントンはうむを言わせず彼女を押しこんだ。ジュリアスは身を乗りだし、そのとき開いたドアからの光が彼の顔を照らしだした。ウィッティントンの背後にいたもう一人の男が驚きの叫び声を発した。ばれてしまったのだ。

「出せ、ジョージ」ジュリアスはどなった。

運転手はアクセルを踏み、車は弾《はず》むように走りだした。

階段にいた男が罵《ののし》った。彼はポケットに手を入れた。閃光《せんこう》と銃声。銃弾は背の高いほうの娘をきわどくかすめた。

「しゃがめ、ジェイン」ジュリアスは叫んだ。「車の床に伏せるんだ」彼は娘を前に押し倒してから立ちあがり、慎重に狙いをつけて発砲した。

「当たった？」タペンスが勢いこんで聞いた。

「ああ」ジュリアスは答えた。「だが、殺してはいない。ああいうスカンク野郎は何度もやらないとくたばらないんだ。きみは大丈夫、タペンス？」

「もちろんよ。トミーはどこ？　そしてこちらはだれ？」彼女は震えているクラメーニンのほうを示した。

「トミーはアルゼンチンへ向かっている。彼はきみが死んでしまったと思ったんだろう。落ち着いて門を抜けろ、ジョージ！　よし。やつらがこっちを追跡しはじめるまで、少なくとも五分はかかる。きっと電話で手配するだろうから、前方の罠に注意しろよ――それから最短ルートを行くな。こちらはだれと聞いたね、タペンス？　ムッシュー・クラメーニンをご紹介しよう。健康のためにこの旅に同行するように、わたしが説得したんだ」

まだ恐怖で青ざめているロシア人は無言だった。

「でも、どうしてわたしたちは逃げられたの？」タペンスは疑わしげに尋ねた。

「こちらのムッシュー・クラメーニンがうまく話してくれたので、やつらは拒否できなかったのさ！」

これにはさすがのロシア人も黙っていられず、怒りに燃えて叫んだ。

「ちくしょう――くそくらえ！　いまや彼らはわたしが裏切ったと知っている。この国ではあと一時間もわたしの命はもたない」

「そうだな」ジュリアスは同意した。「すぐにロシアへ帰ることをお勧めするよ」

「だったら解放してくれ。頼まれたことはやった。どうしてまだ放してくれないんだ？」

「一緒にいると楽しいからってわけじゃない。そうしたければこの場で解放してもいい。ただ、車でロンドンまで送ってほしいかと思ってね」

「きみたちはロンドンまで行き着かないだろう。いますぐわたしを降ろしてくれ」

「いいとも。止めろ、ジョージ。こちらの紳士は帰りは乗らないそうだ。もしわたしがロシアへ行くことがあったら、ムッシュー・クラメーニン、熱烈な歓迎を期待している。そして――」

ジュリアスが言いおわらないうちに、しかも車が速度を落としきらないうちに、ロシア人は飛び降りて夜の闇の中へ消えた。

「肝《きも》の小さい野郎だ、早く逃げたくてたまらなかったんだな」車がまた走りだすと、ジュリアスは言った。「しかも、レディたちに礼儀正しく別れを告げようとも思わないとはね。さあ、ジェイン、もう起きあがってすわっていいよ」

　初めてその娘が口を開いた。

「どうやって彼を〝説得〟したの？」

　ジュリアスはリボルバーをたたいてみせた。

「この相棒のおかげだ」

「すごい！」娘は叫んだ。頰を染めて、賞賛のまなざしでジュリアスを見た。

「アネットとわたし、自分たちがどうなるかわからなかったの」タペンスは言った。「ウィッティントンに追いたてられて、いよいよ殺されるんだと思った」

「アネット。きみは彼女をそう呼んでいるの？」ジュリアスは尋ねた。

　新たな展開に、彼はなんとか対応しようとした。

「それが彼女の名前よ」目を丸くしてタペンスは答えた。

「とんでもない！　それが自分の名前だと思っているんだろう、なぜなら彼女は記憶を失くしているからだ、気の毒に。だが、ここにいる女性こそが本物のジェイン・フィンだよ」

「え――？」タペンスは驚いた。

　しかし、それ以上言えなかった。怒号のような銃声とともに、彼女の座席の後ろに弾がめりこんだからだ。

「低くなれ」ジュリアスは叫んだ。「待ち伏せだ。あいつら、かなり迅速に動きやがった。速度を上げろ、ジョージ」

車は跳ねるように速度を増した。さらに三度銃声が響いたが、さいわいにしてはずれた。体を起こしたジュリアスは身を乗りだして背後をうかがった。

「敵はどこにも見えない」彼は陰気な口調で告げた。「だが、すぐにまたちょっとしたお楽しみが待っているぞ。いてっ！」

ジュリアスは頰に手をあてた。

「けがをしたの？」アネットがすぐに聞いた。

「かすり傷だよ」

娘はさっと立ちあがった。

「わたしを降ろして！　降ろしてと言ったのよ！　車を止めて。彼らが追っているのはわたし。ほしいのはわたし。自分のせいであなたたちを死なせるわけにはいかない。降ろして」彼女はドアの取っ手をまさぐった。

ジュリアスは両腕で娘を抱き寄せ、じっと見つめた。彼女の言葉に外国の訛《なま》りはまったくなかった。

「すわってくれ」彼はやさしく言った。「きみは記憶を失くしてなんかいないんだろう。ずっとやつらをあざむいてきたんだね？」

娘はジュリアスを見てうなずき、突然わっと泣きだした。ジュリアスは彼女の肩を軽くたたいた。

「ほら、よしよし——ちゃんとすわって。きみを行かせたりしないよ」

すすり泣きのあいまに、娘はよく聞きとれない声でつぶやいた。

「あなたはアメリカの人ね。話しかたでわかる。ホームシックになりそう」

「そう、アメリカ人だよ。わたしはきみの従兄《いとこ》だ——ジュリアス・ハーシャイマー。きみを探しにヨーロッパへ来たんだが——ひどく手こずらせてくれたね」

車の速度が落ちた。ジョージが肩ごしに言った。「十字路です。どっちの方向かわかりません」

車はほぼ停止状態まで速度を落とした。そのとき、一人の男がやにわに後部をよじ登り、頭から先に車内へすべりこんだ。

「失礼」体勢を立て直して、トミーが言った。

混乱した数々の叫びが彼を迎えた。トミーはそれぞれに向かって答えた。

「私道の近くの茂みにいたんだ。車の後ろに張りついていたんだが、速度が速すぎてきみたちに知らせられなかった。しがみついているしかなかったよ。さあ、お嬢さんがた、降りるんだ！」

「降りる？」

「ああ。この道の先に駅がある。三分後に列車が来るはずだ。急げば乗れる」

「いったいどういうつもりだ?」ジュリアスは詰問した。「車を降りてやつらをごまかせるとでも思うのか?」

「きみとぼくは降りない。女性たちだけだ」

「頭がおかしいぞ、ベレズフォード。完全にねじがはずれている! 女性たちだけで行かせるなんて、できない。そんなことをしたら終わりだ」

トミーはタペンスに向きなおった。

「すぐに降りろ、タペンス。彼女を連れていけ、そしてぼくの言うとおりにするんだ。だれもきみたちに危害を加えたりしない。安全だ。ロンドンまで列車で行って、その足でサー・ジェイムズ・ピール・エジャートンを訪ねろ。ミスター・カーターの住まいは郊外で遠いが、サー・ジェイムズのところなら安全だろう」

「冗談じゃない!」ジュリアスはどなった。「きみは頭がおかしい。ジェイン、わたしと一緒にいるんだ」

トミーはふいにすばやい動きでジュリアスの手からリボルバーをとりあげ、彼に狙いをつけた。

「さあ、これでぼくが本気だとわかったな? 二人とも降りてぼくの言うとおりにするんだ——さもないと撃つ!」

タペンスは、渋るジェインを引きずるようにして車を降りた。

「来て、大丈夫よ。トミーに確信があるなら——間違いはない。急いで。列車に間に合わない」

二人は走りだした。

ジュリアスは鬱積《うっせき》した怒りを爆発させた。

「いったいぜんたい――」

トミーはさえぎった。

「黙れ！　少しばかり話がある、ミスター・ジュリアス・ハーシャイマー」

25　ジェインは語る

ジェインの腕をとって引っ張るようにして、タペンスは駅に着いた。耳ざとい彼女には近づいてくる列車の音が聞こえていた。

「急いで。でないと乗り遅れる」息をあえがせてタペンスはせかした。

二人がプラットホームに駆けあがったとたん列車が止まった。タペンスは一等車のからっぽのコンパートメントのドアを開け、二人は息を切らしてふかふかの座席に身を沈めた。

男が一人コンパートメントをのぞきこんだが、通りすぎて隣の車両へ向かった。ジェインはそわそわしはじめた。怯えに目を大きくして、問いかけるようにタペンスを見た。

「あの人、一味じゃない？」

タペンスはかぶりを振った。

「いいえ、違うわ。大丈夫」彼女はジェインの手をとった。「わたしたちが安全だという確信がなければ、トミーはこんなことさせない」

「でも、彼はわたしほど一味のことを知らないわ！」ジェインは身震いした。「あなたにはわからない。五年よ！　五年もの長いあいだ！　何度も頭がおかしくなりかけた」

「もう心配しないで。終わったのよ」

「ほんとうに？」

列車は動きだしており、じょじょに速度を上げて夜の中を驀進《ばくしん》しはじめた。ジェイン・フィンは突然ぎくりとした。

「あれはなに？　いま顔が見えた気がしたの――窓からのぞきこんでいた」

「いいえ、なにもないわ、ね」タペンスは窓の前へ行って閉めた。

「ぜったいに？」

「ぜったいに」

ジェインは弁解しなければと思ったらしい。

「怯えたウサギみたいにびくびくしているでしょう、でもどうしようもないの。もしつかまったら彼らは――」彼女は目を見開いて宙を凝視《ぎょうし》した。

「やめて！」タペンスは懇願した。「横になって、そして考えちゃだめ。安全でなかったら、トミーがそう言ったはずはないわ、信じていい」

「わたしの従兄はそう思っていなかった。わたしたちがこうするのに反対だったわ」

「そうね」タペンスはちょっと当惑した。

「なにを考えているの？」ジェインは鋭い口調で聞いた。

「え、どうして？」

「あなたの言いかた――とても変な感じ！」

「たしかにあることを考えていた」タペンスは打ち明けた。「ただ、あなたに話したくないのよ——いまは。間違っているかもしれない、でもたぶん合っている。ずっと前から、ある考えが頭に浮かんでいて、トミーも同じ——きっとそうだわ。だけど、あなたは心配しないで——あとでその時間はたっぷりあるから。それに、まったく見当はずれの可能性だってある！ 言うとおりにして——横になって、なにも考えないで」

「やってみるわ」ジェインの長いまつげがハシバミ色の目をふさいだ。

タペンスのほうは、背筋をぴんと伸ばしてすわったままだった——警戒態勢の用心深いテリアといったところだ。いつのまにか、彼女も神経質になっていた。一つの窓から別の窓へ、ひんぱんに視線を投げた。緊急連絡用のひもの位置を確認した。なにを恐れているのか、自分でもよくわからない。だが、さっき言ったような自信たっぷりの心持ちからはほど遠かった。トミーを信じていないわけではない。ただ、彼みたいな単純で正直な人間が最悪の犯罪者の悪魔的な洞察力に太刀打ちできるのだろうか、という疑問に襲われるのだ。

無事にサー・ジェイムズ・ピール・エジャートンのもとにたどり着けたら、もう大丈夫だ。だが、たどり着けるだろうか？ ミスター・ブラウンのひそかな勢力が、自分たちのまわりに集結しているのでは？ 最後に見たリボルバーを構えるトミーの勇姿でさえ、慰《なぐさ》めにはならなかった。いまごろ多勢に無勢でねじ伏せられているのでは……タペンスはこれからの作戦を練ることにした。

ようやく列車がゆっくりとチャリングクロス駅に入ると、ジェイン・フィンははっとして身を起こした。

「着いたのね？　ぜったいにむりだと思っていた！」

「ああ、わたしはロンドンまでは無事に着くと思っていたわ。なにか起きるとしたら、これからよ。急いで、降りましょう。タクシーに飛び乗るの」

すぐに二人は改札口で料金を払い、タクシーに乗った。

「キングズクロスへ」タペンスは命じ、次の瞬間ぎょっとした。発車するとき、一人の男が窓からのぞきこんだのだ。あのとき次の車両へ向かった男だと、彼女はほぼ確信した。四方八方から、恐怖がひたひたと押し寄せてくるのを感じた。

彼女はジェインに説明した。「ね、わたしたちがサー・ジェイムズのところへ行くと一味が考えているなら、これでまくことができる。いまやつらは、わたしたちがミスター・カーターのところへ向かっていると思っているわ。彼の郊外の家はロンドンの北のほうだから」

ホルボーンを過ぎると道が渋滞して、タクシーは止まった。このときをタペンスは待っていた。

「早く。右側のドアを開けて」彼女はささやいた。

二人は車列の中へ降り立った。二分後には別のタクシーに乗って後戻りし、こんどはまっすぐカールトン・ハウス・テラスへ向かった。

「よし」タペンスは大いに満足して言った。「これでやつらを出し抜いたはずよ。自分で言うのもなんだけど、わたしってかなり頭がいいでしょ！　さっきのタクシーの運転手はきっとさんざん罵っているわね。でもナンバーを覚えておいたから、明日郵便為替でお金を送る、もし本物の運転手だったら損をしないようにね。この揺れはなに――ちょっと!」

きしむような音とドンという衝突の音がした。別のタクシーが二人のタクシーにぶつかってきたのだ。

あっというまにタペンスは外に出ていた。警官が近づいてくる。警官が来る前にタペンスは運転手に五シリング渡し、ジェインと二人で群衆にまぎれこんだ。

「あとほんの少しよ」タペンスは息を切らして言った。事故が起きたのはトラファルガー広場だった。

「衝突は偶然だと思う、それともわざと?」ジェインは聞いた。

「わからない。どちらの可能性もある」

手をつないで、二人は急いで進んだ。

「想像かもしれないけれど」突然タペンスは言った。「でも、だれかにつけられている気がする」

「急いで!」ジェインはささやいた。「ああ、急いで!」

カールトン・ハウス・テラスの角まで来て、二人は元気が出てきた。いきなり、大柄で見るからに酔っぱらった男が前に立ちふさがった。

「こんばんは、お嬢さんがた」男はしゃっくりをしていた。「そんなにあわててどこへ行くのかな?」

「通してよ」タペンスは横柄に言った。

「こちらのきれいなお友だちとちょっとだけ」男は定まらない手を伸ばしてジェインの肩をつかんだ。タペンスは背後から別の足音が近づいてくるのを聞いた。足を止めて敵か味方か確かめることはしなかった。頭を下げると、子ども時代からの手を使って相手の大きな体の中央に頭突きをくらわせた。スポーツマンらしからぬ戦術はたちまち効果を発揮し、男は歩道にどっと尻もちをついた。タペンスとジェインは一目散に逃げだした。また足音が追ってくる。サー・ジェイムズの屋敷の玄関に着いたときには、二人とも息切れしてぜいぜいいっていた。タペンスは呼び鈴を鳴らし、ジェインはノッカーでドアをたたいた。

二人の前に立ちふさがった男が階段の下まで追いついてきた。彼は一瞬ためらい、そのあいだにドアが開いた。二人は転げこむように玄関に入った。サー・ジェイムズが書斎から出てきた。

「なんと、いったいどうしました?」

彼は進み出て、ふらついたジェインに腕をまわした。運ぶようにして書斎へ連れていくと、革張りのソファに寝かせた。テーブルの上の酒瓶からブランディを少し注ぎ、むりやりジェインに飲ませた。ため息をついて彼女は身を起こしたが、その目つきはまだ興奮して怯えていた。

「大丈夫、怖がらないで。もう安全ですよ」

ジェインの荒い息が治まり、頬の赤みも戻ってきた。サー・ジェイムズは尋ねるようにタペンスを見た。

「では、あなたは死んでいなかったのですね、ミス・タペンス。お友だちのトミーと同じく」

「〈若き冒険家商会〉は簡単にはくたばりません」タペンスは誇らしげに答えた。

「そうらしい」サー・ジェイムズはたんたんと言った。「合弁事業はうまくいったと見えますね、そしてこちらは」――彼はソファに横たわる娘のほうを向いた――「ミス・ジェイン・フィン？」

ジェインは起きあがった。

「はい」彼女は静かに答えた。「わたしがジェイン・フィンです。お話しすることがたくさんあります」

「もう少し元気になったら――」

「いいえ――いま！」ジェインは少し声を高めた。「なにもかも話してしまうほうが自分は安全な気がするんです」

「それでしたら」弁護士はうなずいた。

彼はソファの正面の大きな肘掛け椅子に腰を下ろした。ジェインは低い声で語りはじめた。

「パリで仕事をするために、わたしは〈ルシタニア〉号に乗りました。戦争のことがとても心配で、なにかの役に立ちたくてたまらなかったんです。フランス語を勉強していて、先生からパリの病院が人手をほしがっていると聞きました。それで求職の手紙を書いて採用されました。家族はいなかったので、準備は簡単でした。

〈ルシタニア〉号に魚雷が命中したとき、一人の男性が近づいてきました。彼のことは何度か見かけていて――だれかを、あるいはなにかを恐れているようにわたしには思えたんです。彼はわたしに祖国を愛するアメリカ人かと聞き、自分は連合国の命運を左右する文書を運んでいると言いました。そして、その文書を預かってほしいと頼んできたんです。〈タイムズ〉の個人広告欄に連絡が載るのを待ってくれ、もし載らなかったら、文書をアメリカ大使に届けてくれとのことでした。

そのあとのほとんどのことはいまだに悪夢のようです。ときどき夢に見る……そこは省きますね。その男性、ミスター・ダンヴァーズは、気をつけてほしい、自分はニューヨークから尾行されている可能性もある、大丈夫だと思うが、と言っていました。最初、わたしはなにも不審を抱いていませんでした。でも、ホリーヘッドへ向かう船の上で不安になってきたんです。とても熱心にわたしの面倒を見て親しくなろうとする女性がいて――それがミセス・ヴァンデマイヤーでした。初めのうちはただ親切をありがたく思っていたのですが、同時になにか好きになれないものを彼女に感じました。そしてその船の上で、ミセス・ヴァンデマイヤーが妙な外見の男たちと話しているのを見たんです。様子から、わたしのことを話しているのだとわかりました。〈ルシタニア〉号でミスター・ダンヴァーズが文書の包みを渡したとき、彼女がわたしの近くにいたのを思い出しました。そして、その前に彼女が一、二度ミスター・ダンヴァーズに話しかけようとしていたのを。わたしは怖くなりましたが、どうしたらいいのかわからなかった。

ホリーヘッドに留まってその日はロンドンへ行かないという、とっぴな考えも浮かびました。でも、すぐにまったく愚かなことだとわかりました。やるべきことは一つだけ、なにも気がついていないふりをして、うまくいくように祈るだけ。こちらが警戒していれば、彼らも簡単には襲ってこないだろうと思いました。用心として、一つだけはもうすませていました――防水布の包みを破いて中身を白紙にすりかえ、また縫いなおしたんです。だから、わたしから奪えたとしても問題はありません。

本物をどうするべきか、ほんとうに悩みました。結局、文書を平らに開いて――たった二枚でした――雑誌の広告ページのあいだにはさみました。その二枚のページの端を、封筒のフラップの糊《のり》を使って貼りあわせました。雑誌をコートのポケットに無造作に突っこんで、持ち運んだんです。

ホリーヘッドでごくふつうに見える人たちと一緒にある車両に乗ろうとしましたが、妙なことに彼らはずっとわたしを取り囲んで突き飛ばしたり押したりして、自分が行きたくないほうへ行かせようとしたんです。不気味で恐ろしかった。結局、いつのまにかミセス・ヴァンデマイヤーと同じ車両に乗っていました。通路に出てもほかの車両は満席で、しかたなく戻ってすわりました。車両にはほかの人たちも乗っているんだから、と考えて自分を慰めて――向かい側には感じのいい男性と奥さんがいたんです。だから、ロンドンの郊外に着くまではほぼ安心していて、座席に寄りかかって目を閉じていました。彼らはわたしが眠っていると思ったでしょうけれど、目は薄く開けていて、感じのいい男性が突然かばんからなにかを出してミセス・ヴァンデマイヤーに渡すのが見えました。そうしながら、彼はウィンクしたんです……

あのウィンクにぞっとして背筋が凍りついた感じを、どう説明したらいいか。考えられたのは、できるだけ早く通路に出ることだけでした。わたしは自然に見えるように立ちあがりました。でも彼らは察したんでしょう――わからないけれど――ふいにミセス・ヴァンデマイヤーが『いまよ』と言って、悲鳴を上げようとしたわたしの鼻と口をなにかでおおったんです。同時に、後頭部を強く殴られました……」

ジェインは身震いした。サー・ジェイムズは同情の言葉をつぶやいた。すぐに、彼女はまた話しはじめた。

「意識をとりもどすまで、どのくらいかかったのかわかりません。とても具合が悪くてひどい気分でした。きたないベッドに寝かされていました。周囲には衝立《ついたて》がありましたが、室内で二人が話しているのが耳に入りました。一人はミセス・ヴァンデマイヤーでした。聴こうとしましたが、最初はよくわからなかったんです。ようやくどういう状況か悟りはじめたとき――わたしはただもう怯えました！　その場で悲鳴を上げそうになりました。

彼らは文書を見つけていませんでした。白紙の入った防水布の包みを開けて、頭にきていました！　わたしが文書をすりかえたのか、ミスター・ダンヴァーズがダミーの文書を運んでいて本物は別の方法で送られたのか、彼らにはわからなかった。二人が相談していたのは」――ジェインは目を閉じた――「わたしを拷問して真実を吐かせることでした！」

彼女は続けた。「恐怖が――ほんとうに胸の悪くなる恐怖が――どういうものなのか、わたしはわかっていなかったんです！　一度、二人は様子を見にきました。わたしは目を閉じてまだ意識がないふりをしたけれど、心臓の鼓動が聞こえてしまうんじゃないかと心配でした。でも、二人はまた離れていき、わたしは必死で考えはじめました。自分になにができるだろう？拷問に長くは耐えられないとわかっていました。

ふいに、記憶喪失という手を思いついたんです。前から興味があった症状で、それについてはたくさん本を読んでいたから、よく知っていました。はったりを貫きとおせれば、助かるかもしれない。わたしは祈りを唱えて大きく息を吸いました。そして目を開けてフランス語でしゃべりはじめたんです！

ミセス・ヴァンデマイヤーがすぐに衝立をまわってやってきました。その顔があまりにも邪悪だったのでくじけそうになったけれど、わたしはおずおずと彼女にほほえみかけ、ここはどこかとフランス語で聞きました。

彼女がとまどっているのがわかりました。ミセス・ヴァンデマイヤーは話していた男を呼んで、彼は衝立の横に立ちましたが顔は陰になっていました。彼はわたしにフランス語で話しかけました。その声はごくふつうで穏やかだったのに、なぜなのかわからないけれど、わたしは怖くなりました。でも、自分の役を演じつづけました。もう一度ここはどこかと聞き、どうしても――どうしても思い出さなければならないことがあるのに、いまは全部忘れてしまったと言いました。どんどん動揺がひどくなるふりをしました。彼に名前を尋ねられて、わたしはわからないと答え――なにも思い出せないと言いました。

彼は突然、わたしの手首をつかんでねじあげたんです。恐ろしい痛みでした。わたしが悲鳴を上げても、彼はさらに続けた。何度も悲鳴を上げましたが、なんとかフランス語で通しました。どのくらい耐えられたかわからないけれど、さいわい気を失ってしまったんです。最後に男の声が聞こえました。『これははったりじゃない！　なんといってもこんな小娘だ、たいしたことは知らないだろう』アメリカ人の娘は同じくらいの年の英国人の娘より大人びていて、科学的なことにもっと興味があるのを、彼は忘れていたんでしょう。

気がつくと、ミセス・ヴァンデマイヤーはわたしにとてもやさしくしてくれました。きっと命令されていたのね。彼女はフランス語で話しかけてきて——あなたはショックを受けてひどく具合が悪かったのだと言いました。そして、すぐによくなると。わたしは頭がぼんやりしているふりをして——〝お医者さん〟に手首を痛くされたというようなことをつぶやきました。それを聞いて、彼女はほっとしたみたいでした。

やがてミセス・ヴァンデマイヤーは部屋を出ていったけれど、わたしはまだ確信が持てなくてしばらく静かに寝ていました。でもとうとう、起きあがって室内を歩きまわって調べました。どこかからだれかが見張っていたとしても、この状況でわたしがそうするのは自然だと思ったんです。むさくるしいよごれた部屋で窓が一つもなく、変な感じがしました。ドアには鍵がかかっていると思って、確かめもしませんでした。壁には、『ファウスト』の場面を描いたみすぼらしい古い絵が何枚も掛かっていました」

ジェインの話を聴いている二人は同時に「ああ！」と叫び、ジェインはうなずいた。

「そう——ミスター・ベレズフォードが囚われていたソーホーの家だったんです。もちろん、そのときわたしはロンドンにいることさえ知りませんでした。一つのことだけが死ぬほど心配だったけれど、自分のコートが椅子の背に無造作に掛けられているのを見て心からほっとしました。そしてあの雑誌はまだ丸めてポケットに入っていたんです！

見張られていないと確信できさえすれば！　わたしは四方の壁を注意深く観察しました。どんなのぞき穴もなさそうで――でも、きっとあると確信しました。わたしは唐突にテーブルの端にすわって、両手に顔を埋め、すすり泣きながら『神さま《モン・デュー》！　神さま《モン・デュー》！』と叫びました。わたしはとても耳ざといんです。ドレスの衣擦《きぬず》れとかすかなきしみがはっきりと聞こえました。それでじゅうぶんでした。やっぱり監視されていた！

またベッドに横たわっていると、ミセス・ヴァンデマイヤーが夕食を持ってきました。彼女はあいかわらずとてもやさしかった。わたしの信頼を勝ち得るようにと命令されていたんでしょう。ほどなく彼女は防水布の包みを出して、これがなにかわかるかと聞きました。そうしながら、ヤマネコみたいに油断なく観察していました。

わたしは受けとって、とまどったように裏返しました。それからかぶりを振った。これのことをなにか覚えているはずだという気はする、まるですべてがよみがえってきて、それをつかみとる前にまた消えてしまったみたいな感じ、と答えました。するとミセス・ヴァンデマイヤーは、わたしが彼女の姪《めい》で、彼女のことは『リタ叔母さん』と呼ぶようにと言いました。わたしは素直に従いました。心配しないで――記憶はすぐに戻るから、と慰められました。

あれはたいへんな夜でした。ミセス・ヴァンデマイヤーを待っているあいだに、わたしは計画を立てていました。いままでのところ文書は無事でも、これ以上このままにしておく危険をおかすわけにはいきません。いつ彼らに雑誌を捨てられてしまうかわからない。午前二時と思えるころまで、眠らず横になっていました。できるだけ静かに起きあがり、暗闇の中、歩いて左側の壁を手で探りました。そして絵の一枚をそっと掛け釘《くぎ》からはずしました——宝石箱を持ったマルグリートの絵を。忍び足でコートのところへ行って、雑誌と、一緒にポケットに入れておいた封筒数枚をとりだしました。それから洗面台へ行って絵の裏側の茶色い紙を水で湿らせると、すぐにはがせました。先に雑誌から糊付けした二ページを破りとっておいたので、それごと絵と茶色い紙のあいだに貴重な文書を入れたんです。封筒に残っていたわずかな糊を使って、また茶色の紙をくっつけました。絵に細工したなどと、だれも夢にも思わないでしょう。絵を壁に戻し、雑誌をコートのポケットに入れてそっとベッドへ戻りました。この隠し場所に満足でした。自分たちの絵をバラバラにしようなどとは一味も思わないはずです。ミスター・ダンヴァーズが最初からダミーの文書を運んでいたと彼らが考えて、わたしを解放してくれればと願いました。

じっさい、最初はそう考えたようです。あとでわかったんですが、ある意味わたしにとっては危険なことで、あのときもう少しで殺されるところでした——彼らが〝わたしを解放する〟見込みはほぼなかったんです——でも、わたしが文書を隠していて記憶が戻ったらありかを話すかもしれないと期待して、最初にいたリーダーの男が生かしておくことにしたんです。彼らは何週間もずっとわたしを監視していました。ときどき何時間も尋問しました——拷問の手管を知りつくしていたんじゃないかしら！——でもなんとか、わたしは耐え抜いた。とはいえ、なみたいていのことじゃありませんでした……

それからわたしはアイルランドへ連れ戻され、下船後の旅のすべての行程を辿《たど》らされました。途中のどこかに文書を隠したのかもしれないと思われたんです。ミセス・ヴァンデマイヤーともう一人の女性が、かたときもそばを離れませんでした。わたしのことは、ミセス・ヴァンデマイヤーの親戚で、〈ルシタニア〉号沈没のショックで精神を病んでいると話していました。あの二人にばれてしまうので、だれにも助けを求められませんでした。やってみても失敗したら——ミセス・ヴァンデマイヤーはとても裕福に見えるし美しく装っているので、人はわたしより彼女の言葉を信じて、わたしが〝迫害されている〟と思いこんでいるのは心の病のせいだと考えるのは間違いなかった——記憶喪失のふりをしていたと知られれば、恐ろしい運命が待っていると感じたんです」

サー・ジェイムズはよくわかるというようにうなずいた。

「ミセス・ヴァンデマイヤーは堂々たる押しだしの女性だ。それに社会的な地位が加われば、あなたより自分のほうを信用させるのは簡単だったでしょう。あなたが彼女をセンセーショナルな罪で告発しても、やすやすとは信じてもらえなかったはずです」

「わたしもそう思いました。結局、わたしはボーンマスの療養所へ送られました。本物の療養所なのかそうでないのか、最初はよくわからなかった。看護婦一人が担当に付きました。わたしは特別な患者だったんです。看護婦は親切でふつうの人に見えたので、とうとう彼女に打ち明ける決心をしました。でも、神のご加護のおかげで、あぶないところで罠にかからずにすみました。病室のドアが少し開いていて、廊下で看護婦がだれかと話しているのが聞こえたんです。彼女は一味の仲間でした！　彼らはまだわたしがはったりを通しているのかもしれないと疑っていて、看護婦は確かめる役目だったんです！　そのあと、わたしはすっかり神経が参ってしまい、もうだれも信用しませんでした。

みずから暗示にかけていたようなものだったんでしょう。しばらくして、自分がほんとうはジェイン・フィンだということをほぼ忘れてしまいました。ジャネット・ヴァンデマイヤーとしてふるまうことに懸命になるあまり、脳の働きがおかしくなったんです。じっさい具合が悪くなり——何ヵ月も人事不省に近い状態でした。自分はすぐに死ぬ、なにもかもどうでもいい、と思うようになりました。精神病院に閉じこめられた正気の人間はやがておかしくなる、といいますね。わたしもそうだったんだと思います。役を演じるのが第二の天性になって、しまいには不幸せだとさえ感じなかった——ただただ無感動に過ごしていました。なにもかもどうでもよかった。そして何年も過ぎました。

やがて突然、状況が変わりはじめたんです。ミセス・ヴァンデマイヤーがロンドンからやってきて、医者と一緒にいろいろ質問し、さまざまな治療を試しました。わたしをパリの専門医のところに送る話も出ました。結局、その危険はおかさなかったけれど。別の人たち——味方——がわたしを探しているらしいことを、盗み聞きました。あとで、担当だった看護婦がパリへ行き、わたしだと名乗って専門医の診断を受けたと知りました。専門医はあれこれ検査をして、彼女の記憶喪失は嘘だと暴きました。でも、看護婦は彼の検査方法をメモしてきて、わたしに試したんです。専門医――長年一つの分野を研究してきた稀有《けう》な人――が相手だったら、一分もだませなかったでしょう。でも、わたしは今回もなんとか堪《こら》えました。長期間、自分をジェイン・フィンと思ってこなかったのがよかったんです。

ある晩、わたしはなんの前触れもなくロンドンへ移されました。ソーホーのあの家に戻されたんです。療養所を離れたとたん、感覚が変わりました――まるで、長年自分の中に埋もれていたものが目覚めたような。

彼らにミスター・ベレズフォードの世話をするように命じられました。もちろん、そのときは名前を知りませんでしたが。わたしは疑っていました――また罠なのではないかと。でも、彼はとても誠実な人に見えたので、罠だとは信じられなかった。自分の発言には注意していました、聞かれているとわかっていたから。壁の上のほうに小さな穴があったんです。

ところが、日曜の午後、家にメッセージが届きました。彼らはとてもあわてていました。気づかれないように、わたしは話を聴いていました。ミスター・ベレズフォードを殺せという命令が来たんです。そのあとのことをお話しする必要はありませんね、ご存じですから。急げば隠し場所から文書を出す時間があると思ったんですが、わたしは見つかってしまった。だから彼が逃げたと大声を上げ、マルグリートのところへ帰りたいと言いました。その名前を大きく三回叫びました。ほかの人たちはミセス・ヴァンデマイヤーのことだと思うとわかっていましたが、ミスター・ベレズフォードが絵のことだと気づいてくれるように祈りました。一日目に彼はあの絵を壁からはずしていたから――それで、彼を信じるのを初めはためらったんです」

ジェインは間を置いた。

「で、文書はまだその部屋の絵の裏にあるんだね」サー・ジェイムズはゆっくりと言った。

「ええ」ジェインは長い話をしたので疲れ、ソファにもたれかかっていた。

サー・ジェイムズは立ちあがって腕時計を見た。

「いらっしゃい。すぐに行かなければ」

「今夜？」タペンスは驚いて尋ねた。

「明日では遅すぎるかもしれない」サー・ジェイムズは重々しく答えた。「それに、今夜行けば偉大なる犯罪王――ミスター・ブラウンを捕えるチャンスがある！」

しんとした沈黙の中、サー・ジェイムズは続けた。

「あなたがたはここまで尾行されていた――間違いない。屋敷を出たらまた尾行がつくでしょうが、妨害はされない。なぜならわれわれが案内役になるのは彼の計画の内だからです。しかし、ソーホーの家は昼夜警察に見張られている。五、六人が監視中です。とはいえ、われわれが家に入ったら、ミスター・ブラウンもうあとには引けないでしょう――彼は賭けに出る、自分の計画を発動させる爆弾を手に入れるために。そして危険はあまり大きくないと考えているはずです――なぜなら、友人のふりをして入ってくるから」

タペンスは赤くなり、衝動的に口を開いた。

「でも、あなたの知らないことがあるんです――わたしたちが話していないことが」彼女は途方に暮れてジェインを見つめた。

「なんです?」サー・ジェイムズは鋭い口調で尋ねた。「ためらってはいけませんよ、ミス・タペンス。状況をはっきりさせておく必要がある」

だが、今回タペンスは容易には言いだせなかった。

「とてもむずかしいんです――つまり、わたしが間違っていたら――ああ、とんでもないことに」彼女は気づいていないジェインに向かって顔をゆがめた。「決して許してもらえない」あいまいにつぶやいた。

「わたしが手助けしましょうか?」

「ええ、お願いします。あなたはミスター・ブラウンがだれなのかご存じなんですね?」

「ええ」サー・ジェイムズは厳粛なおももちで答えた。「ついにわかりました」

「ついに?」タペンスはあやふやな口調で言った。「あら、でもわたしの考えでは――」

「あなたの考えは正しい、ミス・タペンス。事実上、しばらく前から彼の正体には確信があった――ミセス・ヴァンデマイヤーが不審な死をとげた夜から」

「えっ!」タペンスは息を呑んだ。

「あそこでの出来事で、われわれは事実にもとづく論理に直面する。答えは二つしかありません。クロラールは彼女が自分で飲んだのか、この説にはわたしは全面的に反対です。あるいは――」

「あるいは?」

「あなたが彼女に渡したブランディに入っていたのか。ブランディに触れたのは三人だけです

――あなた、すなわちミス・タペンス、わたし自身、そしてもう一人――ミスター・ジュリアス・ハーシャイマー！」

ジェイン・フィンは身動きして起きあがり、驚きに目を見張ってサー・ジェイムズを凝視した。

「最初、ありえないことに思えた。高名な富豪の子息であるミスター・ハーシャイマーは、アメリカでよく知られた人物です。彼とミスター・ブラウンが同一人物だなど、まったくありえないと思えました。しかし、事実にもとづく論理からは逃れられない。ゆえに――受けいれざるをえない。ミセス・ヴァンデマイヤーが突然説明のつかない興奮状態になったことを思い出してください。もう一つの証拠です、証拠が必要ならね。

わたしは早い段階であなたにヒントを与えた。マンチェスターで会ったときのミスター・ハーシャイマーの話から、あなたは理解してヒントに従って行動したのだと思いました。それからわたしは、ありえないことがありえると証明する作業にとりかかった。ミスター・ベレズフォードが電話してきて、わたしがすでに疑っていたことを話してくれた、つまりミス・ジェイン・フィンの写真は、じつは一度もミスター・ハーシャイマーの手を離れていなかったのです――」

だが、ジェインがさえぎった。彼女はさっと立ちあがり、憤然として叫んだ。

「どういうこと？　なにをおっしゃりたいの？　あのミスター・ブラウンがジュ、リ、ア、ス？　ジュリアスは――わたしの従兄です！」

「いいえ、ミス・フィン」サー・ジェイムズは意外な言葉を口にした。「あなたの従兄ではない。ジュリアス・ハーシャイマーと名乗っている男はあなたの親戚でもなんでもありません」

26　ミスター・ブラウン

サー・ジェイムズの爆弾発言に、タペンスもジェインもとまどっていた。弁護士は机の前へ行き、小さな新聞記事の切り抜きを持って戻ってくると、ジェインに渡した。タペンスは彼女の肩ごしに読んだ。ミスター・カーターなら見覚えのある記事だ。ニューヨークで死体が発見された謎の男について書いてあった。

「ミス・タペンスにヒントを与えつつ」サー・ジェイムズは話を戻した。「わたしはありえないことがありえると証明する仕事にかかりました。最大の障害は、ジュリアス・ハーシャイマーは偽名ではないという否定できない事実でした。だがこの記事を読んだとき、問題は解決されたのです。ジュリアス・ハーシャイマーは従妹《いとこ》がどうなったのか知ろうと旅立った。西部へ行き、手がかりとなる彼女の情報と写真を手に入れた。ニューヨークを発《た》つ前の晩、彼は襲われて殺されてしまったのです。遺体はみすぼらしい服を着せられ、身元が判明しないように顔に損傷を加えられました。そしてミスター・ブラウンが彼になりかわった。そしてただちに英国行きの船に乗った。本物のミスター・ハーシャイマーの友人たちや親族は、出航する前の彼に会っていません――もっとも、会っていたとしてもほとんど問題はなかったでしょう。なりすましは完璧だったのですよ。それ以来、彼は自分を追っている人々と一緒に行動していたのです。あらゆる秘密は筒抜けでした。一度だけ、彼は破滅しかけた。ミセス・ヴァンデマイヤーが彼の正体を知っていたのです。なりゆき上、莫大な額の賄賂《わいろ》が彼女に提供されることになったのは、ミスター・ブラウンの計画外だった。しかし、ミス・タペンスが予定を変更してフラットへ戻らなかったら、われわれがあそこに着いたときにはミセス・ヴァンデマイヤーは遠くへ去っているはずでした。ミスター・ブラウンは正体を暴かれそうな瞬間に直面したのです。そこで必死の一手を講じた、自分の偽装が疑惑をそらしてくれると信じて。もう少しで成功するところでした――だが、そうはいかなかった」

「信じられない」ジェインはつぶやいた。「すばらしい人に見えたのに」

「本物のジュリアス・ハーシャイマーはすばらしい男でした！　そしてミスター・ブラウンは途方もない役者です。だがミス・タペンスもやはり疑っていたでしょう、聞いてみるといい」

ジェインは黙ってタペンスのほうを見た。タペンスはうなずいた。

「言いたくなかったのよ、ジェイン――あなたを傷つけてしまうから。それに、結局のところ確信できなかった。もし彼がミスター・ブラウンなら、なぜわたしたちを助けてくれたのかいまだにわからない」

「あなたがたの逃亡を助けたのがジュリアス・ハーシャイマーだったのですか？」

タペンスはその夜の冒険譚を語り、こう締めくくった。「でも、なぜなのかわからないわ！」

「そうですか？　わたしにはわかる。その行動からして、ベレズフォード青年もわかっている。最後の希望としてジェイン・フィンの脱出は見逃されることになっていた――そして、それがお膳立てされたものだと彼女に疑われないように、逃げさせる必要があった。ミスター・ベレズフォードが近くにいて、必要ならあなたがたと連絡をとることを、一味は承知していたのです。しかるべきタイミングで、彼らはミスター・ベレズフォードを排除するつもりだったのでしょう。そのあとジュリアス・ハーシャイマーが駆けつけて、きわめてメロドラマティックにあなたがたを救出する。銃弾が飛び交い――だが、だれにも当たらない。次になにが起きていたか？　あなたがたはまっすぐソーホーの家へ行き、文書を確保し、ミス・フィンはそれを信頼する従兄《いとこ》に託す。あるいは、ジュリアスが捜索の先頭に立っていたら、すでに隠し場所は荒らされていたというふりをする。あの手この手を心積もりしていたはずだ、だがとにかく結果は同じだったでしょう。そして、あなたがた二人にはなにかの事故が降りかかったと、わたしは想像します。なにしろ、あなたがたは不都合なことを知っているから。以上がおおよそのところです。わたしは自分が油断していたと認めますが、だれかさんは違った」

「トミーね」タペンスは低い声で言った。

「そうです。排除するべきタイミングが来たとき――彼は一味より数段上でした。とはいえ、彼の身は完全に安全とは思えない」

「なぜですか？」

「なぜなら、ジュリアス・ハーシャイマーがミスター・ブラウンだからです」サー・ジェイムズはたんたんと答えた。「そしてミスター・ブラウンを降参させるには、男一人とリボルバー一挺《いっちょう》では足りない……」

タペンスは心持ち青ざめた。

「わたしたち、どうすれば？」

「ソーホーの家へ行くまではなにもできません。もしミスター・ベレズフォードがまだ優位に立っていれば、心配はいらない。そうでなかったら、敵はわたしたちを探しにくる。だが、こちらもそのつもりで迎えうつのです！」机の引きだしから、サー・ジェイムズは軍用のリボルバーをとりだし、上着のポケットに入れた。

「さあ、準備は万端だ。あなたは行かないほうがいいと言ってもむだでしょうね、ミス・タペンス――」

「そのとおりです！」

「しかし、ミス・フィンは残ることを強くお勧めします。ここなら百パーセント安全だし、いままでの出来事であなたはくたくただと思いますよ」

だが、タペンスが驚いたことに、ジェインはかぶりを振った。

「いいえ、わたしも行きます。あの文書はわたしに託されたものです。最後までやりとげなければ。気分はずっとよくなりましたし」

サー・ジェイムズは車をまわすように命じた。短いドライブのあいだ、タペンスの心臓の鼓動は激しく打っていた。トミーの身が心配ではあったが、喜びを感じないわけにはいかなかった。自分たちは勝利するのだ！

車が広場の角に着き、彼らは降りた。サー・ジェイムズは、数人を従えて警備にあたっている平服の男に近づき、声をかけた。そのあとタペンスたちのもとへ戻ってきた。

「これまでのところ、家に入った者はいない。裏も同様に見張られているから、確かだそうですよ。わたしたちのあとに入ろうとする者は即座に逮捕される。では、行きましょうか？」

警官が鍵を渡した。警備にあたる全員がサー・ジェイムズをよく知っていたし、タペンスについても周知されていた。だが、三人目の娘のことは聞いていなかった。三人は家に入り、ドアを閉めた。そして、ぐらぐらする階段を慎重に上った。階段の上には、あの日トミーが隠れていたカーテンのかかったくぼんだ空間があった。アネットを演じていたジェインから、そのときの話をタペンスは聞いていた。彼女はぼろぼろのビロードのカーテンをじっと見つめた。いまも、それが動いたように思えた――まるでだれかが隠れているかのように。あまりにも強烈な錯覚だったので、人の輪郭が見えるような気がした……おそらくミスター・ブラウン――ジュリアス――がそこで待ちかまえている……

もちろんありえない！　しかし、タペンスはもう少しで戻ってカーテンを引き開け、確かめそうになった……

彼らはトミーが監禁されていた部屋に入った。ここにはだれかが隠れられる場所はない、と思ってタペンスはほっとしたが、そんな自分を叱りつけた。こんなばかげた空想に身をゆだねてはいけない――ミスター・ブラウンが家の中にいるという、この奇妙で執拗《しつよう》な感覚……ほら！　あれはなに？　そっと階段を上る足音？　家の中にだれかがたしかにいる！　そんなばかな！　自分はヒステリーに陥《おちい》りかけている。

ジェインはまっすぐマルグリートの絵の前へ行っていた。しっかりとした手つきで絵を壁からはずした。ほこりが厚く積もっており、額と壁のあいだにはクモの巣が張っていた。サー・ジェイムズはジェインにポケットナイフを渡し、彼女は裏から茶色の紙をはがした……雑誌の広告ページが落ちた。ジェインはそれを拾いあげた。すりきれかけた端を開き、びっしりと文字が記された二枚の薄い紙をとりだした。

こんどこそダミーではない！ 本物だ！

「やった」タペンスは言った。「とうとう……」

感きわまって息もつけない瞬間だった。さきほどのかすかなきしみや、空想の物音などタペンスは忘れていた。ジェインが手にしているものを、全員がただただ見つめた。

サー・ジェイムズが二枚の紙をとり、注意深く内容を吟味した。

「そうだ」彼は静かに言った。「これこそが不運な条約の文書だ！」

「わたしたち、成功した」タペンスは言った。その声には畏怖と、信じられないという気持ちがこもっていた。

サー・ジェイムズは注意深く文書をたたみながら彼女の言葉をくりかえし、文書を自分の手帳にしまうと、みすぼらしい室内を好奇のまなざしで見まわした。

「ここに、あなたのお友だちは長いあいだ閉じこめられていたんですね？ じつに不吉な感じの部屋だ。窓がないし、ぴったりしたドアは厚い。ここでなにが起ころうと、外にもれることはあるまい」

タペンスは身震いした。彼の言葉は漠然とした警戒心を呼びおこした。もし、ほんとうにだれかが家の中に隠れていたら？　だれかがあのドアに鍵をかけて、罠にかかったネズミみたいに死ぬまで自分たちを放置したら？　そのとき、彼女はそんな考えのばかばかしさに気づいた。この家は警官に囲まれており、もし自分たちが出てこなかったら、彼らはためらわずに押し入って徹底的に探すだろう。みずからの愚《おろ》かさにタペンスは微笑した――それから顔を上げ、サー・ジェイムズがこちらを観察しているのを見てはっとした。彼ははっきりと小さくうなずいてみせた。

「そうだ、ミス・タペンス。あなたは危険を嗅ぎつけている。わたしもだ。ミス・フィンも同様に」

「ええ」ジェインは認めた。「ばかげているんだけれど――どうしてもそんな気がするんです」

サー・ジェイムズはまたうなずいた。「あなたがたは感じている――われわれ全員が感じている――ミスター・ブラウンの存在を。そうだ」――タペンスが身動きした――「疑いの余地はない――ミスター・ブラウンはここにいる……」

「この家の中に？」

「この部屋に……わかりませんか？　わたしがミスター・ブラウンです……」

呆然とし、信じがたい思いで、二人は彼を凝視《ぎょうし》した。顔の輪郭そのものまでが変わっていた。目の前に立っているのは別の男だった。彼はゆっくりと酷薄な笑みを浮かべた。

「あなたがたはどちらも生きてこの部屋を出ることはない。あなたは言った、わたしたちは成功したと。わたしが成功したのです！　文書はこの手にある」タペンスを見ながら、彼の笑みは大きくなっていった。「どうなるか教えましょうか？　遅かれ早かれ警察が踏みこんでくる、そしてミスター・ブラウンに襲われた三人を発見する――二人ではなく三人を。だが、さいわい三人目は負傷しているだけで死んではいない。そして襲撃の模様をことこまかに話すことができる！　条約の文書？　それはミスター・ブラウンに渡ってしまったのです。サー・ジェイムズ・ピール・エジャートンのポケットを調べようとはだれも思わない！」

　彼はジェインのほうを向いた。

「あなたはわたしを出し抜いた。それは認めましょう。しかし、二度とはさせない」

　サー・ジェイムズの背後でかすかな音がしたが、成功に酔った男は振りかえらなかった。

　彼は片手をポケットに入れた。

「チェックメイトだ、若き冒険家諸君」彼はゆっくりと大きなリボルバーを持ちあげた。

　ところが、そのとき背後から鉄のような力が彼を締めつけた。サー・ジェイムズの手から拳銃がもぎとられ、ジュリアス・ハーシャイマーの間延びした声が告げた。

「あんたは現行犯でつかまった、証拠も自分で持っているというわけだ」

　勅選《ちょくせん》弁護士の顔が真っ赤に染まったが、その自制心は見上げたもので、自分を捕えた二人の顔を順番に見つめた。彼が長く視線を留めたのはトミーだった。

「きみか」彼は息を殺して言った。「きみか！　察しているべきだった」

　相手が抵抗をあきらめたのを見て、二人は力をゆるめた。その瞬間、彼は閃光《せんこう》のような速さで大きな印章付き指輪をはめた左手を上げ、唇《くちびる》に近づけた……

「皇帝万歳《アウエー・カエサル》！　死にゆく者より敬意を《モリトウーリー・テー・サルータント》」まだトミーを見つめたまま、彼は言った。

そして表情が変わり、長い痙攣《けいれん》のような震えとともに彼は前のめりに倒れこんだ。青酸カリを示す苦いアーモンド臭が空中に漂った。

27　〈サヴォイ〉での晩餐会

三十日の夜にミスター・ジュリアス・P・ハーシャイマーが友人たちを招いて〈サヴォイ〉で催した晩餐会は、飲食業界で長く語り草になることだろう。個室でおこなわれ、ミスター・ハーシャイマーの注文は簡潔で効果抜群だった。彼は白紙委任した——富豪が白紙委任すれば、つねに最高のものが提供される！

季節はずれの美味が滞《とどこお》りなく用意された。給仕たちは古い極上のワインを大切そうに次々と持ってきた。装飾の花々は季節でない種類も温室から取り寄せられ、果物は五月のもの、十一月のものが、奇跡的に隣りあって並んだ。招待客は少人数で厳選されていた。アメリカ大使、ミスター・カーター——彼は自分の裁量で旧友のサー・ウィリアム・ベレズフォードを同伴してきた——、カウリー大執事、ドクター・ホール、二人の若き冒険家であるミス・プルーデンス・カウリーとミスター・トマス・ベレズフォード、そして掉尾《ちょうび》を飾る大切な主賓、ミス・ジェイン・フィン。

ジュリアスはジェインの華麗なる登場のために、怠《おこた》りなく準備していた。タペンスがアメリカ人の娘を泊めているアパートのドアがノックされ、出てみるとジュリアスだった。彼は小切手を手にしていた。

「なあ、タペンス、頼まれてくれないか？　これを受けとって、今夜のために最高の装いをジェインにととのえてほしいんだ。きみたち二人は〈サヴォイ〉でのぼくの晩餐会のお客人だ。ね？　金はいくらかかってもいい。わかってくれた？」

「もちろんよ」《シュア・シング》タペンスはアメリカ流の言いかたをまねた。「楽しみだわ！　ジェインを着飾らせるのはやりがいがある。彼女、いままで会った中で一番の美人だもの」

「まさに」ミスター・ハーシャイマーは熱をこめて同意した。

彼の情熱に、タペンスの目が一瞬きらりと光った。

「ところで、ジュリアス」彼女はとりすまして言った。「わたし――まだあなたにお答えしていなかったわね」

「お答え？」ジュリアスは青ざめた。

「ほら――あなた、わたしに申し込んだでしょう――結婚を」タペンスは口ごもり、ヴィクトリア時代初期のヒロインよろしく目を伏せた。「そしてお断わりしても受けつけてくれなかった。わたし、よくよく考えてみたんだけど――」

「それで？」ジュリアスの額《ひたい》には汗が浮いていた。

タペンスは突然態度をあらためた。

「あなたって大ばか！　いったいどんな気の迷いであんなこと言ったの？　あのとき、あなたはわたしのことなんかこれっぽっちも思っちゃいないってわかっていたわ」

「そんなことないよ。わたしは――いまでも――最大の評価と敬意と――賞賛をきみに対して

――」

「はん！」タペンスは鼻を鳴らした。「そういうものは、別の感情が生まれたらさっさと追いやられるものよ。違う？」

「なにを言っているのかわからないな」ジュリアスはぎごちなく答えたが、顔が燃えるような赤に染まった。

「あらあら！」タペンスは笑ってドアを閉め、また開けると重々しくつけくわえた。「自分は事実上ふられたと、この先ずっと思いつづけるでしょうね！」

「どうしたの？」近づいてきたジェインがタペンスに尋ねた。

「ジュリアスが来たの」

「なんの用事で？」

「ほんとうは、あなたに会いたかったんじゃないかと思うけど、わたしはそうさせる気はなかったの。今晩まではだめ、あなたが栄光の絶頂のソロモン王みたいに全員の前に登場するまではね！　さあ！　買物にいくわよ！」

ほとんどの人々にとって、さんざん噂されていた〝労働者の日〟の二十九日は、ほかの日とたいして変わりなく過ぎた。ハイド・パークとトラファルガー広場で演説がおこなわれた。英国労働党歌である〈赤旗の歌〉を歌いながら、デモの列があまりあてもなく街路を練り歩いた。ゼネストとクーデターの可能性を報じていた各紙は、権威の失墜を免れなかった。中でも厚顔で抜け目のない新聞は、自分たちの思慮のおかげで平和が保たれたと主張しようとした。日曜紙では、高名な勅選弁護士サー・ジェイムズ・ピール・エジャートンの突然の死去が短く報じられた。月曜の新聞には、サー・ジェイムズの功績を振りかえる追悼記事が載った。突然の死去の詳細がおおやけになることはなかった。

トミーの予見は正しかった。ずっとワンマンショーだったのだ。リーダーのミスター・ブラウンがいなくなり、組織は崩壊した。クラメーニンは日曜日の朝早く英国を発ち、まっしぐらにロシアへ帰った。一味は大あわてでアストリー・プライアーズから逃げ去り、急いでいたために彼らの秘密を完膚なきまでに暴露する書類を残していった。こうした陰謀の証拠を手にした政府は、土壇場で会議を招集した。サー・ジェイムズのポケットにあった、計画全体の完全な、そして有罪の証《あかし》となる概要を記した小さな茶色の手帳も、大いに政府の役に立った。労働党の指導者たちは自分たちがだしに使われたことを認めざるをえなかった。政府が一定の配慮を示し、労働党はありがたく受けいれた。未来は平和にあり、戦争にはない！

しかし、内閣は自分たちが壊滅的な災難からいかにぎりぎりの線で逃れたか知っていた。そしてミスター・カーターの脳裏に焼きついて離れないのは、会議前夜のソーホーの家での奇怪な出来事だった。

彼がみすぼらしい部屋に入ると、偉大な人間であり長年の友人だった男が死んでいた――みずから命を絶って。死者の手帳から、彼は不運な条約の文書を回収し、すぐにほかの三人の目の前で焼き捨てた……英国は救われたのだ！

そしていま、三十日の夜、〈サヴォイ〉の個室でミスター・ジュリアス・P・ハーシャイマーが招待客たちを迎えていた。

ミスター・カーターが最初に到着した。彼の連れのいかにもかんしゃく持ちらしい老紳士を見て、トミーは髪の生えぎわまで真っ赤になった。トミーは進み出た。

「ああ！」老紳士は怒ったような態度で彼をじろじろと見た。「では、おまえがわしの甥《おい》か？見栄えはたいしたことないな――だが、いい仕事をしたようだ。結局のところ、おまえの母親は息子をちゃんと育てたらしい。過去は水に流すとしようか？おまえはわしの相続人だ、知っているな。将来は手当を出そう――そしてチャルマーズ・パークは自分の家だと心得てくれ」

「ありがとうございます。たいへん寛大なお申し出です」

「さんざん話を聞かされた若いレディはどこかな？」

トミーはタペンスを紹介した。

「ほう！」彼女を一瞥《いちべつ》してサー・ウィリアムは言った。「最近の若い娘たちはわしの若いころとはだいぶ違うようだ」

「いいえ、違いませんわ」タペンスは答えた。「服装は変わったでしょう、でも若い娘たち自身は昔と同じです」

「ふむ、あんたの言うとおりかもしれない。昔もおてんば娘――いまもおてんば娘だ！」

「ええ。わたしもたいへんなおてんば娘です」

「そうだろうとも」老紳士はくすりと笑って、機嫌よくタペンスの耳たぶをつまんだ。〝熊じいさん〟というあだ名のサー・ウィリアムを、たいていの若い女たちはひどく怖がっていたが、タペンスの小気味のいい物言いを女嫌いの老紳士は気に入った。

そのあと、カウリー大執事がおどおどした様子で到着した。自分がこの場にいることにいささかとまどい、娘がたいそうな働きをしたと評価されているのを喜んでいたが、ときおり不安そうに彼女を横目で見ないわけにはいかなかった。だが、タペンスは立派にふるまっていた。足を組むのを慎み、口のききかたに注意し、タバコを勧められてもきっぱりと断わった。

次にドクター・ホールが来た。そのあとがアメリカ大使だった。

「すわりましょうか」客それぞれを全員に紹介したあと、ジュリアスが促した。「タペンス、きみが――」

ジュリアスは手ぶりで主賓席を示した。

しかし、タペンスはかぶりを振った。

「いいえ――そこはジェインの席よ！　何年間もジェインが耐えてきたことを思えば、この晩餐会の女王は彼女こそがふさわしい」

ジュリアスは感謝のまなざしをタペンスに向けた。ジェインは恥ずかしそうに進み出て主賓席にすわった。前から美しかったが、頭のてっぺんから爪先まで完璧に装ったいまの美しさとは比べものにならない。タペンスは自分の役割を忠実に果たした。有名なドレスメーカーのオリジナルのドレスは〝オニユリ《タイガーリリー》〟と名づけられていた。金色と赤と茶色だけが使われ、ドレスの胸もとから上にはジェインの長く白い首がすっきりと伸びている。美しい顔をブロンズ色の髪が王冠のように彩っている。席につく彼女をだれもが賞賛のまなざしで見守った。

ほどなく晩餐会は大いに盛りあがり、みんながいっせいに一から十まですべて説明してくれとトミーに求めた。

「きみはずっと事件全体について口を閉ざしていたじゃないか」ジュリアスは非難がましくトミーに言った。「わたしにはアルゼンチンへ行くだなんて伝えておいて――まあ、きみにはきみの理由があったんだろうね。きみとタペンスが、わたしをミスター・ブラウンじゃないかと考えたと聞いて、死ぬほど笑ったよ！」

「二人がそう考えついたのではない」ミスター・カーターがおごそかに告げた。「いまは亡き犯罪の巨匠が示唆《しさ》し、周到に染みこませた毒のようなものだ。ニューヨークの新聞記事の一節がヒントになり、彼はそれを利用してあなたたちにとって致命的になりかけた陰謀を生みだした」

「わたしは一度も彼を好きになれなかった」ジュリアスは言った。「最初から、なにかおかしなところがあると感じていたんだ。そして、あれほどタイミングよくミセス・ヴァンデマイヤーの口を封じたのは彼だったんじゃないかと、ずっと疑っていた。でも、あの日曜日にわたしとタペンスが彼と会った直後に、トミーの処刑命令が届いたと聞いて初めて、彼こそがボスだという結論に達したんだ」

「わたしはまったく疑っていなかった」タペンスはくやしそうだった。「いつだって、自分はトミーよりずっと頭がいいと思ってきたの――ところが、彼は間違いなくわたしに大差をつけて勝った」

ジュリアスはうなずいた。

「今回はトミーにしてやられたよ！　さあ、そこに黙ってすわっていないで、恥ずかしがらずなにもかも話してもらおうじゃないか」

「謹聴《ヒヤ》！　謹聴《ヒヤ》！」

「話すことはなにもないんですよ」トミーはひどく居心地が悪そうだった。「ぼくはとんだ間抜けだった——アネットの写真を見つけて、彼女がジェイン・フィンだと気づくまでね。そして彼女が何度も〝マルグリート〟と叫んでいたのを思い出して——あの絵のことだとピンときました——まあ、そういうわけなんです。そのあと当然ながらすべてを思いかえして、どこで自分がへまをしたのかわかりました」

「続けて」またトミーが沈黙に逃げこもうとする気配に、ミスター・カーターが促した。

「ジュリアスから話を聞いたとき、ミセス・ヴァンデマイヤーの急死には頭を抱えましたよ。表面的に見れば、彼かサー・ジェイムズが毒を飲ませたように思えた。だが、どちらなのかわからなかったんです。ジュリアスがブラウン警部にジェイン・フィンの写真を奪われたと聞いていたのに、あの写真をジュリアスの引きだしで見つけたときには、彼を疑った。それから、にせのジェイン・フィンを発見したのがサー・ジェイムズだったことを思い出したんです。最終的に心を決められなかった——そして、どちらにしても安全策をとることにしました。ジュリアスがミスター・ブラウンだった場合に備えて、彼に手紙を残してぼくはアルゼンチンへ行くと告げ、仕事を提供してくれるというサー・ジェイムズの手紙を机の横に落として、ジュリアスがそれを見てぼくは本気だと考えるように仕向けました。それからサー・ジェイムズに電話したあとミスター・カーターに手紙を書きました。ぼくを信用させるのがいずれにしても最善の策だったから、推測した文書の隠し場所を除いて、なにもかもサー・ジェイムズに話しました。タペンスとアネットの行方を突きとめるのに手を貸してくれたことから、もう少しで彼を信じそうになったんですが、確信を持てなかった。二人のどちらもミスター・ブラウンの可能性があるんだと考え、早計に結論を出さないようにしました。そのときタペンスからにせもののメッセージが届いて——わかったんです!」

「だが、どうして?」

トミーは問題のメッセージをポケットから出して一同にまわした。

「たしかに彼女の筆跡そっくりでしたが、署名から違うとわかった。彼女は自分の名前の綴《つづ》りをぜったいに〝Twopence〟とは書かないんです。だが、それを見たことがない人間なら簡単にそう書いてしまうでしょう。ジュリアスはタペンスが手紙で〝Tuppence〟と署名しているのを知っている——一度、彼女からの手紙を見せてくれました——ところが、サー・ジェイムズは見ていない!　そのあとはすべてがとんとん拍子に進みました。大急ぎでアルバートをミスター・カーターのもとへやり、ぼくは出発するふりをして、また戻ってきたんです。ジュリアスが車で爆走してきたとき、これはミスター・ブラウンの計画の内じゃないなと感じました——そしておそらく厄介なことになると。サー・ジェイムズがいわゆる現行犯でつかまらなければ、ぼくの話だけではミスター・カーターに彼がミスター・ブラウンだと信じてはもらえないとわ

「そうだったと思う」ミスター・カーターは沈んだ様子で口をはさんだ。

「だから、彼女たちをサー・ジェイムズのもとへ送りこんだんです。遅かれ早かれ、ソーホーの家に行くと確信していました。ぼくはジュリアスをリボルバーで脅《おど》した、なぜならタペンスにその事実をサー・ジェイムズに伝えてほしかったからです。そうすれば、彼はぼくたちについて心配しなくなる。タペンスたちが見えなくなった瞬間、ジュリアスにロンドンまで車をぶっとばせと言いましたよ。そして着くまでのあいだに、なにもかも打ち明けたんです。ぼくたちはじゅうぶん早くソーホーの家に先回りできて、外でミスター・カーターと会いました。彼と打ち合わせをしたあと、ぼくたちは中に入り、階段の上のカーテンの裏側に隠れていました。警官たちは、もし聞かれたらだれも家には入っていないと答えるように命じられていたんです。以上です」

　そこでトミーは唐突に話を終えた。

　しばし沈黙が流れた。

　ジュリアスがふいに口を開いた。「ところで、きみはジェインの写真について完全に思い違いをしているよ。たしかにわたしは盗まれたんだ、だがまた見つけた」

「どこで？」タペンスが叫んだ。

「ミセス・ヴァンデマイヤーの寝室の壁にあった小さな金庫の中だよ」

「あなたがなにか見つけたのはわかっていたわ」タペンスは責めるような口調だった。「ほんとうのところ、わたし、あれからあなたを疑いはじめたのよ。どうして言わなかったの？」

「わたし自身もちょっと疑い深くなっていたんじゃないかな。一度はこの手から奪われた写真だ。写真屋に複写をたくさん作らせるまでは黙っていようと決めたんだ」

「わたしたち、みんななにかしら隠していたのね」タペンスは感慨深げに言った。「秘密情報部みたいな仕事をしていると、きっとそうなるのよ！」

そのあと間が開き、ミスター・カーターがポケットから小さな使い古した茶色の手帳を出した。

「いわゆる現行犯でつかまらなかったら、サー・ジェイムズ・ピール・エジャートンの有罪をわたしが信じなかっただろうと、いまベレズフォードは言った。そのとおりだ。じっさい、この小さな手帳の中身を読むまでは、この驚くべき真実を完全には信じられなかった。この手帳はロンドン警視庁に渡すが、一般に公開されることは決してないだろう。サー・ジェイムズは長年法律にたずさわってきた人間だから、公開は望ましくない。だが、真実を知るあなたたちには、この偉大な男の驚くべき精神構造に光を当てるいくつかの文章を紹介しよう」

ミスター・カーターは手帳を開き、薄いページをめくった。

「〈この手帳を持っているのは狂気の沙汰だ。わかっている。これは有罪の証拠になる。しかし、わたしは危険をおかすのをためらったことは一度もない。それに、自己表現の欲求がきわめて高まっている……この手帳が他人の手に渡るのはわたしが死んだときだけだ……

若いときから、自分の卓越した能力には気づいていた。自分の能力を過小評価するのは愚か者だけだ。わたしの知能は平均よりはるかに高かった。成功するべく生まれてきたとわかっていた。外見だけが不利だった。目立たずこれという特徴もなく――平凡そのもの……

子どものころ、有名な殺人事件の裁判を傍聴した。そして被告人側の弁護士の力強さと雄弁ぶりが深く印象に残った。そのとき初めて、自分の才能をその方面に生かそうと思った……そして被告人席にいる犯人を観察した……その男はばかだった――じつに信じがたいほど愚かだった。雄弁な弁護士でも彼を救うのはむずかしそうだった……わたしは犯人にはかり知れない軽蔑《けいべつ》を感じた……そして、犯罪者の水準は低いのだと気づいた。やくざ者、落伍者、文明社会のゴミが犯罪をおかしていた……能力のある者たちが、すばらしい可能性にまったく気づかないのは不思議だった……わたしはその考えをいろいろな角度から検討した……なんと壮大な分野か――なんと無限の可能性か！　頭がくらくらするほどだった……

……犯罪と犯罪者についての書物をひととおり読んだ。すべてがわたしの考えを裏付けてくれた。堕落、病気が動機のものばかり――先見の明のある人間が慎重な計画を練った上で、犯罪をおこなった例はない。そこで、わたしは思った。自分の最大の野心が達成されたとして――つまり弁護士になってキャリアの絶頂に上りつめたら？　次は政界入りだ――そう、英国の首相になったら？　どうなる？　それは権力か？　ことあるごとに同僚たちに邪魔され、民主主義のシステムに束縛され、そのシステムのたんなるお飾りにすぎないだろう！　だめだ――わたしが夢見る権力は絶対的なものだ！　独裁者！　絶対的支配者！　そしてそういう権力は、法律の枠外で活動して初めて得られるものだ。人間性の弱みに、次に国家の弱みに働きかける——巨大な組織を結成して操り、ついには既存の秩序を転覆し、支配下に置く！　この考えにわたしは夢中になった……

自分は二つの人生を生きるべきだとわかった。わたしのような人間は注目を集めなければならない。ほんとうの活動をカムフラージュするために、一流のキャリアを築く必要がある……また、ある種の人格を養わなければならない。高名な勅選弁護士たちをモデルにした。彼らの独特の行動様式、人を引きつける魅力をまねた。俳優の道を選んでいたら、わたしは現代最高の名優になっていただろう。変装はしない——ドーランは使わない——付けひげもなし！　個性だ！　それをわたしは手袋のように身につけた！　ぬいだときは自分自身になる。物静かで控えめで平凡な男。名前はミスター・ブラウンにした。ブラウンという人間は大勢いる——わたしのように見える人間は大勢いる……

……うわべのキャリアで成功をおさめた。成功するべく運命づけられていたのだ。もう一つの分野でもそのはずだ。わたしのような人間が失敗するはずはない……

……ずっとナポレオンの生涯について読んできた。彼とは多くの共通点がある……

わたしは犯罪者を弁護する仕事をしてきた。自分の仲間の面倒は見なければならない……

……一、二度怖くなったことはある。最初はイタリアにいたときだ。夕食会に、偉大な司法精神科医D教授が同席していた。話題は狂気に及んだ。彼は言った。『じつに多くの人々はゆがんだ考えを持っているのに、自分では気づいていない。異常だとわかっていないのです』そう話しながらなぜ教授がわたしを見たのか、理解できない。彼の目つきは奇妙だった……いやな感じがした……

……戦争には困惑してきた……自分の計画を促進してくれるだろうと思っていた。ドイツ人はじつに有能だ。彼らのスパイ組織も優秀だった。英国の通りはカーキ色の軍服を着た若者たちであふれている。みんな頭がからっぽの青二才だ……だが、わからないものだ……英国は戦争に勝った……わたしは困惑している……

計画は順調に進んでいる……娘が一人でしゃばってきた——彼女がほんとうになにか知っていたとは思わない……だが、《エストニア・ガラス》はあきらめなければ……いま危険はおかせない……

すべてうまくいっている。記憶喪失は厄介だ。見せかけのはずはない。小娘がわたしをだますなどありえない！……

二十九日……もうじきだ……〉」ミスター・カーターはいったん読むのをやめた。

「計画されていたクーデターの詳細は省くよ。だが、あなたたち三人について短い記述が二ヵ所あるんだ。これまでの経緯《けいい》を振りかえれば、興味深い記述だ。

〈……みずからの意思でその娘がわたしのもとへ来るように仕向けることで、彼女の警戒心を解くことができた。しかし、彼女には直感的なひらめきがあり、これは危険かもしれない……娘を排除しなければ……あのアメリカ人には手を焼く。彼はわたしを疑い、嫌っている。だが、彼が知るはずはない。わたしの鎧は堅固だ……ときどき、もう一人の若者を過小評価しているのではないかと怖くなる。頭がいいわけではないが、事実を前に彼の目をごまかすのはむずかしい……〉」

ミスター・カーターは手帳を閉じた。

「偉大な男。天才か、狂人か、はたして？」

沈黙が垂れこめた。

やがてミスター・カーターは立ちあがった。

「あなたたちに乾杯しよう。成功によってじゅうぶんにその価値を証明した若き冒険家たちに！」

喝采とともにグラスが干された。

「われわれが聞きたいことはまだある」ミスター・カーターはアメリカ大使を見た。「あなたもお聞きになりたいでしょう。ミス・ジェイン・フィン、いままでミス・タペンスにしか話していない物語を聞かせてほしい——だが、その前に彼女の健康を祝して乾杯しよう。アメリカの若き女性たちのなかでもっとも勇敢な一人であり、二つの偉大な国家が深甚《しんじん》なる感謝を捧げるあなたの健康を祝して！」

28　そのあと

「あれはとてもいい乾杯だったね、ジェイン」ミスター・ハーシャイマーと彼の従妹はロールス・ロイスで〈リッツ〉へ帰るところだった。

「若き冒険家たちへの乾杯？」

「いや――きみへの乾杯だ。あんなことをやりとげられる女性はほかにいないよ。きみはすばらしい！」

ジェインはかぶりを振った。

「自分がすばらしいとは思わない。ほんとうのところ、とにかく疲れていて寂しいの――そして祖国へ帰りたくてたまらない」

「そういうことなら、言わせてくれ。すぐに大使館に引き取りたいと夫人が言っていると、アメリカ大使がきみに話しているのを聞いた。それもいいが、わたしに別のプランがあるんだ。ジェイン――結婚してほしい！　びっくりしてすぐに断わらないでくれ。もちろん、すぐさまわたしを愛することはできないよね、とうていむりだ。でも、きみの写真を見た瞬間、わたしは恋に落ちた――じっさいに会ったいまは、もう夢中なんだ！　もし結婚してくれたら、きみを心配させたりはいっさいしないよ――ゆっくり時間をかけていいんだ。もしかしたら、きみがわたしを愛することは永久にないかもしれない。もしそうなら、悲しいけどきみを自由にするよ。だが、面倒を見て世話をさせてもらいたいんだ」

「それこそ、わたしのほしいものよ」ジェインは思いに沈んで答えた。「わたしにやさしくしてくれるだれか。ああ、いままでどんなに寂しかったか、あなたにはわからない！」

「もちろんわかるよ。だったら、すべて決まりだね。明日の朝、特別許可証を取れるように大主教と会ってくる」

「ああ、ジュリアス！」

「いや、せかす気は毛頭ないんだ、ジェイン。でも、待つ意味はないよ。恐れないで――すぐわたしを愛してくれるとは、期待していないから」

だが、小さな手が彼の手にすべりこんだ。

「もうあなたを愛しているわ、ジュリアス」ジェイン・フィンは告げた。「弾丸があなたの頬をかすめた瞬間から、愛していた……」

五分後、ジェインは低い声でささやいた。

「わたし、ロンドンをよく知らないのよ、ジュリアス。だけど〈サヴォイ〉から〈リッツ〉までこんなに遠かった？」

「どうやって行くかによるんだ」ジュリアスはぬけぬけと説明した。「この車はリージェンツ・パーク経由で行っているから」

「まあ、ジュリアス――運転手はどう思うかしら？」

「給料をたっぷり払っているから、彼は余計なことを考えたりしないさ。なあ、ジェイン、〈サヴォイ〉で晩餐会を開いたただ一つの理由は、きみを車で送れるからなんだ。どうしたらきみと二人だけでいられるか、わからなかった。きみとタペンスは双子みたいにずっとくっついていたからね。あと一日この状態が続いたら、わたしとベレズフォードは完全に頭がおかしくなっていたよ！」

「あら、じゃあ彼は――」

「もちろんさ。彼女に首ったけだ」

「そうだと思っていた」ジェインは思慮深い口調で応じた。

「なぜ？」

「タペンスが口にしなかったこと全部からよ！」

「こいつはやられたな」ミスター・ハーシャイマーはかぶりを振った。

ジェインは笑っただけだった。

一方、若き冒険家二人は堅苦しく背筋を伸ばして落ち着かない気分でタクシーに乗っていた。こちらも変わりばえせず、リージェンツ・パーク経由で〈リッツ〉へ帰るところだった。二人のあいだには、どうしようもない気まずさが漂っていた。なにが起きたのかわからないのに、すべてが変わってしまったように感じられた。二人とも言葉が出なくなっていた――麻痺したも同然だった。昔からあった友愛の情はどこかへ消えてしまっていた。

タペンスは言うことをなにも思いつけなかった。

トミーも同様に黙りこんでいた。

まっすぐ前を向いてすわり、たがいを見ないようにしていた。

とうとうタペンスがけんめいの努力で口を開いた。

「なかなか楽しかったわね？」

「そうだね」

ふたたび沈黙が流れた。

「わたし、ジュリアスのこと好きよ」タペンスはまた会話を始めようとした。

トミーはにわかに活力を取り戻した。

「きみは彼と結婚なんかしない、聞こえた？」有無を言わせぬ口調だった。「ぼくが許さない」

「あら！」タペンスはおとなしやかに応じた。

「ぜったいにだ、わかったね」

「彼はわたしと結婚したくなんかないのよ――ほんとうに、たんなる親切心で申し込んだだけ」

「そんなはずがあるものか」トミーは鼻を鳴らした。

「ほんとうだってば。彼はジェインに首ったけなのよ。いまごろ彼女にプロポーズしていると思う」

「彼女ならジュリアスとお似合いだよ」トミーは口調をやわらげた。

「これまで会った中で、彼女は一番の美人だと思わない？」

「ああ、たぶんね」

「でも、あなたはお金のある女性を選ぶんじゃないかしら」タペンスはとりすまして言った。

「ぼくは――ええ、ちくしょう、タペンス、わかっているだろう！」

「あなたの伯父さま、好きよ、トミー」タペンスは急いで話題をそらした。「で、どうするつもり？　ミスター・カーターから誘われた政府の仕事をする、それともジュリアスの招きを受けてアメリカの彼の大農場で高給とりになる？」

「ぼくはこの老いぼれ船から離れないつもりだよ、ハーシャイマーの好意はありがたいけれどね。だって、きみはロンドンにいるほうがくつろげるだろう」

「どうしてわたしが関係してくるのかわからないわ」

「ぼくはわかる」トミーはきっぱりと言った。

タペンスは横目でちらりと彼を見た。

「お金もあるしね」彼女は考えをめぐらせていた。

「お金？」

「わたしたち、それぞれ小切手をもらえる。ミスター・カーターが話していたの」

「額はいくらか聞いた？」トミーは皮肉っぽく尋ねた。

「ええ」タペンスは勝ち誇って答えた。「でも、教えない」

「タペンス、いいかげんにしろよ！」

「楽しかったわね、トミー？　あなたと、もっとたくさん冒険したい」

「きみは飽くことを知らないんだな、タペンス。ぼくはもう冒険を満喫したから当分はいい」

「そう、買物も同じくらい楽しいかもね」タペンスはうっとりとして言った。「古い家具や、色鮮やかなじゅうたんや、前衛的な絹のカーテンや、ぴかぴかのダイニングテーブルや、クッションをたくさん置いた寝椅子なんかを買うことを考えると――」

「ちょっと待った。それみんな、なんのために？」

「できたら一軒家――でも、きっとフラットね」

「だれのフラット？」

「あなたはわたしがそれを言うのをためらうと思っているんでしょ。とんでもない！　わ、わたしたちのよ！」

「ダーリン！」トミーは叫び、彼女にぎゅっと腕をまわした。「きみにそれを言わせようと決めていたんだ。ロマンティックな気分になろうとするたびに、ぼくはきみから邪険に肘鉄《ひじてつ》をくらわされていたんだから、貸しがある」

タペンスは彼に顔を近づけた。タクシーはリージェンツ・パークの北側に沿って進んでいた。

「あなた、まだちゃんとプロポーズしていないわよ。おばあちゃんたちが結婚の申込みと認める形ではね。だけどジュリアスのお粗末なプロポーズのあとだから、あなたは免除してあげてもいいけど」

「きみはぼくとの結婚から逃げられやしないんだから、抵抗してもむだだよ」

「きっとおもしろくなるわ。結婚についてはいろいろ言われている。安息の場、避難所、幸福の絶頂、束縛状態、あれやこれや。でも、わたしがどう考えていると思う？」

「さあ?」

「結婚はスポーツよ!」

「そしてすばらしく楽しいスポーツだよ」トミーは言った。

解説

吉野仁

若さあふれる冒険の数々、話を追うごとに高まるサスペンスとロマンス、盛りこまれたユーモアとサプライズ。〈トミー&タペンス〉シリーズ第一作『秘密組織』(*The Secret Adversary* 1922)には、アガサ・クリスティ初期作品ならではの瑞々《みずみず》しい魅力が詰まっている。

物語は、短いプロローグのあと、地下鉄駅の出口でトミーとタペンスが再会を果たしたことから幕をあける。タペンスは、第一次大戦がはじまると、故郷を出てロンドンで士官用病院に就職した。働きはじめて九カ月目、そこで患者として入院していた幼馴染みのトミーと五年ぶりに出会った。一九一六年のことだ。その後タペンスは病院を去り、トミーはふたたび戦地に戻り、二人は離ればなれになっていたが、戦後、めでたく顔をあわせたのだ。

作中、「二人の年齢を足しても、合計で四十五歳に満たない」とある。軽食店〈ライオンズ〉で、いっこうに仕事がみつからないと嘆くトミーに対し、タペンスもお金のことばかり考えているとこぼす。そこでタペンスは「冒険家《アドヴェンチャラーズ》になりましょうよ」とトミーにもちかけた。誕生したのが〈若き冒険家商会《ヤング・アドヴェンチャラーズ》〉である。やがて二人は、思いもよらない事件と陰謀に巻き込まれていく。

話は前後するが、プロローグで展開している事件は、一九一五年にイギリスの大型客船〈ルシタニア〉号がドイツの潜水艦〈U20〉により撃沈された史実を元にしている。一九一二年四月に氷山との衝突が原因で沈没した〈タイタニック〉号は約四万六千トンで、この〈ルシタニア〉号は約三万二千トンとやや小さいものの、進水した一九〇六年当時は世界最大の客船だった。五月七日にアイルランド沖を航行中、Uボートから無警告で魚雷を撃ち込まれ、わずか十八分で沈没した。乗員乗客一九五九人中、一一九八人が死亡。そのうち一二八人が中立国アメリカの民間人だったことから、アメリカ国内における反ドイツの世論が一気に高まった。それでも不参戦の立場は保っていたが、その後、ドイツがいったん中止していた無制限潜水艦作戦を一九一七年に再開したことで、アメリカは参戦を決意した。

作者アガサ・クリスティは、第一次大戦史における重要な出来事を題材に、フィクションをつくりあげた。〈ルシタニア〉号が沈んでいくとき、連合国の戦いの行方を左右するかもしれない重要な極秘文書が、ひとりの娘に託された。それが、のちに大きな事件へと発展し、トミーとタペンスが偶然かかわりあうこととなった。トミーは、〈ライオンズ〉で席を探しているとき、「今日、ジェイン・フィンとかいう人の話をしている二人の男と通りですれ違った」とタペンスに話す。この出来事が二人の大冒険につながったのだ。

『アガサ・クリスティー自伝』の第五部で、『秘密組織』のアイデアを得たエピソードが披露《ひろう》されている。ある日、クリスティがロンドンの軽食チェーン店〈ABCショップ〉でお茶を飲んでいたとき、近くのテーブルで二人の人がジェイン・フィッシュという人について論じ合っていた。そのとても面白い名前がクリスティの心にひびく。ジェイン・フィッシュ。これは物語のいい発端になりそうだ。だが同じような名前、たぶんジェイン・フィンならもっといい名ではないか。そこでクリスティはジェイン・フィンが物語の鍵をにぎる人物として登場する『秘密組織』を書きはじめた。ちなみに、最初につけた題名は『楽しき冒険』で、次に『若き冒険家たち』、最終的に『秘密組織』になったという。

映画監督ヒッチコックによって有名になった〈マクガフィン〉という用語がある。物語を進めるための鍵となる要素のことだ。ヒッチコックは「泥棒ものではたいていネックレスで、スパイものではたいてい書類だ」と語っていた。ならば、本作の冒頭で〈ルシタニア〉号が沈没する際に娘へ託された極秘文書は、まぎれもなく〈マクガフィン〉である。ジェイン・フィンという女性の行方や事件の黒幕ミスター・ブラウンの正体をめぐる謎もまた同じだ。とはいえ、本作は単なるプロットのための道具やサスペンスを生みだす謎の言葉だけで成立させた安易な小説ではなく、現実味をもたせるための裏付けや意外性をもたらす展開の妙がしっかりとほどこされている。ロシアでは一九一七年にボルシェヴィキによる十月革命が起こり、内戦のすえに一九二二年にソビエト連邦が成立した。イギリスでは第一次大戦が終わったのち、労働党が躍進《やくしん》した。各国における激動の政治と歴史が物語に大きくとりこまれているのだ。

本作をはじめ、『茶色の服の男』、『チムニーズ館の秘密』など初期のクリスティ作品では国際的な問題がからんだ冒険ロマンが多く描かれている。そうした作品では外国人が悪役となるものが多い。第一次大戦がはじまった一九一四年のとき二十四歳だったクリスティは、その年のクリスマスに結婚し、夫のアーチボルトがフランスで参戦中、ボランティアの看護婦として働いていた。すくなからず保守的な愛国心を抱いていたことは間違いないだろう。戦時下ではだれもが国際的な情勢や政治の動向に無関心でいられない。そうした時代性が創作に影響を与えたのである。

その後クリスティは、第一次大戦が終わった一九一八年、夫とともにロンドンの新居で夫婦生活をおくっていた。一九一九年には娘のロザリンドが誕生し、そしていよいよ一九二〇年に『スタイルズ荘の怪事件』で作家デビューを果たした。第二作『秘密組織』が刊行されたとき、クリスティは三十一歳。クリスティと同様に戦時中病院で働いていた女性タペンスは、作者の分身でもあるだろう。また、いつも冗談めかしてやりあうトミーとタペンスの会話は、当時のクリスティ夫妻が軽食店などでかわす会話の様子をそのまま文字にしたような感じなのかもしれない。戦後の空気もあいまってか、明朗快活な印象が強い。ユーモアにあふれ、言葉遊びで愉《たの》しんでいる。

先に紹介した『自伝』のエピソードのとおり、印象的な女性名を耳にしたことが本作の生まれるきっかけだったが、ヒロインであるプルーデンス・カウリーの愛称・タペンスもいささか変わった呼び名だ。タペンスとは二ペンスのこと。では、なぜ彼女は「親しい友人たちから謎の理由で二ペンス《タペンス》と呼ばれている」のか。

映画「メリー・ポピンズ」（一九六四年公開）は、一九一〇年のロンドンを舞台にした物語だが、この映画で歌われる子守歌“Feed the birds”の邦題は、「二ペンスを鳩《はと》に」である。これは、セント・ポール寺院前で鳩のエサ袋を売るおばあさんの歌だ。二ペンス硬貨一枚は鳩のエサ一袋のお金なのである。このようにタペンスは小さい金額ゆえ、転じて、わずか、つまらないという意味でも用いられる。成句 not care tuppence (twopence) は「まったく心配しない」ということ。冒険心の強いタペンスの性格をまさに表している。しかし、彼女の本名であるプルーデンスは、慎重、用心深さを意味する英語なので、身の危険も顧みずに冒険の世界へ飛び込んでいくような彼女自身の気質とは、まったく正反対だ。いや、だからこそ、親しい友人たちは彼女をプルーデンスではなく「タペンス」と呼ぶようになったのではないか。そのように筆者は推理するのだが、作中わざわざ「謎の理由で二ペンス《タペンス》と呼ばれている」とあるからには、もしかするとクリスティの頭には具体的なエピソードがあったのかもしれない。

一方のトミーの本名は、トマス・ベレズフォード。このトマスという名からまず連想するのは、「疑うトマス」だ。十二使徒のひとりトマスが、イエスの復活を疑ったという聖書のエピソードである。疑い深いことは、スパイや探偵にとって必要な性質だろう。

そんな二人が繰り広げる数々のスパイ冒険行のみならず、トミーに恋敵《こいがたき》があらわれるなど、ロマンスの彩りが加えられているのも読みどころだ。また、ロンドンの街が描かれているのも興味深い。若きクリスティが暮らしていた時代の大都会が舞台なのである。本作では〈リッツ〉や〈サヴォイ〉などの高級ホテルが幾度も登場している。物語のはじめに出てくる軽食チェーン〈ライオンズ〉が最初にティーショップを開いたのもピカデリーだ。クリスティが本作のアイデアを思いついた〈ＡＢＣショップ〉は、じつは本作にも登場している。作中「17 アネット」の章でトミーが腹ごしらえをしているところだ（二三四ページ）。蛇足《だそく》ながらシリーズ二作目の短編集『二人で探偵を』（*Partners in Crime* 1929）の一編「サニングデールの怪事件」の冒頭でもトミーとタペンスが〈ABCショップ〉で軽食をとっていた。

『秘密組織』『二人で探偵を』のあとも〈トミー＆タペンス〉の活躍は続く。ただし、長編第二作『NかMか』（*N or M?* 1941）の刊行は十九年後とだいぶ間が空いている。作中の二人も歳を重ね、『NかMか』では中年に達し、『親指のうずき』（*By the Pricking of My Thumbs* 1968）では初老、シリーズ最終作『運命の裏木戸』（*Postern of Fate* 1973）ではまったくの老人として登場する。実質的にクリスティの絶筆とされる『運命の裏木戸』は、本の話題にあふれており、アンドルー・ラングなど子ども向けの童話の話にはじまり、アンソニー・ホープ『ゼンダ城の虜《とりこ》』やロバート・ルイス・スティーブンスン『黒い矢』などについて二人が語り合っている。中盤ではフィリップス・オッペンハイムの名も挙がっていた。クリスティが幼いころからジャンルを問わない読書家だったことが作品にあらわれており、冒険スリラーも熱心に読んでいたことがうかがえる。それが〈トミー＆タペンス〉シリーズに結実しているのだ。

シリーズには、前述の短編集『二人で探偵を』があり、これは一九二〇年代に英国の読者に知られた名探偵たちに倣《なら》って、二人がさまざまな事件に挑んでいく、パロディスタイルの探偵スパイものである。ホームズ、ソーンダイク博士、ブラウン神父、フレンチ警部をはじめ、最後にはポワロの名まで出てくる。この『二人で探偵を』もまた本作と同じ野口百合子による新訳での刊行が予定されている。楽しみに待っていてほしい。

検印
廃止

訳者紹介　1954年生まれ。東京外国語大学英米語学科卒業。出版社勤務を経て翻訳家に。フリードマン「もう年はとれない」「もう過去はいらない」「もう耳は貸さない」、ボックス「発火点」「越境者」「嵐の地平」、パーキン「小鳥と狼のゲーム」など訳書多数。

秘密組織

2023年2月28日　初版

著　者　アガサ・クリスティ

訳　者　野《の》口《ぐち》百《ゆ》合《り》子《こ》

発行所　（株）東京創元社
代表者　渋谷健太郎

162-0814／東京都新宿区新小川町1-5
電　話　03・3268・8231-営業部
03・3268・8204-編集部
URL　http://www.tsogen.co.jp
DTP　工友会印刷
暁印刷・本間製本

ISBN978-4-488-10551-8　C0197

成長の痛みと爽快感が胸を打つ名作！

THE FABULOUS CLIPJOINT◆Fredric Brown

シカゴ・ブルース

フレドリック・ブラウン

高山真由美 訳　創元推理文庫

◆

その夜、父さんは帰ってこなかった——。
シカゴの路地裏で父を殺された18歳のエドは、
おじのアンブローズとともに犯人を追うと決めた。
移動遊園地で働いており、
人生の裏表を知り尽くした変わり者のおじは、
刑事とも対等に渡り合い、
雲をつかむような事件の手がかりを少しずつ集めていく。
エドは父の知られざる過去に触れ、
痛切な思いを抱くが——。
彼らが辿り着く予想外の真相とは。
少年から大人へと成長する過程を描いた、
一読忘れがたい巨匠の名作を、清々しい新訳で贈る。
アメリカ探偵作家クラブ賞最優秀新人賞受賞作。

完全無欠にして
史上最高のシリーズがリニューアル!

〈ブラウン神父シリーズ〉

G・K・チェスタトン◇中村保男 訳

創元推理文庫

新版・新カバー

ブラウン神父の童心 ＊解説＝戸川安宣

ブラウン神父の知恵 ＊解説＝巽 昌章

ブラウン神父の不信 ＊解説＝法月綸太郎

ブラウン神父の秘密 ＊解説＝高山 宏

ブラウン神父の醜聞 ＊解説＝若島 正